TEASE

INTIMIDADES UNIVERSITARIAS

Cherry

Título original: *Tease: The Ivy Chronicles*
Traducción: Enriqueta Naón Roca
Edición: Soledad Alliaud
Armado: Paula Fernández
Diseño de cubierta: Marianela Acuña
Foto de cubierta: Waa/Shutterstock

© 2014 Sharie Kohler
Publicado en virtud de un acuerdo con William Morrow y HarperCollins Publishers.
© 2015 V&R Editoras
www.vreditoras.com

Argentina: San Martín 969 piso 10 (C1004AAS), Buenos Aires
Tel./Fax: (54-11) 5352-9444 y rotativas • e-mail: editorial@vreditoras.com

México: Dakota 274, Colonia Nápoles
CP 03810 - Del. Benito Juárez, México D. F.
Tel./Fax: (5255) 5220-6620/6621 • e-mail: editoras@vergararriba.com.mx

ISBN 978-987-612-961-9

Impreso en Argentina • Printed in Argentina

Julio de 2015

Jordan, Sophie
Tease: intimidades universitarias. - 1a ed. - Ciudad Autónoma de Buenos Aires:
V&R, 2015.
328 p.; 20x13 cm.

Traducido por: Enriqueta Naón Roca
ISBN 978-987-612-961-9

1. Literatura Juvenil Estadounidense. I. Naón Roca, Enriqueta, trad. II. Título
CDD 813.928 3

SOPHIE JORDAN

TEASE

INTIMIDADES UNIVERSITARIAS

Cherry

Para Lily Dalton y Kerrelyn Sparks,
mis compañeras de ruta

CAPÍTULO 1

—¿Estás segura de que es aquí? —le pregunté a Annie cuando bajé del auto a la noche fría de enero, sin soltar la manija de la puerta, como si de pronto fuera a abrirla del todo y zambullirme dentro nuevamente.

El bar se asemejaba más a un depósito que a un edificio. Un viento fuerte sobrevolaba la construcción. Frente a las paredes de metal había una gran cantidad de vehículos estacionados, y las motos superaban a los automóviles. El lugar estaba repleto. Nada de líneas para indicar dónde dejarlos. Cada uno por su lado, un desastre.

—Sip —respondió, señalando un cartel torcido con el nombre escrito en letras de neón—. Aquí es. Maisie's.

A pesar de que el nombre sonaba tierno, el bar se veía tan inocente como… bueno, no como yo.

–¿Estás segura de que no hay otro Maisie's? –pregunté. Uno que no diera la impresión de que contraerías tétanos con solo pasar por la puerta.

–Mira –se aproximó a un Lexus ubicado entre una pickup y un Pinto oxidado, su aliento formó una niebla al condensarse. El lujoso vehículo se veía tan fuera de lugar como nosotras, con nuestros jeans angostos y chaquetas de marca. Se acercó un poco más, y sus botas de tacón hicieron crujir la grava cubierta de nieve–. Es el auto de Noah.

Noah. La última obsesión de Annie y el motivo por el cual estábamos allí.

Asentí. Con las manos en los bolsillos de mi chaqueta, caminé junto a ella con aire de que no estaba completamente fuera de mi elemento. Después de todo, quería pasarlo bien. Esa era mi filosofía. Nada era demasiado atrevido para mí, ni siquiera un bar de motoqueros.

Aun así, quise imaginarme viniendo con mis dos mejores amigas. Imposible. Aunque Georgia y Pepper no estuvieran ocupadas con sus novios, este no era su estilo.

Tampoco el tuyo, en realidad.

En serio. No encontraría a nadie de mi tipo. A nadie con quien coquetear. Y decididamente, a nadie para llevar a la residencia. Tal vez alguno de la nueva banda de Noah podría llegar a agradarme.

Suspiré. Miré a Annie en el instante en que se abría la chaqueta y con ambas manos levantaba su busto generoso para ajustarlo y asegurarse de que su escote en V ofreciera el mejor panorama. Salía con ella como último recurso, pues esa noche no quedó nadie más. Georgia estaba con Harris; Pepper y Reece me invitaron a quedarme con ellos a ver una película, pero eso siempre me hacía sentir un poco sola. Aislada, incluso, aunque fueran mis amigos. Estaban enamorados y eso era todo lo que hacían. En cada palabra. En cada caricia. Y sí, se tocaban todo el tiempo y mi presencia era lo único que evitaba que se desnudaran. Insoportable. No obstante, cuidado, si alguien tenía que estar de novios, mejor ellos que yo.

El amor significaba perder el control. Y yo jamás lo perdía. Actuaba como si lo hiciera, salía todas las semanas con un tipo diferente, pero estaba permanentemente consciente de lo que hacía. A cargo en todo momento.

Con otro suspiro, me acomodé el pelo. Hasta Suzanne, mi compañera de salidas más reciente, tenía una cita esa noche. Todas mis amigas tenían o estaban en vías de tener novio. Considerando que eso era lo último que quería para mí, solo me quedaba Annie y otras por el estilo. Entre todas las chicas que conocí en esos dos años en la residencia de Dartford, no era la más agradable, pero era la única disponible. Y como no soy de las que se quedan mirando el techo ni capítulos repetidos de *Glee*, aquí estaba. En un bar de motoqueros.

En cuanto atravesé la puerta, llegué a la conclusión de que me había quedado corta con mi apreciación de lo que podía manejar porque, si bien el aspecto exterior de Maisie's era terrible, dentro era mil veces peor. Aparentemente, nadie prestaba la más mínima atención a la prohibición de fumar y el lugar estaba envuelto en humo. Mis pulmones vírgenes se resintieron y tosí. Seré salvaje, pero no fumo. Ni cigarrillos ni nada. Lo más audaz que introduzco en mi cuerpo son burritos, marca *Taco Bell*. Con los ojos llorosos, observé la escena.

La mayoría eran hombres, de más de treinta, con barbas y tatuajes que no transmitían una gran delicadeza. Escudos que indicaban la pertenencia a algún tipo de pandilla decoraban todas las prendas de jean. No era que yo supiera si estos eran auténticos o no, pero había visto un documental en History Channel sobre las pandillas de motociclistas, y estos escudos parecían genuinos.

–Annie –murmuré, vacilando cerca de la puerta–. ¿Realmente quieres entrar?

–¿Qué? –parpadeó–. Este es el tipo de lugar donde surgen las mejores bandas.

–Es el tipo de lugar donde te apuñalan –contradije, con aire de que esas cosas me tenían sin cuidado, al tiempo que vigilaba con ojo avizor.

Siempre hacía eso. Observaba. Evaluaba. Podía parecer despreocupada, pero mi mente no paraba un segundo, siempre sopesando y considerando. Era necesario que fuera así. Era mi manera de asegurarme de que no terminaría en una situación sin salida. Como aquella vez.

–Jamás pensé que fueras cobarde –dijo con cierto desprecio–. Ven, consigamos una mesa.

No era cobarde, cada paso, cada decisión que tomaba era algo calculado. Frecuentaba lo conocido: Mulvaney's,

Freemont, las fraternidades más prestigiosas. Y solo salía con muchachos que conocía. Aunque no hubieran sido presentados, sabía cómo eran, porque reconocía su tipo. Eran todos parecidos. Fácil de interpretar, de mantener bajo control.

Esquivando mesas detrás de Annie, era evidente que allí no había chicos así. No. Estos tipos se veían como recién salidos de la cárcel. Fornidos y tatuados, nos seguían con ojos de lobos hambrientos. Incontrolables.

Mantuve los ojos al frente, como si no los viera. Como si no sintiera sus miradas.

Nos ubicamos en una mesa cerca del escenario, nos quitamos los abrigos y los colgamos en las sillas. Noah y su banda ya estaban tocando. No eran demasiado buenos, pero supuse que este bar no sería muy exigente. De todos modos, creo que les habría ido mejor si tocaban alguna otra cosa que un viejo tema de Depeche Mode. Los que les prestaban atención no parecían muy impresionados.

Annie aplaudió con entusiasmo –la única– cuando terminaron ese tema y siguieron con otro. Noah le guiñó un ojo.

–¿No es fabuloso? –exclamó.

–Seguro –coincidí, justo cuando Noah desafinó. Aun si se pudiera pasar por alto que cantaba a Depeche Mode en un bar de motociclistas, tenía puesta una camiseta con cuello y botones, a rayas, que lo hacía parecer recién salido de *Gap*–. ¿Y cómo consiguió tocar acá?

Annie no respondió. En lugar de eso, batió las palmas y se columpió en su asiento. Impaciente, recorrí el salón con la mirada, buscando una camarera para que nos atendiera rápido. Emborracharme parecía ser un buen plan.

Hoy era una de esas noches en las que no podía tolerar estar sola. Si me hubiera quedado, habría estado todo el tiempo rumiando sobre la conversación telefónica que tuve con mamá por la tarde. Sucedía lo mismo cada vez que hablábamos. Afortunadamente, no me llamaba muy a menudo. Tenía la costumbre de querer hacerme sentir culpable y me recordaba lo mala hija que era. Lo único que me hacía sentir mejor era retribuirle con la misma moneda y enroscarme con un chico lindo que supiera qué hacer con los labios, que no fuera hablar, claro.

–Necesito un trago –anuncié. Renové mis esfuerzos por ubicar a una camarera y conseguí que se acercara una cuando finalizaba otra canción. Ordené y ni siquiera anotó el pedido. Observé el salón y recordé cuán poco probable era que consiguiera un chico lindo en ese lugar.

–¿Cuánto estará tocando?

–Ni idea –respondió, displicente.

Abatida, me desmoroné en mi silla, aunque algo me animé cuando llegó nuestra jarra de cerveza. Necesitaba combustible para estar sentada junto a Annie admirando a Noah. Llené un vaso de plástico, lo vacié de un trago e, instantáneamente, me sentí mejor y más relajada. Mientras bajaba un segundo vaso, miré hacia el escenario. Estudié al baterista. *Nada mal. Un poco flaco, quizás, pero buen pelo.* Me sonrió y le respondí levantando la copa, mientras él golpeaba sus tambores en una actuación no muy estelar.

Durante las siguientes canciones, estudié el lugar con disimulo y saboreé mi tercera cerveza. Había aprendido desde hacía mucho que, si haces contacto visual con un tipo, él lo interpretará como una invitación, así que evitaba hacerlo, a menos que quisiera una invitación, y no habría nada de eso esta noche. No aquí, al menos.

Ni siquiera cuando lo vi a *él*.

Caliente en grado sumo. Sentí un cosquilleo que me recorrió entera al observarlo con los ojos entornados, cuidando de no ser obvia. Bebí un poco más, como si así pudiera suprimir esa sensación de reconocimiento. Era uno de los más jóvenes entre los presentes, aunque mayor que yo. Probablemente menos de veinticinco. Saludó a varias personas con la cabeza, agitando la mano y dando algunas palmadas en la espalda. Lo observé apreciativamente mientras bebía. El alcohol no ayudaba. De pronto todo vibraba en mi interior, despierto, alerta.

No podía evitarlo. No podía quitarle los ojos de encima. Era demasiado hermoso. En un estilo atrevido y "no se metan conmigo". Es decir, para nada mi tipo. Aun así, mirar nunca lastimó a nadie. Siempre y cuando no se percatara de mi escrutinio.

Apoyé la cara en la palma de mi mano y con la otra terminé otro vaso de cerveza. Decididamente ahora me sentía bien. Al observarlo, sentí una especie de euforia.

Llevaba puesta una chaqueta de cuero, de líneas esbeltas, gastada en las costuras y los codos. Piernas largas enfundadas en jean, con una cadena que colgaba alrededor de la cintura. Sus botas de motociclista lo acercaron a la barra. Aun con esa vestimenta, se veía espléndido.

Tenía el rostro enrojecido y agrietado por el frío. Su cabello estaba deliciosamente alborotado por el viento, en un cuidado desorden: más largo arriba y corto en los lados; más de un universitario invertía mucho tiempo para lograr ese estilo. Apostaría cualquier cosa a que él no hacía más que pasarse las manos por el pelo al salir de la cama. Se acomodó en un taburete frente al mostrador, como si se sintiera en su casa.

La cantinera, una mujer algo mayor con una cabellera de un improbable tono pelirrojo que lindaba con el púrpura, se estiró por encima de la barra y le dio un beso rápido en la mejilla. Sí. Sin duda, un cliente habitual. Una nueva confirmación de que debía dejar de mirarlo, antes de que me viera.

—¿Qué tal si le tomas una fotografía? —desafió Annie, con un codazo.

—Es lindo —comenté y aparté la vista. Me dio hipo. *Maldición*. La cerveza siempre me da hipo. Un lamentable efecto secundario.

¿Dije lindo? Lindo, no. Sexy, caliente.

—¿Qué esperas? —me desafió—. Vamos. No sería noche de viernes si no te levantas a alguien, ¿verdad?

La fulminé con la mirada, aunque había algo de verdad en lo que decía. Su expresión indicaba un cierto desdén. Curioso, considerando que ella no era ningún ejemplo de recato sexual.

—Debo ir al baño. Vuelvo enseguida —dije.

Esperaba que se pusiera de pie y viniera conmigo. Realmente no quería andar sola por ahí, pero ni se movió. Por supuesto que no. No era como Georgia y Pepper que hubieran insistido en acompañarme en un antro como ese. *Guau, no me dejarían sola ni en los lugares que frecuentamos.* Eran fabulosas. Las mejores amigas que tuve en mi vida. Era afortunada de tenerlas. El contraste con Annie lo ponía en evidencia. Resignada, me puse de pie. El salón se movió y me sujeté de la mesa para equilibrarme.

Enfilé hacia el cartel de neón que indicaba los baños e intenté caminar en una línea recta. Lo conseguí. Creo. Hice caso omiso de los comentarios subidos de tono y llegué sin incidentes. Había dos mujeres pintándose los labios frente al espejo.

Una de ellas se paralizó al verme, sosteniendo el lápiz labial rojo sobre su boca.

–Oh, tesoro, te has extraviado. No deberías estar aquí.

Bien resumido. Asentí y el movimiento me mareó, así que me quedé quieta y cerré los ojos unos instantes.

–Creo que me equivoqué de camino –admití, abriendo los ojos. Un camino equivocado que se inició al subirme al auto de Annie esa noche.

La otra mujer se volteó para evaluarme en mis jeans ajustados y mi suéter.

–Si fuera tú, subiría a mi automóvil y me iría al lugar de comidas rápidas más cercano –reprendió–. Esto no es para ti. A medida que avanza la noche se pone peor –miró un reloj imaginario en su muñeca–. Te queda una hora.

—Gracias. No estaré mucho más aquí —al menos eso esperaba. Decidida a convencer a Annie, pasé al cubículo y luego me enjuagué las manos.

Salí del baño y me detuve en seco al ver una pareja que avanzaba a los tumbos por el pasillo. El hombre tenía su mano enterrada debajo de la falda de la mujer, lo que dejaba la ropa interior a la vista.

Parpadeé varias veces como si eso pudiera aclarar mi visión. El tipo levantó a la mujer y pasó una de las piernas de ella por alrededor de su cintura, mientras la arrinconaba contra la pared y la empujaba. La pierna extendida bloqueaba mi camino en el corredor. *Dios mío.* Tendrían sexo ahí mismo.

Se movían y sacudían de tal manera que era imposible pasar. No si quería hacerlo sin quedar incrustada en la pared o atravesada por esos tacones de aspecto letal. Tampoco mis reflejos estaban en su mejor momento. No después de cuatro cervezas. *¿O fueron cinco?*

Los observé, considerando qué hacer. Y fue entonces cuando lo vi a él, del otro lado de la pareja. Para ser precisa, lo noté a él notándome a *mí*.

No parecía registrar al dúo que nos separaba. Sus ojos estaban directamente sobre mí. Su mirada se deslizó por todo mi cuerpo. Sin ningún disimulo. Me estudió minuciosamente, de arriba abajo, como si no entendiera nada. Y seguro que no, al fin y al cabo, yo no tenía aspecto de la típica clientela de Maisie's. No con botas negras hasta la rodilla, jeans ajustados y mi jersey de cachemira, color púrpura. No con los aretes de brillantes que me trajo papá en desagravio por haberse ido en Navidad a Barbados con su novia. *Al menos pasó Año Nuevo conmigo.* Hice caso omiso del susurro que me recordaba que vino porque el romance terminó no bien regresaron de la isla.

Los ojos del muchacho se posaron en mi rostro y descubrí que eran de un cálido y profundo color castaño. Se veía más hot, y mucho más alto que a la distancia, a través del salón. Yo apenas superaba el metro y medio por unos pocos centímetros, y nadie –en especial los varones– precisaba mucho para hacerme sentir diminuta. Casi no llegaba al hombro del *Chico Motoquero*.

Eliminé la imagen de inmediato. No importaba, jamás estaría tan cerca de él como para verificarlo. No era tan estúpida como para involucrarme con alguien así.

Al darme cuenta de que lo estaba evaluando con la misma intensidad que él a mí, desvié los ojos para cortar el contacto visual. Sentí que el calor trepaba por mi rostro, que ya estaba acalorado por demás. Aún sin verlo, podía percibir su mirada. Permanecimos allí, con la pareja gruñendo y jadeando entre nosotros, mientras yo intentaba poner cara de que eso no era para nada incómodo. Cara de no estar mareada, con las piernas flojas y lista para ser seducida por un tipo que tuviera su aspecto.

Levanté nuevamente la vista. Era imposible no mirarlo.

No llegó a sonreír, pero decididamente había un destello de humor en sus ojos. Su mirada se desvió hacia la pareja y luego hacia mí, otra vez. Estaba divertido. Apreté mis labios en un afán de no interactuar con él. No quería darle una impresión equivocada, de ser una de esas chicas a las que les gustan los motoqueros.

Se hizo un espacio y me apresuré a pasar entre el dúo danzante. Enfilé hacia adelante en mis botas, y Chico Motoquero se hizo a un lado, mirándome desde lo alto. Afortunadamente, el pasillo tenía el ancho suficiente como para que nuestros cuerpos no se tocaran. *Gracias a Dios.* Nos separaban unos centímetros, pero eso no evitó que comprobara que sí, apenas alcanzaba su hombro. Era alto de verdad. Y si no hubiera estado borracha de antes, la proximidad me habría hecho sentir que lo estaba.

Sus ojos castaños brillaron en la oscuridad. Me adelanté, fingiendo desinterés, como hacía cada vez que sentía las vibraciones que indicaban que un chico podía ser más de lo que yo podía manejar. Si en mi mente había la más mínima duda de que el candidato en cuestión era demasiado para mí, simplemente lo eliminaba de la lista. Y punto.

Me apresuré por el corredor y resistí la tentación de voltear. Todavía me observaba. Lo sabía. Sentía un cosquilleo en la nuca. Lo más seguro era que se preguntara qué hacía una chica como yo en un sitio como ese, y que debía irme muy, pero muy lejos de ahí. ¿O tal vez era yo la que pensaba eso?

Regresé a la mesa y liquidé una cerveza más.

—¿Cuánto crees que falta? —le pregunté a Annie al cabo de unos minutos.

—Si hubiera sabido que te pondrías tan pesada, no te habría traído —se quejó ella.

–No tenía idea de que vendríamos a un lugar como este –protesté, al tiempo que miraba alrededor para buscarlo. No pude resistirme. Nuevamente en el bar, Chico Motoquero recibía una botella de tres cuartos y conversaba con el tipo algo mayor y corpulento que estaba a su lado.

–¿Un lugar como este? Escúchate. Te sientes una princesa, Emerson.

Puse los ojos en blanco. Era ella quien usaba brillo corporal y olía a melocotón. Como si Campanita se hubiera echado toda su carga de polvo mágico encima. Terminé el trago y extendí el brazo para servirme un poco más de la jarra que ya estaba casi vacía. Mi mente se sentía confortablemente aislada ahora, cálida y difusa. Hasta la banda sonaba mejor.

El baterista me guiñó un ojo y le sonreí. Sí. Con él podía ser.

Paseé mis ojos por el salón y fueron hacia Chico Motoquero. Como si los sintiera, miró en mi dirección. Quité la vista con mis mejillas al rojo vivo. *Linda manera de mostrarte desinteresada, Em.*

Estaba completamente ruborizada. No era normal que me pusiera así porque un chico se fijara en mí. Tal vez se debía a que aquí estaba fuera de mi elemento.

–¿Qué pasa? Te ves rara. ¿A quién miras tanto?

–A nadie –negué con la cabeza, y el movimiento hizo que girara todo el salón. Me llevé una mano a la sien para detenerlo.

Annie buscó alrededor, pero no lo vio.

–Ah –dijo. Seguí su mirada y sentí que me hundía. *Sip*. Lo había encontrado. ¿A quién más estaría observando yo en ese lugar? No había muchas opciones–. ¿Él, otra vez, eh?

–¿Qué?

–Oh, vamos. No finjas que no lo estuviste estudiando. Por supuesto que lo hiciste. Es lo más sexy que hay por aquí.

–Está bien –acepté, levantando los hombros y bebiendo un poco más–. Lo noté. Pero no es mi tipo.

–Sea o no un triste motoquero, es el tipo de cualquier mujer. A menos entre las sábanas, apuesto que lo es –rio, y el sonido me crispó.

–Sí, claro. No me interesa descubrirlo –bebí un sorbo largo–. Probablemente forme parte de una pandilla.

–Pero seguro que es bueno en la cama –insistió, mientras se acomodaba en la silla para ver mejor–. Podría enseñarles un par de cosas a esos universitarios con los que salimos, ¿no crees? –agregó, con un codazo en mis costillas–. No me importaría darle una oportunidad.

–¿No viniste por Noah? –le recordé, molesta por el nivel de interés en su voz. De alguna manera, había olvidado lo generosa que era con sus… eh, encantos. Hasta mi reputación palidecía al compararla con la suya.

–Él está ocupado en este momento –movió el dedo, invitando al sexy Chico Motoquero.

–¿Qué haces? –siseé, al tiempo que trataba inútilmente de silenciar su mano. Lo intenté de nuevo, furiosa, y esta vez lo logré.

–Un amigo nuevo, espero. Eso no le hace daño a nadie –afirmó, liberando su mano.

–Noah está mirando –le advertí.

Annie giró nuevamente en su silla y lo saludó con la mano, como si no hubiera estado coqueteando con el extraño de la barra.

–Le diré que lo estaba señalando para ti.

–Mentirosa.

–Te vendría bien. Jamás pensé que diría esto, pero creo que necesitas soltarte.

Una sombra se extendió sobre la mesa, y una voz que sonaba como si fumara un cartón de cigarros por día, opinó:

–Todo indica que necesitan volver a llenar esa jarra.

Levanté la vista y con una mezcla de decepción y alivio, comprobé que no era *él*. No, este tipo podía ser su abuelo en un futuro no muy amable.

Annie se llevó el vaso a la boca, susurró "epa" solo para mis oídos y clavó los ojos en el escenario, dejándome sola con esto.

–No, gracias, estamos b-bien –me preocupó descubrir que hablaba con dificultad. Annie era la conductora designada, y yo había permitido que eso me diera un falso sentido de seguridad. Mi error.

El tipo corrió una silla y la giró, se sentó a horcajadas. Su abultada barriga estiró la prenda manchada que asomaba por entre su chaleco cubierto de escudos.

–Ya veo que están bien –coincidió con la voz cargada de doble sentido, y me pregunté si de verdad creía que era remotamente atractivo. Annie continuó actuando como si él no existiera, con los ojos fijos en el escenario y siguiendo el compás de la música–. Realmente bien.

–Mira, vinimos solo para…

–Soy Walt –se presentó, inclinándose hacia adelante y columpiándose sobre las patas delanteras de la silla.

–Walt –suspiré, y le sonreí con labios apretados–. Solo vinimos a escuchar a nuestros amigos –señalé el escenario–. No buscamos compañía.

Hundió los dedos en su barba y se rascó con entusiasmo.

–Sí, claro –se burló–. Una chica que se ve tan buena como tú, siempre busca compañía.

Amedrentada, me pregunté cómo hacer para explicarle que no buscaba *su* compañía.

Se aproximó un poco más y las cuatro patas de la silla chirriaron contra el suelo de madera. Su aliento rancio me envolvió. A esa distancia hasta pude detectar trozos de comida en su barba. Y lo más desagradable era que continuó acercándose. El hombre no tenía idea del concepto del metro cuadrado.

–Realmente, Walt, no vinimos para…

Apoyó la mano en mi muslo, y lancé una exclamación de rechazo cuando su manaza me dio un suave apretón. Le quité la mano y la deposité sobre la mesa. Sus amigos, en la mesa vecina, rieron a carcajadas. También rio Walt.

–Está bien, ya te iré gustando –acarició mi pelo corto–. No he tenido quejas, todavía.

El tipo era puro encanto.

Quise preguntarle si las que no se habían quejado estaban conscientes, pero me contuve, con esfuerzo.

–De veras, no –le golpeé la mano. Estaba empezando a enfadarme. Sentí que la nuca se me erizaba. Odiaba sentirme así, me recordaba a cuando tenía quince años y era una ingenua que ignoraba todas las señales de alarma, convencida de que nada malo podía suceder.

Bueno, ya no tenía quince y tampoco pasaba por alto el aviso de las alarmas. Con el viejo Walt, sonaban claras y potentes. *Suficiente.* Sujeté la jarra y volqué el resto de la cerveza sobre su regazo.

Con una maldición, Walt se puso de pie de un salto y la silla cayó con estrépito.

Annie rio llevándose la mano a la boca, aunque el gesto no pudo cubrir su risa de hiena.

Instantáneamente me aparté, en especial porque el rostro de Walt se puso rojo. Sus ojos viajaron de su ingle empapada a la mesa donde estaba su gente, y sus mejillas se encendieron aún más. Sus amigos estallaron en carcajadas. Él jadeó como un toro embravecido y su pecho se hinchó como si fuera a hacer erupción.

La banda calló y Noah bajó del escenario.

–¿Annie? –miró de una a otra–. ¿Qué está pasando?

Walt observó a Noah con mirada filosa. Sus ojos azules brillaron como si estuviera por devorar algo especialmente apetitoso. Se adelantó un paso y con su pecho voluminoso embistió al delgado Noah, haciéndolo trastabillar.

–¿Estas perras son tuyas?

Annie lanzó una exclamación. Noah la miró, luego a mí y al motociclista que lo superaba en unos cuarenta kilos. Antes de que pudiera reaccionar, Walt actuó.

El ruido de hueso contra hueso fue doloroso. Noah cayó sobre la mesa y luego al suelo, como un muñeco roto.

Annie chilló. Los compañeros de la banda rodearon a Noah y lo ayudaron a levantarse. De inmediato, los amigos de Walt se pusieron de pie y cerraron filas.

—¿Qué hiciste? —me gruñó Annie, cuando la sombra de media docena de motoqueros cayó sobre nosotros.

Sacudí la cabeza con impotencia. Mi estómago se rebeló y sentí la bilis en la garganta.

—Vinieron al bar equivocado —sentenció Walt, con su mirada focalizada en Noah. Lo poco que se entreveía de sus labios en la barba tupida y enmarañada se curvó en una sonrisa desagradable. Extendió los brazos y con ambos puños asió la camisa de Noah—. Y ahora, chico, te voy a moler a palos.

Oh, maldición.

CAPÍTULO 2

Las palabras no habían terminado de salir de la boca de Walt que ya todo estaba en marcha.

Hubo gritos y estalló el caos. Walt y su pandilla rodearon a Noah y a sus desafortunados amigos. Los alaridos de Annie me aturdían. Se rompieron cristales y volaron sillas y mesas. Me empujaron y tropecé. Un codo me dio en un ojo. Grité de dolor y caí al suelo viendo estrellitas entre las piernas de la gente. Apreté los dientes y, cubriéndome la cara, me hice un bollo.

Una mano sujetó mi brazo y jaló para levantarme. De pronto, alguien me alzó y me cargó. Pestañeé y me concentré en el tipo que me llevaba en brazos. *Chico Motoquero, el sexy.*

—¿Qué haces? —quise saber.

–Te saco de aquí antes de que te aplasten –respondió, y me estremecí al escuchar su voz por primera vez. Era profunda y ronca, y combinaba perfectamente con él. Se me puso la piel de gallina.

Giré la cabeza para evaluar el caos. ¿Y Annie? ¿Y los otros?

–¡Mis amigos!

Negó con un gesto, sus labios estaban apretados en una línea recta.

La imagen de Annie pisoteada por los borceguíes de los motoqueros relampagueó en mi mente y entré en pánico. Desesperada, golpeé su pecho increíblemente sólido.

–Debes ayudarlos...

–Tienes suerte de que te sacara a *ti*. No puedo acarrearlos a todos.

Intenté zafar de sus brazos, decidida a rescatar a mi amiga y a los demás. ¡No podía abandonarlos!

–Bájame.

Una sirena se activó a altísimo volumen y sin pausa. Atronó como esos sonidos que hacen sangrar los oídos. Todo calló en el eco de ese ruido. Todos se paralizaron, incluido Chico Motoquero.

–¡Suficiente! –gritó una voz rasposa, y mis ojos volaron hacia un hombre que estaba parado sobre el mostrador, con un revólver en una mano y un megáfono en la otra–. ¡Nadie destrozará este bar hoy! ¡El próximo que revolee un puñetazo, se comerá una bala! –para enfatizar, movió el arma en círculo–. ¿Entendido?

Era como haber entrado en una película de "Harry, el sucio". *Esto no puede estar pasando de verdad.*

–Esto es real, linda –su voz profunda resonó dentro de mí, dejando una estela de emoción en mi piel.

Aparentemente, había pensado en voz alta. Sobresaltada, puse mi atención en él. Su corazón palpitaba sereno y con fuerza debajo de la palma de mi mano que estaba sobre su pecho. La quité con rapidez y me crucé de brazos.

–Puedes bajarme, creo que ahora está todo bajo control.

Con un vistazo comprobé que Walt y su séquito regresaban a sus asientos, refunfuñando y con aspecto de niños castigados. El resto del bar los imitó, acomodando mesas y sillas.

–Claro.

Al bajar, mi cuerpo se deslizó contra el suyo del modo más desconcertante. Me apresuré a retroceder para poner distancia entre los dos y llevé mi mano al cuello, donde mi pulso latía como si quisiera escaparse de mi piel. Inspiré su limpio aroma a jabón. *Agradable.* Sobre todo en un lugar como ese, donde los olores consisten mayormente en sudor y humo.

–Uh –chasqueó la lengua, mientras me observaba de cerca–, tendrás un ojo morado.

Toqué la zona magullada e hice un gesto de dolor.

–Busco a mis amigos y me marcho.

–Seguro. Buena idea.

Con el ceño fruncido, bajé la mano y me volteé. Lo dejé atrás y encontré a Annie con un brazo alrededor de la cintura de Noah, quien no se veía nada bien. El lado derecho de su rostro estaba inflado, y tenía el ojo cerrado por la hinchazón. Los demás integrantes de la banda no se veían mucho mejor, y comenzaron a recoger sus instrumentos con dificultad.

—Te ayudo —dije y me adelanté para sostenerlo del otro lado, pero ella jaló de Noah, impidiéndolo.

—Ya hiciste suficiente.

—¿Yo? —exclamé, sorprendida.

—Hiciste que lo golpearan.

—¿Yo? —repetí como una tonta.

—Sí —Annie frunció la cara en un gesto que la hizo verse fea—. Arréglatelas para volver.

—¿Estás hablando en serio? —miré a mi alrededor—. No puedes dejarme sola...

—No es mi problema —dijo y pasó a mi lado.

Atónita, la vi encaminarse hacia la puerta. De acuerdo, sabía que Annie no era muy agradable. No me gustó cómo trató a Pepper el otoño pasado cuando ella y Reece empezaron a salir, y estoy segura de que los celos jugaron un rol importante en sus comentarios insidiosos. Pero eso fue hace meses. Desde entonces se había conducido correctamente. Jamás hubiera pensado que fuera capaz de dejarme varada allí.

Sí, una noche muy divertida.

El resto de la banda fue tras ellos, cargando sus instrumentos y equipos. Ni se molestaron en acercarse a la barra a retirar su paga. Claro que, probablemente, alguien que conducía un Lexus no estaba allí por el dinero.

Extendí un brazo hacia el baterista, que era mi única esperanza, pero me dedicó una mirada de furia, a través de un ojo que pronto tendría un hermoso tono violeta. Era evidente que me culpaban a mí. Y me abandonaban. *Increíble.*

Corrí tras ellos en mis piernas tambaleantes, esquivando gente. Alguien me dio un empujón y debí sujetarme de una mesa para no caer. El gesto brusco hizo que el mundo girara a mi alrededor y apreté los ojos en un intento de detener el mareo.

–Ey, cuidado –advirtió una mujer con voz aguardentosa.

Alcé la vista hacia la salida, aterrada de que se hubieran ido y de perder mi oportunidad de que cambiaran de idea. Divisé sus espaldas segundos antes de que la puerta se cerrara tras ellos.

Maldije y me apresuré. Cuando salí, se estaban metiendo en sus autos. Un frío repentino, que nada tenía que ver con el aire invernal, me congeló las venas. La nieve que cubría el pavimento crujió bajo mis botas.

–¡Annie! –grité, al tiempo que resbalaba sobre un tramo de hielo y caía con fuerza. Mi trasero recibió el impacto de la caída y, por una vez, me alegré de que estuviera bien acolchonado. Seré menuda, pero por desgracia, mi retaguardia podría servir de flotador.

Ella me oyó. Observé con impotencia que, de todos modos, se subía al vehículo. Me levanté con dificultad y muy poca gracia y vi, estupefacta, cómo encendía el motor y lo sacaba en reversa. El Lexus de Noah salió detrás, conducido por el baterista.

Las luces traseras se fueron alejando y comencé a tiritar. Tenía los jeans empapados, y sacudí la nieve que se me había adherido.

Para entonces, había empezado a nevar suavemente. Apartando los copos de mis ojos, giré y enfilé hacia el bar, con pasos cortos para evitar otra caída.

Sentía las piernas muy pesadas; cada pisada era una tarea titánica, pero me obligué a traspasar el umbral. Al menos adentro hacía calor, aun si olía como un cenicero gigante.

Permanecí cerca de la puerta y me puse contra la pared en un intento de pasar inadvertida. Lo cual no era fácil considerando que yo había iniciado una pelea diez minutos antes. Supongo que todos me tenían en su radar.

Con los dientes todavía castañeteando, busqué mi teléfono en el bolsillo y presioné el nombre de Pepper. Llamó cuatro veces y pasó directo al buzón de voz. Aparté el celular de mi oreja y miré con odio la pantalla iluminada. *Diablos, Pepper. Malditos conejos.* Ya imaginaba qué estaban haciendo. En lugar de dejar un mensaje, presioné varias veces hasta que por fin, di con el botón para terminar la llamada.

Pink Floyd sonó en los parlantes ubicados cerca del escenario y la gente pareció animarse nuevamente. Ya no más Noah y lo mejor de los ochenta, dignos de un ambiente más apacible. Fue un milagro que no los echaran a patadas antes incluso de que le derramara la cerveza a ese motociclista.

Comencé a marcar el número de Georgia… si es que conseguía acertarle. Ella estaba de novia con el mismo chico desde los dieciséis, así que lo más probable es que no estuvieran haciendo el amor. Al menos, algunos de sus comentarios me llevaban a la conclusión de que no tenían una vida sexual alucinante. Harris era un patán. Una lástima, realmente. Georgia merecía algo mejor. Merecía divertirse y tener a alguien que la idolatrara, y ese no era Harris. Lo curioso es que yo era la única que me daba cuenta.

—¿Tus amigos te dejaron?

Giré bruscamente hacia el sonido profundo de su voz. El movimiento me hizo perder el equilibrio y trastabillé.

Chico Motoquero Hot extendió los brazos para evitar que cayera, pero retrocedí para que no me tocara. Levantó la mano con la palma hacia arriba, como para proclamar que no estaba armado.

Mis ojos se movieron desde la palma hasta su rostro. Era demasiado hermoso para ese bar, donde parecía que si tan siquiera rozabas a alguno de los presentes, necesitarías una dosis masiva de penicilina.

Solo que él era uno de *ellos*. Un hermoso motoquero. Claro que eso parecía una contradicción en sí misma.

Se me escapó una risita, pero de inmediato cubrí el sonido con la mano. Sacudí la cabeza suavemente para despejar los vapores del alcohol.

—¿Estás bien? —preguntó, apoyándose contra la pared a muy pocos centímetros de distancia.

—Sí… sí. Bien. ¿Y tú? Oh, espera. ¿Yo? —balbuceé con el ceño fruncido—. ¿Por qué? ¿Por qué me lo preguntas? ¿No me veo bien?

Sus labios se extendieron en una media sonrisa. *Sexy.* Podría haberme pateado por hablar de más. Un simple "sí", habría sido suficiente.

Ladeó la cabeza, con sus ojos profundos concentrados en mí con una intensidad a la que no estaba acostumbrada. Como si realmente me estuviera viendo más allá de la vestimenta, el maquillaje y el peinado; viendo a la chica que había debajo.

Intenté enfocar mis ojos. ¿Esas eran sus pestañas? *Imposible.* Eran demasiado largas para ser de un hombre.

–Te *ves* borracha –respondió.

Guau. ¿Era tan obvio?

–Para nada, solo bebí unos vasos.

Me observó con escepticismo, al tiempo que yo ponía mi mejor cara de sobriedad.

Sus ojos se dirigieron a la barra que se iba animando rápidamente, tal como vaticinaron las mujeres en el baño. Todo indicaba que la pelea había dado comienzo a la noche, y ahora las cosas se ponían realmente buenas.

–¿Estás varada aquí?

–No –mentí. Varada me hacía parecer tan… indefensa. Aunque fuera cierto, yo no era así. Sabía defenderme.

–¿Adónde se fueron entonces?

Solté el aire. Era difícil mantener la mentira cuando ahí estaba yo: sola, congelada, mojada. Y más alcoholizada de lo que me convenía, si se tenía en consideración que mi conductora designada me había dejado a la deriva. Pasé una mano por mi cara.

Él metió una de las suyas en el bolsillo de su chaqueta, pero no agregó nada más. Permanecimos apoyados contra la pared, en silencio, mirando fijo hacia adelante, separados por una corta distancia. Su cuerpo irradiaba calor. Hice rotar el teléfono en mi palma, nerviosamente, esperando que se fuera. No quería llamar a Georgia delante de él y que notara lo desesperada y sola que me encontraba.

Una de las mujeres del baño ahora bailaba sobre una mesa, sacudiendo los brazos por encima de su cabeza y meneando las caderas ante los gritos entusiasmados de los hombres que la rodeaban desde abajo.

Habló a mi lado. Su voz, un murmullo profundo que retumbó por encima del bullicio:

—Ya sé que no estás varada, ni nada —¿había cierta burla en su tono?—, pero podría llevarte a tu casa. Si quieres.

Volteé para estudiarlo, apoyando mi hombro contra la pared. Lo revisé de arriba abajo, evaluando cada centímetro de su ser de motoquero hot. Era realmente bello: pelo oscuro y ojos de color chocolate, profundos y magnéticos. Lástima que era todo lo que yo jamás podría tener.

—No tendré sexo contigo.

Se acomodó para quedar enfrentado a mí, también con su hombro contra la pared. Sus ojos relampaguearon al pasear desde mi pelo hasta mis pies.

—No recuerdo habértelo pedido —respondió.

Sentí que me sonrojaba. Sus palabras sonaron tan despectivas como estoy segura de que era su intención, y me indigné.

–¿Y qué? ¿Me llevarías simplemente porque eres un Buen Samaritano? Sí, claro. Te creo.

Recorrí con la mirada todo su cuerpo esbelto, su chaqueta de cuero y sus borceguíes. Era la fantasía caminando. Si lo mío fuera perder el control y tener sexo desenfrenado con un chico malo, él sería el candidato perfecto.

–Solo te llevo.

Nada en él anunciaba seguridad y, sin embargo, lo que me ofrecía significaba que debía confiar en él.

–Jamás es "solo te llevo" –acomodé un mechón húmedo y corto detrás de mi oreja. No, cuando volvía a casa con un chico, era mucho más que un simple trayecto desde un punto a otro.

–Mira, princesa –dijo sin vestigios de broma en su tono, lo que claramente indicaba que se había cansado de los jueguitos. ¿*Princesa*? Ofendida, enderecé los hombros–. Estás sola y ebria en el lugar equivocado –prosiguió–. En este preciso momento hay una docena de tipos mirándote, tratando de ver el modo más efectivo de tener sexo contigo.

Parpadeé. Se me dio vuelta el estómago. Miré al salón una vez más y vi las caras, los ojos. Tenía razón. Varios me estaban observando, me evaluaban.

–Aquí eres como una ovejita entre la manada de lobos –añadió.

Sí. Diría que eso describía perfectamente cómo me sentía. Una sensación que no me era desconocida. Y yo había jurado no sentirme así de vulnerable nunca más.

Sin embargo. Ahí estaba yo.

–Y tú no eres un lobo, ¿correcto?

–No te preocupes. No me interesan las princesas, ni borrachas ni sobrias.

Contuve mis ganas de decirle que no era una princesa, pues sonaría como si le rogara su aprobación. Y yo no le suplicaba a ningún tipo que gustara de mí.

–¿De veras quieres quedarte? –insistió.

Miré el salón una vez más y Walt eligió ese preciso instante para enviarme un beso volador... seguido de un gesto obsceno. Aparté la vista de inmediato. *¿Cómo pude terminar en un lugar como este, sola?*

Era evidente que me había vuelto demasiado segura, demasiado soberbia, demasiado acostumbrada a tener todo bajo control. Una llamada de mamá había sido suficiente para perturbarme, a tal punto que me permití llegar a esta lamentable situación.

Tanto pensar y tantas cervezas no eran una buena combinación. Mi estómago no resistía más.

–Voy a vomitar –giré sobre mi eje y empujé la puerta. Di unos pasos y con las manos en mis caderas eché la cabeza hacia atrás dejando que el aire helado me golpeara. La náusea pasó. Oí sus pasos detrás de mí, haciendo crujir la mezcla de hielo y nieve–. Estoy bien –por algún motivo, me pareció que me lo decía a mí misma, para tranquilizarme. Volteé a mirarlo. Me observaba con expresión de no estar para nada convencido.

Suspiré y miré nuevamente el estacionamiento. La nieve empezaba a cubrir las motos y los autos. Me sentí desolada.

Solo quería estar en casa. La compulsión de encerrarme en mi oscura habitación hasta que pudiera volver a ser yo misma se apoderó de mí, como un organismo viviente y desesperado. Podría olvidarme de la imprudencia de esta noche, pero antes debía dejarla atrás.

—Vivo en la ciudad —me oí decir—, en una residencia. En Dartford.

—Podría haberlo jurado —rio, y el sonido rozó mi piel como un terciopelo—. Vamos, chica universitaria. Te llevo a tu casa.

Titubeé, jugueteando con el celular en mi bolsillo. *Podría* llamar a Georgia. O aceptar el ofrecimiento de este tipo y estar en casa en media hora. Georgia y Pepper no se enterarían de lo estúpida que fui al salir con Annie y —como si eso fuera poco— beber de más. Podría olvidar por completo esta noche y volver a ser la chica salidora y despreocupada, dueña de su vida. La próxima vez que llamara mamá, la desviaría directamente a la casilla de voz. Con ese método, podría pasar hasta seis meses sin hablarle. Todos estos pensamientos poco coherentes se atropellaban en mi mente.

Caminó hacia el estacionamiento, se detuvo y volteó, esperándome.

Era alto y sólido. Cualquier chica se le echaría encima, encantada. Y él se las arreglaría, lo más bien, sin ninguna agitación. Apreté los ojos cuando se me cruzó la imagen de mis piernas enroscadas alrededor de sus caderas esbeltas y sus palmas grandes sosteniéndome por el trasero, mientras yo lamía su cuello. Mi respiración se aceleró.

–Vamos. No tengas miedo. Juro que no soy un sociópata. *¿Acaso un sociópata no diría exactamente eso?* Pero fue su "no tengas miedo" lo que me llegó. Burlón. Yo no tenía miedo. *Jamás.* No me lo permitía. *Nunca más.* Levanté el mentón, me adelanté y lo seguí. Se detuvo junto a una camioneta desvencijada y se tomó el trabajo de acompañarme hasta el lado del pasajero.

–¿Qué, no tienes moto? –comenté, observando tanto al vehículo como a él.

–Hace diez grados bajo cero.

Así que tenía una. La imagen que me había hecho de él no se desintegraba del todo, entonces. Abrió la portezuela. Muy caballeroso y, lo admito, inesperado. La mayoría de los tipos con los que salía no me abría la puerta.

Borré la comparación y trepé al asiento. La puerta hizo un ruido espantoso cuando la cerró. Intenté colocarme el cinturón de seguridad con dedos inseguros, hasta que por fin lo logré. *Dios.* Realmente estaba ebria.

Dejé escapar el aire de mis pulmones, miré hacia adelante y me obligué a despejarme.

No era la primera vez que me excedía con la bebida, pero este era el peor panorama ya que estaba a merced de un extraño. ¿Cuántas historias disparatadas de secuestros comenzaban así? Me estremecí y no solo por el frío. Abrigué mis rodillas con las manos. *Vamos, Em. Cálmate.*

Se asomó del lado del conductor y encendió el motor, que ronroneó. Graduó la calefacción. El aire sopló frío por los conductos.

—Hay que darle tiempo —explicó, mientras se inclinaba a buscar una rasqueta para el hielo, debajo de su butaca. Cerró la puerta y con movimientos decididos, quitó el hielo y la nieve del parabrisas. Observé su rostro a través del vidrio, y verlo tan concentrado hizo que se me cerrara el pecho. *Estúpida*. Reconocía esa sensación y no podía permitirme sucumbir a su atractivo. Mandíbulas cuadradas, nariz recta pero, más allá de sus labios sensuales y bien formados, no era mi tipo. Como para reafirmar el hecho, no bien subió a la cabina, a mi lado, giré apenas y le indiqué:

—Me llevas directamente a mi casa.

—Ya quedó claro, ¿no? —manifestó con cierta impaciencia.

Mientras esperaba que el motor calentara, se restregó las manos y les echó aliento, sin volver a mirarme. Como si yo no valiera la pena, y eso me hizo sentir un poco tonta.

—¿Estudias? —pregunté, aliviada de sonar normal.

—¿Como universitario?

—Sí.

—¿Parezco un estudiante universitario? —respondió, apartando las manos de su boca.

No. Al menos no como los chicos con los que íbamos a la universidad.

—¿Terminaste la secundaria?

Rio con un ronquido.

—Sí. La terminé.

Hubo una pausa.

—¿Qué edad tienes? —proseguí.

—Veintitrés.

Tres años más que yo. Y nunca había ido a la universidad.

—¿A qué te dedicas?

La piel alrededor de su mentón se puso tensa y un músculo vibró, señal de que yo había tocado un nervio.

—¿Quién dijo que me dedicaba a algo? —su tono fue áspero, casi burlón, nuevamente.

Estaba segura de que *hacía* algo. ¿De qué otra manera subsistía, si no? Pero ahora lo había fastidiado y no compartiría nada más conmigo.

—¿Qué tal si empezamos con los nombres? —propuse con tono conciliatorio—. Me llamo Emerson.

—Shaw —respondió.

Shaw. Tenía aspecto de Shaw... si es que eso existe. Pero le calzaba. Los ventiladores ahora soplaban aire más cálido.

—Emerson —movió la palanca de cambios y retrocedimos—. Bueno. Espero que no te moleste que lo diga, pero tus amigos apestan.

—Sí. Bueno. No son realmente mis amigos —aclaré.

—Supongo que eso es bueno... pero entonces, ¿por qué saliste con ellos?

Porque tuve una conversación desagradable con mi madre que me desestabilizó y me hizo actuar como una estúpida.

—Porque mis amigas de verdad están todas de novias —admití, en lugar de eso. Las palabras salieron libremente de mis labios y me percaté de que hubiera sido mejor si admitía la pelea con mi madre. Casi sonaba como que les envidiaba su estado de noviazgo.

—¿Y tú no? —indagó.

¿Estaría intentando saber si yo estaba disponible? Pero ya me había dicho que no estaba interesado en mí. Mis ojos se posaron en sus manos sobre el volante. Eran fuertes y masculinas, de líneas marcadas y uñas cuadradas. El tipo de manos que anunciaban a los gritos capacidad y fortaleza, que sabrían cómo tocar a una mujer.

Parpadeé y me obligué a mirar al camino. Mis manos se cerraron más apretadamente sobre mis rodillas.

–No. No tengo novio. ¿Y qué hay de ti?

–Tampoco tengo novio –respondió, al bajar la velocidad en una esquina iluminada.

Solté una risita. No lo pude evitar. Sentí que me relajaba y me recosté contra la ventanilla. Con un hipo, giré para observarlo con los párpados entornados.

–Eres gracioso –y *sexy como nadie.* Un loco impulso de deslizarme por el asiento y besarlo en el cuello se apoderó de mí. Provocado por el alcohol, sin duda. Eso y que era sábado a la noche y a esas alturas, por lo general, estaba enredada con algún chico.

Sus ojos castaños se posaron en mí y eso me hizo sentir muy suave y abrigada por dentro. La cabina de la camioneta era cálida y confortable. Podía dormirme ahí mismo.

–¿Cómo es que no tienes novio como tus amigas?

–Demasiado complicado –suspiré somnolienta–. Sería un impedimento para hacer lo que yo quisiera –respondí. *¿Esa voz tan ronca era mía?*

Su mirada profunda y abismal brilló en las sombras de la cabina. Miró mis piernas, enfundadas en el jean angosto.

Me sentí desnuda bajo su escrutinio y la sensación no fue del todo *mala*.

—¿Y qué tipo de cosas quieres hacer? —su voz se arrastró sobre mi piel como una caricia.

Sonriendo, apoyé la nuca en el respaldo. Como en una nube, floté en un estado de total bienestar. Me sentía peligrosa, intocable: una sensación embriagadora. Tal vez, engañosa, pero me hacía sentir poderosa... nuevamente en control.

—Oh, toda clase de cosas atrevidas... —y entonces, como si me dominara una fuerza incontrolable, me estiré hacia él todo lo que me permitía el cinturón de seguridad. Hasta que la punta de mi nariz rozó su cuello. Mis labios se movieron contra su piel cuando hablé—. Como esta.

Dejó salir el aire de sus pulmones en un siseo. Me aparté y lo observé.

—Vamos, pues, muéstrame —su voz resonó desde su pecho, profunda y apretada.

Sonreí ante el desafío. Jamás pude resistirme a un reto y ese sonaba claramente como uno. Acerqué mi cara a su cuello una vez más e inspiré. Olía rico. Una mezcla de jabón, invierno y troncos recién cortados. Ningún perfume denso.

Moví mi rostro contra su cuello, como una gata que ronronea desesperada por acercarse aún más. Y entonces lo lamí. Con un gruñido de satisfacción probé su sabor cálido y algo salado. Proseguí con un beso húmedo y abierto contra su garganta.

Su aliento entrecortado alborotó mi cabello, justo encima de mi oreja. Tragó. Sentí el movimiento de su garganta contra mis labios.

Todo en mí se volvió líquido y caliente. Como si mis músculos se hubieran derretido y convertido en mantequilla fundida. Quería meterme dentro de él. Apretarme contra su cuerpo hasta conocer cada resquicio. Cada línea, cada hueco. Su firmeza. Mi vientre se contrajo en un dolor sordo que latió en mis profundidades.

De pronto surgió una necesidad que me sacudió hasta el infinito. No era como nada que hubiera experimentado antes, y eso me inquietó. He besado a muchos y debí haber sentido esto alguna vez, sin embargo era diferente, *él* era diferente.

Me incliné más, lista para treparme a su regazo pero mi cinturón de seguridad me lo impidió. Fue suficiente. Suficiente para recuperarme.

Recordé que yo no me echaba encima de tipos como él. Volví a mi lugar y lo observé con cautela: su mandíbula tensa, dientes apretados y ojos que brillaban con una luz depredadora. Parecía que quería decir algo… o hacer algo. Tal vez jalarme y sentarme en su regazo.

Me preparé. Sabía que no debía provocar a los tipos que no podía controlar. Era un límite que jamás cruzaba, salvo que lo acababa de hacer.

El auto de atrás nos hizo señas con las luces. Pestañeó y fijó su atención en el camino.

Deseé que se apresurara, que atravesara la ciudad para

poder correr hacia la residencia y olvidar esta noche. Olvidarme de él.

—Creo que no eres la chica mala que pretendes ser. Para nada —declaró, mirando hacia adelante y conduciendo cómodamente.

Apreté los labios mientras las luces de la ciudad pasaban borrosas. No tenía sentido discutir. A menos que quisiera convencerlo de que sí era una chica mala, y no me atrevía a hacerlo.

—Estás borracha —afirmó—. Mañana te despertarás en tu cálida cama y ni recordarás mi nombre.

Me hundí en el asiento y encogí las piernas para sentarme sobre ellas. La nebulosa de euforia que me había envuelto comenzaba a disiparse. Percibí un leve dolor de cabeza. Mis párpados pesados se cerraron y la presión que sentía en mis oídos fue disminuyendo de a poco. Me relajaría por un momento. Hasta que ingresáramos al campus y entonces le daría indicaciones para llegar a mi residencia.

Shaw. Su nombre relampagueó en mi mente abotagada. Lo recordaría. Recordaría su nombre.

CAPÍTULO 3

Al despertarme, cinco segundos fue todo lo que necesité para darme cuenta de que estaba desnuda. Bueno. Casi. Tenía solo mi ropa interior. Desconcertada, miré velozmente a mi alrededor y el siguiente pensamiento fue aún más alarmante. *¿Dónde diablos estoy?*

La cama era grande y confortable. Un contraste, comparada con mi cama individual en la residencia. No tan larga como la *California King* que tenía en mi casa, pero pasaba tan poco tiempo en aquella que esta se sentía gigante y más que ajena. También olía bien. A jabón y sábanas recién lavadas.

Me devané los sesos buscando recuerdos de la noche anterior. No fue demasiado difícil. No estaba tan borracha como para haberme olvidado. Recordaba a Annie, que me dejó de a pie. Recordaba a Shaw.

Shaw. Ay. Demonios. Estaba grabado en mi mente como una marca a fuego. Shaw, que se ofreció a llevarme a casa. Cerré los ojos en un lento y doloroso pestañeo. Y había aceptado su oferta. Subí a su camioneta. A la de un motoquero hot y peligroso.

Aparté las mantas con rapidez y estudié mi cuerpo como si pudiera encontrar evidencias de… bueno. Sexo.

Se me hizo un nudo en la garganta y se me llenaron los ojos de lágrimas. Lo último que recordaba era que estaba sentada junto a él. Y… *Dios.* Le había lamido el cuello. *¿Qué ocurrió después?*

Mi cuerpo parecía igual que siempre. Caderas apenas curvas que me salvaban de parecer un niño de once años. Pechos nada extraordinarios. La piel demasiado pálida, aunque sin defectos. Aun así, lejos estaba de sentirme satisfecha. Hice varios movimientos para detectar alguna diferencia, alguna sensación física que me revelara rastros de actividad nocturna. *Me daría cuenta si había tenido sexo, ¿no?* Sentí la presión de nuevas lágrimas cuando supe que tal vez sí había pasado algo, y no me había percatado, siquiera. *Dios.* Estaba atrapada en un episodio de *60 Minutos.*

Esto no tendría que haber sucedido.

La alarma de huida se puso al rojo vivo. Debía salir de ahí.

Mis ojos recorrieron la habitación buscando mi ropa. Solo me respondieron unas paredes de madera. Me encontraba en un único cuarto, grande y aireado, a pesar de la oscuridad de los muros. La luz ingresaba por varias ventanas en el área de la cocina. Una puerta ventana doble, a la izquierda de la cama, me otorgaba una vista parcial del mundo exterior. Pude ver el cielo azul y el suelo cubierto de nieve. El sol matinal se reflejaba en el hielo acumulado sobre las ramas desnudas de un gran árbol que se asomaba más allá de la puerta.

El silencio era total, excepto por el suave ronroneo de la estufa. Era como si yo fuera la única persona que quedaba en el planeta. Ciertamente, la única persona en esa casa. ¿Dónde estaba Shaw? *¿Secuestrando a otra chica?*

Junto a una chimenea donde ardían brasas y troncos, había un sillón mullido. Mi ropa estaba puesta ahí. Doblada casi con esmero.

Envolviéndome en la manta, me levanté con ímpetu. El movimiento repentino hizo que todo girara a mi alrededor. Mareada, me llevé las manos a la cabeza como si así pudiera sofocar el latido de mis sienes. Juré jamás volver a beber. *Nunca, jamás.* Sí, claro, lo había prometido antes, pero esta vez iba en serio.

Al avanzar, tropecé con la manta. Con un gruñido, recogí el extremo ofensivo que se arrastraba y lo sostuve con el brazo. Cuando llegué a mi ropa, miré furtivamente y dejé caer la manta. Me vestí tan rápido como pude. Hundida en el sillón, me calcé una bota. Busqué la otra y entonces sentí los golpes.

Quedé petrificada. Mi pulso enloqueció en mi garganta. Todo parecía moverse en cámara lenta y los pasos se hacían cada vez más fuerte, más cercanos, y astillaban el silencio.

Se abrió la puerta y Shaw ocupó el espacio. Venía cargando leña. De inmediato sus ojos se fijaron en mí. Se detuvo en el umbral. Lo observé, inmóvil, y me sentí como una liebre atrapada en la mirada de un depredador.

Dio un paso y cerró tras sí con el talón de la bota. Cruzó la sala y debí contenerme para no dar un paso atrás. Se detuvo y se inclinó frente al fuego.

—Estás levantada.

Lo observé mientras apilaba los troncos en una caja junto a la chimenea. Ni miró hacia donde estaba sentada, todavía aferrada a mi bota.

Humedecí mis labios intentando encontrar mi voz, al tiempo que veía sus brazos extenderse y flexionarse debajo de una camisa térmica, de manga larga. Una ligera capa de nieve espolvoreaba su cabello y sus hombros.

—¿Qué me hiciste? —pregunté, cuando por fin recuperé el habla.

Dejó de acomodar la leña y sus ojos volaron hacia mí. Se me cortó el aliento. Todo en él, en ese instante, a plena luz del día, era *más*. Más guapo. Más masculino. Sus ojos brillaban con vehemencia, eran más vívidos. Que su expresión fuera de enfado, no alteraba el impacto en lo más mínimo. Pero mi estómago se contrajo. Me encogí bajo la intensidad de su mirada.

—No te *hice* nada, excepto ocuparme de ti en estado de ebriedad.

—Me desperté en tu cama —señalé hacia atrás—. Deduzco que esta es tu casa.

Asintió con la cabeza.

—¿Me desvestiste tú?

—Era eso o dejarte dormir en tu ropa mojada —dijo irritado—. Te caíste en la nieve. ¿Lo recuerdas?

Sí. Recordaba eso. Y que lo había lamido. Lo recordaba con dolorosa claridad.

—¿Dónde dormiste?

—¿Dónde crees? —preguntó, con una sonrisa socarrona.

El calor trepó por mis mejillas. No hacía falta mucha imaginación para deducirlo. No había más habitaciones en esa cabaña.

Volvió a atender los leños y respondió a su propia pregunta.

—En el sofá.

—Sí. Claro —resoplé. Jalé de la bota, terminé de subírmela y me puse de pie—. Déjame ver si entendí. Me trajiste aquí, me desvestiste y ¿después dormiste en el sillón?

Irritado, se incorporó. Qué alto era. *Impresionante.*

—Eres increíble. ¿Piensas que me interesa hacerlo con una chica inconsciente? —me estudió con lentitud, en detalle, haciéndome dar cuenta de que debía de estar hecha un desastre, con mi pelo alborotado, la ropa arrugada y el maquillaje del día anterior. Probablemente parecía un mapache con el antifaz borroneado debajo de mis ojos—. Tesoro, no eres tan irresistible.

Está bien, tal vez lo había insultado, pero él no se quedaba atrás.

—Lo siento —dije sin sonar arrepentida, cosa que no me

importó–. Discúlpame por entrar en pánico al despertar medio desnuda en una cama desconocida.

–Tal vez tendrías que escoger mejores amigos, que te respondan, así cuando entres en un casi coma alcohólico, no te despiertes en la cama de un extraño. Una sugerencia, no más.

Touché.

–Eres un cretino –fue lo único que se me ocurrió.

–Me han dicho cosas peores –sonrió, aunque sin humor.

–Estoy segura –tomé mi abrigo del sofá, giré y fui hacia la puerta.

–¿Adónde vas?

–A casa –respondí sin voltear.

–Sí, claro. Genial. ¿Y cómo piensas llegar?

Abrí la puerta, pasé a la galería y frené en seco. Me encontré con la realidad de cuán a su merced estaba. Un paisaje invernal se extendía frente a mí. A unos veinte metros de la cabaña había un lago congelado. Del otro lado podían verse casas y cabañas salpicando la orilla lejana.

Escuché sus pasos detrás de mí y me di vuelta.

–¿Dónde diablos estoy?

–A una media hora del campus –respondió con sarcasmo–. Una caminata larga, ¿no? –miró mis pies–. Y esas botas no son para una excursión, princesa, especialmente en la nieve.

Tragué mi respuesta insolente y con las manos apoyadas en mis caderas, le pregunté:

–¿Cómo llegué hasta aquí? Se suponía que debías llevarme a mi residencia.

Salió a la galería, aparentemente inmune al clima. Soplaba un viento helado que sacudía su camisa contra su pecho. Un torso musculoso, esbelto y firme. Podía notar las líneas de sus pectorales y de su abdomen recio.

—Ahora dime, ¿cómo se suponía que haría eso si quedaste fuera de combate y no pude despertarte? Ah, y tu licencia de conducir tiene una dirección en Connecticut así que no servía. ¿Y tu teléfono? Contraseña protegida.

Crucé los brazos y odié que tuviera razón. Esto lo había hecho yo misma. No era su culpa. Sí, claro, era maleducado y arrogante, pero quizá debiera agradecerle y considerarme afortunada por no haber terminado en manos de un degenerado que se aprovecharía de una chica inconsciente. Mis ojos fueron hacia él como si tuviera un imán. Era endemoniadamente sexy.

—Gracias —masculle.

—¿Qué? —preguntó con la mano en la oreja para oír mejor—. ¿Qué, algo medianamente agradable salió de tu boca? Imposible.

—Gracias —repetí furiosa y alzando la voz. Inhalé y dije en un tono más suave—: fue muy amable de tu parte ayudarme. Lamento haberte causado molestias.

—Molestias —murmuró, sonriendo.

—¿Podrías llevarme a casa ahora, por favor?

—Ningún problema. Vivo para socorrer a las consentidas princesitas de Greenwich.

Su expresión lo decía todo. No tenía una gran opinión de mí. Eso me dolió más de lo que debía. Estaba acostumbrada a gustarles a los chicos; al menos en lo superficial. *Y enfréntalo, eso es todo lo que les permito ver.* Nunca les dejaba ver a la verdadera yo, a la que se escondía detrás de la chica fiestera. Si es que alguna vez lo intentaban. Ya que la mayoría se contentaba con pasarla bien. Sin ataduras.

–¿Me dirás ahora dónde vives, princesa? Así puedo ocuparme de mis cosas porque, aunque no lo creas, tengo mucho que hacer.

Me crispé. Así que pensaba que yo llevaba una vida encantada... que era una princesa malcriada que provocaba a los hombres, lamiéndolos, y luego perdía el conocimiento como una triste borracha. Me sonrojé. Después de todo, no estaba tan *equivocado*. Salvo que mi vida distaba mucho de ser mágica.

Claro que no le diría eso. ¿A quién le importaba lo que pensara de mí? Que pensara lo que quisiera.

–Vayamos. No me gustaría impedir tus quehaceres... como planear la próxima ola de delitos con tu pandilla de motoqueros.

Sus labios se extendieron en una enorme sonrisa y me percaté de que le divertían mis desafíos. Ahora que mi pánico inicial por despertarme en un lugar desconocido había desaparecido, tal vez yo también podría disfrutarlo.

–Vamos, así no pierdes tu cita con la manicura.

–Es mañana.

El sonido de su risa me siguió cuando avancé y bajé de la galería. Su camioneta estaba sin traba, ¿y por qué no, si aquí estaba en medio de la nada? Abrí la portezuela y me metí de un salto.

Subió y encendió el motor. Esperamos a que entrara en calor. Con la vista en el lago congelado, me maravillé de la paz del paisaje. No me hubiera imaginado que viviera en un lugar así. Era... encantador. Lo cual era extraño. Era un motociclista. Quizá una casa destartalada donde fraccionan metanfetaminas fuera una imagen más apropiada para él. Era un estereotipo, lo sé, pero él también me encasillaba en uno.

—¿Hace mucho que vives aquí? —pregunté, mirándolo de reojo.

—Era de mi abuelo. Murió el año pasado y me lo dejó.

Rápidamente volví a mirar hacia el frente, con las manos apretadas en mis rodillas. Era el primer intercambio verdadero que hacíamos aparte de las ofensas y, francamente, me ponía incómoda. Él me ponía así. Era innegable. Desde el primer momento en que lo vi.

—Lo siento —dije, porque tenía que decir algo. Era obvio que se querían. El hombre le había legado su casa—. Lamento lo de tu abuelo.

Movió la palanca de cambios y salimos de la propiedad en reversa.

—Fue a pescar con un amigo; al regresar, se preparó un sándwich, se recostó a descansar y nunca se despertó. Tenía ochenta y nueve años. Todos deberíamos tener esa suerte.

Parpadeé ante el absurdo ardor en mis ojos, sorprendida de la repentina emoción. Supongo que se debía al tono afectuoso en su voz al referirse a ese hombre que, evidentemente, había significado mucho para él. Y no cabían dudas de que su abuelo lo había amado. *Ojalá yo tuviera eso. Ojalá tuviera a alguien.* Ningún miembro de mi familia estaba interesado en si yo vivía o no. Si algo malo me sucediera, nadie estaría demasiado afectado.

–De todos modos… debe ser duro. Lo echarás de menos.

Sus ojos se posaron en mí sin nada de la sorna que hubiera esperado. Nada de sonrisa socarrona. Su mirada expresaba curiosidad, como extrañado de que yo pudiera decir algo comprensivo.

–Sí. Así es… gracias.

Asentí y volví a mirar al frente.

Condujo en silencio hacia la ciudad. Sentada sobre mis manos, solo hablé cuando nos aproximamos al campus, para darle direcciones hacia mi residencia.

Por ser domingo y tan temprano, había pocos estudiantes, y me alegré. Nadie me vio bajar de la camioneta. No hubo testigos de mi llegada con la ropa de la noche anterior para deducir una encamada.

–Gracias –dije sosteniendo la portezuela–. Por todo.

Fue un momento peculiar. Ansiosa como estaba por irme, supe que no lo volvería a ver. No nos movíamos en los mismos círculos. De ninguna manera regresaría a Maisie's; y esa realidad me mantuvo clavada en el lugar, mirándolo durante más tiempo del que debía. Como si lo quisiera grabar en mi memoria. Un tipo como ninguno de los que yo me permitía frecuentar.

–Seguro, de nada –sus ojos se veían oscuros al sostener mi mirada–. No te metas en problemas.

–Lo intentaré –mis labios se extendieron en una sonrisa por la ironía de que fuera un chico que encontré en un bar como aquel quien me daba ese consejo–. Tú tampoco. No te metas en más peleas de bar.

–¿Ah, sí? –sus ojos brillaron–. Bueno, tú no empieces otras.

–Sí –reí–. No te preocupes. No volverá a suceder.

–Adiós, Emerson.

Cerré la puerta y caminé hacia mi residencia. Me concentré en dar un paso después de otro e ignoré el hilo de sensación que me recorría, indicándome que me estaba observando.

En la suite no había nadie. No era de sorprender, pero revisé ambas habitaciones para asegurarme. Pepper hacía poco que salía con un chico fabuloso. Desde que estaban juntos, pasaba la mayoría de las noches en su casa. Y Georgia tenía a Harris. En mi opinión, no era un novio fabuloso, pero era un novio, de todos modos.

Por una vez me alegré de que no estuvieran para no tener que explicarles dónde había pasado la noche. Las amaba, pero tendían a preocuparse por mí. Nada les gustaría más que me calmara, que dejara de lado esa veta salvaje y me consiguiera una pareja.

Me quité la ropa, me puse la bata y con mis cosas de tocador crucé el vestíbulo hacia el baño, suprimiendo un escalofrío ante la sola idea de un novio. Los novios pretenden, entre otras cosas, que los dejes entrar. Y eso no iba a suceder.

Estuve al menos media hora bajo la ducha antes de lavarme la cabeza y bañarme íntegra. Seguía pensando en la noche anterior y en esa mañana. Despertar en la cama de Shaw. A pesar de su costado de chico malo, no había avanzado sobre mí. Sí, era evidente, la invitación fue clara cuando prácticamente me monté sobre él y le pasé la lengua, como si él fuera una paleta. Sin embargo, no se me vino encima; tampoco me exigió más ni intentó manipular mi borrachera. Y esta mañana... todo lo que quería era librarse de mí.

Cerré los grifos, y me recordé que no debía ofenderme. No debía interesarme.

Una vez seca, me puse la bata. Las argollas de la cortina chillaron al correrla. Suzanne se estaba lavando los dientes frente al espejo.

—¡Hola, Em! —exclamó con la boca llena de dentífrico.

—Hola. ¿Qué tal tu salida?

—Bien —puso los ojos en blanco y escupió en el lavabo—, hasta que su exnovia apareció con un chico y no él pudo dejar de mirarlos durante toda la cena. Resultó que me había llevado al restaurant favorito de ella. Lindo, ¿no?

—Qué basura —comenté y fui hacia la puerta.

—Lo mismo pienso. Si hubiera salido contigo, me habría divertido más.

—Te lo recordaré la próxima vez que me abandones porque un tipo te invita a salir —le dije al salir.

–¡Oye! –gritó, a la defensiva–. Yo comprendería si tú cancelaras tus planes por una cita.

–¿Y por qué habría de hacer eso? –protesté.

–Algún día lo harás. ¡Lo sé! Cuando conozcas al indicado –escuché sus palabras cuando atravesaba el vestíbulo.

Suzanne leía demasiadas novelas románticas. Comenzaba a creer en ellas. Sacudí la cabeza, entré en el apartamento y me vestí sin perder tiempo. Me sequé el pelo para que no se me formaran estalactitas al salir, sabiendo perfectamente adónde iría esa mañana.

Con el pelo seco y mínimamente armado, me puse un poco de maquillaje y el abrigo. Sumé un echarpe grueso y salí.

Aún era temprano y no había mucha gente en actividad. Fui directamente a Java Hut, con la esperanza de que una dosis de cafeína aliviara mi dolor de cabeza. Mi estómago se quejó cuando entré a la cafetería. En la semana era prácticamente imposible conseguir dónde sentarte. Por el momento, la fila era bastante corta, solo había dos personas delante de mí. Parecían chicas de una fraternidad femenina, a juzgar por su aspecto y las letras griegas impresas en sus traseros.

–¡Hola, Emerson! –saludó uno de los chicos que atendían detrás del mostrador.

Su rostro me resultaba familiar. Creo que coqueteamos en una fiesta el semestre anterior.

–¡Hola! –espié su escudo de identificación–. Jeff.

–¿Qué vas a llevar? –preguntó, mientras quitaba un vaso de la pila. Lapicera en mano, escribió mi nombre en él.

–Capuchino.

Claramente fastidiadas de que tomaran mi orden antes que las suyas, las chicas me dedicaron una mirada poco amigable. La cajera las observó como pidiendo disculpas y comenzó a presionar los botones para cobrarme, pero Jeff la frenó con una mano en el brazo.

—Es invitación mía —murmuró, y me guiñó el ojo.

—¿Qué les puedo servir? —preguntó la cajera a las estudiantes.

Con una última mirada asesina hacia mí, se adelantaron e hicieron su pedido.

—No tenías que hacer eso —le dije a Jeff con una sonrisa débil. Y realmente, hubiera preferido que no lo hiciera.

—Quería hacerlo —respondió—. Invitar a una chica linda es uno de los beneficios de este empleo.

—Gracias —dije. A esta altura, ponerme a discutir provocaría una escena imposible de soportar.

—¿Y cómo has estado? ¿Tuviste unas buenas vacaciones? —quiso saber, mientras vertía leche espumosa en mi café.

—Sí, gracias.

—Genial. Yo fui a esquiar. Mi tío compró una cabaña en Vermont. A solo dos horas de aquí. Puedo ir cuando quiera. ¿Esquías? Deberías venir un fin de semana conmigo, antes de que se vaya la nieve. Hay un hidromasaje —anunció levantando las cejas sugestivamente, y fue fácil deducir qué se estaba imaginando que podíamos hacer en esa tina.

—*Hmm.* Tal vez.

—Genial. ¿Todavía tienes mi número?

¿Alguna vez lo tuve? Asentí.

—Bueno, llámame —le puso la tapa a mi capuchino, se inclinó por encima del mostrador de mármol y me lo alcanzó—. La última vez que te llamé no respondiste.

Acepté la bebida y jugueteé con el borde de la tapa, incómoda, sin saber qué decirle. La mayoría de los muchachos se conformaban con una aventura de una noche. A veces llamaban, pero si yo no atendía, no volvían a insistir.

—Oye, todo bien —levantó las manos y me guiñó un ojo—. Te llamo más tarde.

Sonreí como si eso fuera bueno.

—Gracias por el café —me despedí y atravesé el suelo de madera en dirección a la salida, mientras probaba un sorbo. Hubiera querido un muffin, pero ni loca regresaba por una nueva dosis de incomodidad.

Afuera, me cubrí la cara contra el frío y enfilé hacia el edificio de Arte.

—¡Em!

Levanté la vista y vi que Georgia cruzaba la calle deprisa, arrastrando a Harris tras ella.

—Hola —saludé.

—Hola —replicó en su sensual acento de Alabama, con sus mejillas encendidas por el frío—. ¿Adónde vas?

—Al taller de arte, a trabajar.

—¿Y qué hiciste anoche, al final?

Titubeé. Podía contarle que Annie me había dejado plantada, pero eso llevaría al tema de cómo regresé a casa… y dónde dormí.

—Salí con Annie —opté por decirle.

Georgia hizo una mueca que revelaba su opinión sobre ella.

–Seguro que te divertiste –comentó Harris con un rictus significativo en sus labios, mientras me observaba de arriba abajo. Quise patearlo. Sabía que me consideraba una zorra. Y a Annie también. Era como si pudiera leerle la mente. Probablemente nos imaginaba a las dos acostándonos con la mitad del equipo de fútbol o algo por el estilo. Pequeño bastardo moralista. No entendía cómo Georgia no lo veía. Supongo que estaba ciega por el hecho de que eran novios desde la secundaria. Yo conocía a los de su tipo, sin embargo. Contento de tener a su linda novia, pero siempre mirando a otras... a mí, por ejemplo, con ojos libidinosos. No tenía evidencias de que la engañara, pero me sorprendería que no aceptara lo que se le ofrecía en las fiestas de su fraternidad cuando Georgia no iba con él.

–Bueno, ¿qué haces esta noche? –preguntó ella, hundiendo las manos en los bolsillos de su abrigo y balanceándose sobre sus pies.

–Todavía no tengo planes.

–Pepper mencionó una fiesta.

–Tenemos una cena, ¿recuerdas, Georgia? –intervino Harris.

–No –respondió con el ceño fruncido.

–En casa de un amigo de papá. El presidente del First National Bank; sabes que aspiro a hacer una pasantía ahí.

–Oh –comentó Georgia, decepcionada. Por su expresión, era obvio que no le interesaba ir.

–Puedo ir solo, pero te avisé hace un mes –hizo una pausa para que registrara el dato–. Esperan que vaya con alguien.

–Sí, por supuesto. Te acompañaré. Dije que lo haría.

Bebí de mi capuchino, más convencida que nunca de permanecer soltera. Me pregunté cuánto más toleraría Georgia. Hacía cuatro años que salían. Era difícil cortar algunos hábitos y también, aparentemente, con una relación de porquería.

–Bueno, lo siento –Georgia se dirigió a mí–, pero tal vez puedas ir a la fiesta con Pepper y Reece.

–Sip. Quizás –asentí. Podía ser divertido, ellos no iban a muchas fiestas. La mayor parte de su tiempo consistía en mirarse a los ojos, además de otras actividades que no publicaban, con justa razón.

–Vamos, Georgia, tengo frío. Voy adentro –dijo Harris, luego le soltó la mano e ingresó a la cafetería. Observé a Georgia mientras ella lo veía irse. Parecía alterada, con la piel lisa de su frente ahora fruncida.

–¿Están bien? –murmuré.

–Sí –volvió su atención hacia mí–. Perdón por eso.

¿Por qué cosa? ¿Porque su novio era un patán? Me encogí de hombros como restándole importancia. No me correspondía decirle con quién salir o no. Había intentado eso con mi madre y no funcionó para nada.

–Harris está muy estresado –prosiguió–. En poco tiempo debe rendir un examen exigente. Y está buscando una pasantía para este verano.

Asentí como si comprendiera.

−¿Qué tal si nos juntamos a desayunar mañana? Hace mucho que no lo hacemos. Le diremos a Pepper que venga, también.

Hacía tiempo que no nos reuníamos las tres para uno de nuestros desayunos. Los echaba de menos. Tal vez les contaría que mamá me presionaba para que fuera al casamiento de Justin.

Pero entonces tendría que contarles de Justin. Me estremecí ante la sola idea. No quería pensar en el gusano que tengo por hermanastro. Era mejor mantener algunas cosas enterradas en el pasado.

−Sería genial −respondió. Me dio un rápido apretón y desapareció en la cafetería.

Apuré el paso a través del campus, ansiosa por llegar al taller y perderme en la tela… el único lugar donde me sentía a salvo para dejar libre mis emociones. Donde podía permitirme perder el control.

CAPÍTULO 4

Inmersa en mi trabajo, perdí la noción del tiempo. Había otros alumnos en el estudio, concentrados en sus proyectos, pero allí, el silencio era una regla inquebrantable. La sala era amplia. Más amplia que cualquiera de las aulas en el campus, excepto unas pocas reservadas para conferencias. A través de grandes ventanales que iban del techo al suelo, la luz natural entraba a raudales. De vez en cuando, hacía una pausa y miraba hacia los jardines cubiertos de nieve prístina y dejaba que la serenidad de la escena bañara mi alma.

El taller era mi templo. Un refugio sagrado. La alocada Emerson, a quien los muchachos solo veían como un juguete para su diversión mientras ella se los permitiera, aquí no existía. ¿La quinceañera destrozada que acudió a su madre por ayuda? Tampoco.

Aquí solo era yo misma. Podía ser auténtica. Libre. En paz. En la tela no había amenazas; si me soltaba, no corría ningún riesgo. Con el pincel mezclé varios colores hasta lograr el tono exacto de azul. Pintaba sin siquiera pensar, me dejaba llevar. Fluía. Siempre era así. Simplemente hacía. Cuando retrocedía para considerar el resultado final, era casi como verlo por primera vez.

Mi teléfono vibró a mi lado, sobre la mesa de trabajo. Levanté la vista y noté las sombras alargadas, afuera. Miré el visor y leí el texto:

Pepper: dónde estás?

Dejé el pincel, me sequé las manos con una toalla gastada, levanté el aparato y escribí.

Yo: taller
Pepper: quieres salir? Fiesta a la noche.

Por unos instantes vacilé y pensé en responder que no. Pero me quedaría toda la noche enclaustrada en mi habitación, sola. Aunque podía estudiar para el examen de Historia del Arte que se avecinaba, la idea no me entusiasmaba.

Yo: Ok. Toy yendo a casa.

Me puse de pie y recogí mis pinceles y la paleta. Fui a los fregaderos al fondo de la sala para lavarlos. Cuando mis utensilios estuvieron limpios y enjuagados, los llevé nuevamente a mi puesto de trabajo. Me quité el delantal, eché un vistazo a la tela y me petrifiqué.

Tenía una vaga sensación de haber estado creando algo inspirado en el paisaje invernal, pero esto era totalmente inesperado.

La escena había surgido directamente de esa mañana. Un par de puertas con paneles de vidrio miraban hacia un mundo cubierto de nieve y un cielo celeste y traslúcido. Una sugerencia de cama y sábanas azules, revueltas.

Colores brillantes. Líneas puras. En teoría, muy moderno. Mi corazón estaba en lo que hacía, lo cual solo me hizo pensar en por qué habría pintado esa escena. ¿Qué estaba tratando de decirme a mí misma?

Lo único que podía ser más impresionante era haber pintado un retrato del propio Shaw. Era evidente que todavía lo tenía en mi mente. Di un paso atrás, observé el cuadro y sacudí la cabeza. Tal vez lo volviera a utilizar. Empezar de nuevo. Utilizar la tela para otra cosa.

Miré mi teléfono. Casi las seis. Mi estómago gruñó. Presioné una mano sobre mi vientre, convencida de que se estaba comiendo a sí mismo. Un recuerdo doloroso de que no había comido en todo el día. Me puse el abrigo, envolví mi cuello con el echarpe y saludé con un cabezazo a Gretchen, que estaba en un puesto más allá, trabajando en un complicado collage. Utilizaba una variedad de telas. Hizo una pausa en la tarea de rasgar lo que parecían cortinas viejas y dijo adiós con la mano.

Salí deprisa del edificio y atravesé el campus hundiéndome en el abrigo, mientras mis botas hacían crujir el suelo nevado. Parecía que la temperatura había descendido diez grados desde la mañana.

Al llegar, encontré mi habitación a oscuras y vacía. Georgia ya había partido, pero pude oír las voces de Pepper y Reece flotando del otro lado de la pared del apartamento. La puerta que separaba nuestros dormitorios estaba apenas entreabierta así que probablemente no estuvieran a los besos ni nada. De todos modos, golpeé antes de asomarme.

–¡Hola! –sonrió mi amiga al tiempo que se desenredaba de los brazos de Reece. Sentado en la silla, se lo veía tan sensual como siempre. Cabello rubio oscuro, corto, casi al ras. Su cuerpo esbelto y fuerte, totalmente cómodo en la habitación de Pepper. Por debajo de la manga corta de la camiseta, asomaba un tatuaje que descendía por su bíceps trabajado.

Juro que el tipo se disgustó cuando Pepper lo dejó para venir a saludarme. Como si no quisiera otra cosa que retenerla en sus brazos otra vez.

–¿Cuál? –preguntó, enseñándome dos abrigos que levantó de su cama.

–El negro –elegí después de evaluarlos.

–¿Te parece?

–Sí. Te ves fabulosa de negro –afirmé, y saludé con un gesto de la mano–. Hola, Reece.

–¿Qué tal, Em? –me sonrió. Al contrario de Harris, él nunca me hacía sentir como una ciudadana de segunda clase. Y jamás me miraba con ojos libidinosos. Ni a mí ni a ninguna otra chica. Salvo a Pepper, claro. El tipo era genuinamente agradable.

–¿Cuál es el plan? –pregunté–. Espero que incluya comida. Estoy al borde del desmayo.

–¿Estuviste pintando todo el día? –indagó ella con el ceño fruncido. Extendió el brazo y quitó una mancha de pintura en mi rostro–. ¿Ni siquiera paraste para comer?

Me encogí de hombros.

–¿Qué les parece si voy a comprar una pizza mientras se arreglan? –propuso él, poniéndose de pie–. Ya sé lo que tardan.

–Buena idea. ¿De Gino? –sugirió Pepper, en una combinación de pudor y provocación.

Reece sujetó el dobladillo de su suéter y la atrajo hacia él.

–¿Acaso la compraría en algún otro lado? –bajó la cabeza y la besó.

Aparté la vista; no me da por mirar. *Puaj*. Si no los quisiera tanto, podría vomitar.

–La encargaré en el camino. Estaré de regreso en media hora –dijo, y salió.

Con un clic, la puerta se cerró tras él y Pepper permaneció ahí, sujetando su jersey contra su pecho y con una expresión de tanto amor, que me dieron ganas de abrazarla y pegarle a la vez.

–La tierra llamando a Pepper.

–Lo siento –dijo volteándose con esa tonta sonrisa aún en el rostro.

—No, no lo sientes –le sonreí, sacudiendo la cabeza–. Al verlos así, casi tengo esperanzas.

—¿De encontrar a alguien? Por supuesto que sí. Cuando conozcas a la persona indicada. Cuando estés lista.

Y ese era el fondo de la cuestión. *Cuando esté lista*. Ella no comprendía que no lo estaría nunca. ¿Y cómo podría? Nunca le había explicado nada y no pensaba empezar ahora. Eso sí sería alargar la velada.

Me senté a su lado, en la cama.

—Entonces, ¿adónde vamos?

—Bueno, un amigo de Reece hace una fiesta de compromiso.

—¿De compromiso? –gemí. ¿La gente de nuestra edad ya empezaba a casarse? A cada paso escuchaba que había una fiesta de compromiso o de casamiento. Era el principio del fin. No podía ni contemplarlo. Pronto pasaría mis fines de semana en tés de despedida de solteras, y luego de nacimientos. *Mejor, mátenme*–. Suena… divertido.

—Bueno, no pongas esa cara –protestó.

El tema me retrotrajo a la conversación con mamá. No había ido al té de la prometida de Justin. Fue la semana anterior. Ni siquiera conocía a la pobre chica, pero mamá se aseguró de que me invitaran. No fui. Como tampoco iría a la boda. La fiesta de esta noche ya me parecía una mala idea. Me hacía recordar a mamá y a Justin.

Tomé un cojín y me lo puse en la nuca.

—¿No hay nada más fascinante para hacer? Tú sabes… ¿un velorio?

–Será divertido, Em –me dio una palmada en el brazo–. Se supone que habrá una banda –no debo haber parecido convencida, porque añadió–: no es un evento formal, ni nada por el estilo. Nada de cuarteto de cuerdas. Es en una casa, y debería ser bastante informal.

–Está bien –trancé a regañadientes–. Mejor me doy un baño. Nunca se sabe. Tal vez conozca a alguien digno de seducir –concluí con una mirada significativa.

–Eres tan mala –dijo sacudiendo la cabeza.

–Lo sé –respondí por sobre mi hombro sintiéndome un poco más como yo misma al detenerme frente a mi armario, decidida a encontrar el atuendo perfecto para esa salida nocturna.

La casa estaba repleta. Para ser una fiesta de compromiso, parecía que solo era de amigos de ambos novios, porque la mayoría era gente relativamente joven. No había padres ni abuelas observando alrededor de una mesa cargada de comida caliente.

Quitaron los muebles o los empujaron contra las paredes. Una banda se había instalado en la sala. Los invitados deambulaban por toda la casa y otros, por la galería calefaccionada con varias pantallas diseminadas allí, para contrarrestar el frío. Estos eran gente de la zona, amigos con quienes Reece había crecido. No eran como los estudiantes en Dartford y, algo inhibida, me llevé la mano a mis aretes de brillantes deseando haberlos dejado en casa. Y tal vez, también a mis jeans de diseñador. Yo quedaba en evidencia donde Pepper y Reece se integraban a la perfección.

Reece nos condujo a través de la multitud, en búsqueda de la feliz pareja. Cuando los halló, nos presentó a Pepper y a mí.

—¡Es divina! —exclamó Beth, la novia, y excompañera de escuela de Reece—. Tal vez pronto tengamos el anuncio del suyo, ¿eh? —añadió, con un suave apretón a la mano de Pepper.

Miré hacia otro lado, como si estuviera interesada en la gente. ¿Qué les pasaba a los que estaban por casarse que deseaban sumar a todos a sus filas? Debe ser un servicio secreto de reclutamiento.

Los novios pronto se alejaron para recibir a otros invitados y más felicitaciones y buenos deseos. Reece nos dejó en la sala para buscar bebidas en el bar que se había improvisado en la cocina.

—Nada mal, ¿verdad? —dijo Pepper por encima del bullicio de la música, al tiempo que echaba un vistazo alrededor—. Hay algunos tipos interesantes, ¿no?

—Puede ser —asentí. Tenía razón. Incluso varios intentaron captar mi atención cuando paseé la vista por el lugar. Por algún motivo, no me sentía animada esa noche. Y era una lástima porque mi pelo estaba como yo quería.

—Oh, oh, cuidado con eso. Anuncia peligro.

Seguí su mirada. Un tipo tan hot que podía ser tapa de la revista *GQ*, venía hacia nosotras. Abrazó a Pepper, quien lanzó un aullido cuando la hizo girar en sus brazos.

–¡Logan! –lo golpeó en el pecho–. ¡Bájame!

–No puedo evitarlo. Siempre estás con ese cretino de tu novio. Cuando tengo la posibilidad, debo aprovecharla.

–¿Ese cretino no es tu hermano? –pregunté.

Él desvió su mirada hacia mí con una sonrisa increíble.

–Emmmmerson –soltó a Pepper y se aproximó a mí–. Te ves… –hizo una pausa y esperé a que terminara la frase con una cursilería.

Estaba segura de que las usaba, pero no importaba. Era tan sexy que podía decir lo que se le ocurriera y las chicas, de todos modos, le arrojarían su ropa interior. Tampoco importaba que tuviera dieciocho años y que aún le faltaran unos meses para terminar la secundaria. Las universitarias hacían fila para estar con él.

–¿Cómo es que me veo? –lo alenté.

–Convenientemente sola.

–¿Convenientemente?

–Sí. Oportuno para mí. Por lo general, cuando te encuentro, ya estás rodeada. ¿Qué les pasa a estos perdedores? –señaló a la gente–. ¿Todavía no te sitiaron? Se la pierden.

Reí. Era muy simpático y ocurrente. No era solo un chico súper atractivo, también tenía personalidad. No era de sorprender; después de todo, era hermano de Reece. Seguro que habría más que belleza física.

–Entonces, ¿qué me dices? –preguntó sugestivamente, al tiempo que pasaba su bien torneado brazo por encima de mis hombros. Imposible no notarlo. El muchacho era musculoso. Un verdadero atleta. Creo que Reece había comentado que varios equipos de béisbol universitario estaban interesados en él–. ¿Me tendrás en cuenta?

–Ten cuidado –advirtió Pepper–. Te va devorar.

–Oye, me hieres –se llevó una mano al pecho–. No soy tan malo.

–No me refiero a ti. Hablo de Emerson. Es una come-hombres.

–¡Gracias! –le pegué en el brazo y señalé a Logan con mi pulgar–. ¿Y él, qué es?

–Hmm, diría que no un come-hombres –respondió él con aire de catedrático.

–No, solo un mujeriego –repliqué.

–¡Ay! –se quejó la mano en el pecho, nuevamente.

–¿Realmente estoy diciendo algo que no sepas? –lo desafié con una mano en mi cadera.

–Supongo que no, pero ¿eso significa que no quieres tener algo conmigo?

Pepper rio como una adolescente, era evidente que se estaba divirtiendo.

–¿Debo recordarte que hace unos meses querías que este tipo te entrenara en el juego previo? –bromeé.

–¡Emerson! –protestó ella y se puso de un rojo violento–. ¡Eso fue antes de conocer a Reece! Y además creí que Reece era Logan, como bien sabes.

–Esa historia nunca envejecerá –comentó él a carcajadas.

–Sí, a tu hermano le encanta. ¿Por qué no bromeas con él sobre eso? –repuso ella, cruzándose de brazos.

–Por esta noche, paso. Reservaré el episodio para alguna ocasión especial, como su cumpleaños, por ejemplo. Mejor aún, sacaré el tema cuando brindemos en su boda, algún día –sugirió. Pepper le dio un puñetazo en el brazo.

Sacudí la cabeza, sonriendo. Realmente era encantador en su estilo despreocupado de "quitémonos la ropa y ya". Una lástima que fuera hermano de Reece. Era material para una aventura de una noche, pero estaba fuera de mis límites: aún iba al colegio. Aunque tal vez eso no fuera impedimento para la mayoría de las chicas de Dartford, prefería que mis candidatos tuvieran más de dieciocho.

De pronto sentí un cosquilleo en la nuca. El ruido en la sala disminuyó de manera repentina. La banda siguió tocando, pero pareció como si la gente hubiera callado. Miré alrededor. Varias personas se habían volteado y miraban hacia la puerta.

Se me borró la sonrisa. El que entraba era Shaw.

Chico Motoquero.

Parpadeé, en un intento de aceptar su presencia. Había estado haciendo grandes esfuerzos para olvidarme de él y de la noche anterior. Imposible, si menos de veinticuatro horas después, lo tenía frente a mí.

Se lo veía relajado, con una media sonrisa en sus labios saludaba con la cabeza a unos y estrechaba las manos de otros. *¿Qué hace aquí?*

Aunque se movía con aplomo, algo me decía que no quería estar en este sitio. Se notaba en sus ojos. Había como una reticencia en sus oscuras profundidades.

–Bueno, miren eso –murmuró Logan. Él también observaba a Shaw.

–¿Quién es? –le preguntó Pepper, siguiendo su mirada.

–Shaw, el primo de Beth. Se graduó con Reece. Se alistó en los Marines en cuanto terminó la secundaria, con Adam, el hermano de Beth.

–¿Por qué estás tan sorprendido de verlo aquí, entonces?

–Me extraña que haya venido.

–¿Por qué? Beth es la prima –respondí con aire de no estar demasiado interesada.

–Exacto. Ella es su prima –asintió Logan, inusualmente sombrío. Inusual tratándose de él, claro. Nunca lo había visto tan serio–. Pero Adam no sobrevivió. Lo mataron allá, y desde que regresó, Shaw se ha mantenido bastante al margen.

Ahogué una exclamación y miré a través de la sala. Para entonces Shaw había llegado hasta Beth. En silencio, frente a frente, ninguno de los dos se movió. Por mi mente pasó la imagen de las confrontaciones llamadas "tablas mexicanas". Ella no lo abrazó como lo había hecho con Reece. *Diablos, como lo hizo con todos esta noche.* La tensión se podía palpar aún desde la distancia.

–¿Lo culpa por la muerte de su hermano? –pregunté. No parecía justo y, por algún motivo, eso me despertó un instinto protector, lo cual era ridículo. Su hermano había muerto. Ella tenía derecho a sentirse como quisiera. ¿Qué sabía yo de la situación? Shaw no era mío ni necesitaba mi protección.

–No lo sé. Lo único que sé es que desde que regresó, nadie lo ha visto mucho. Escuché que vive cerca del lago y trabaja en un taller mecánico, del otro lado de la ciudad.

Podía confirmar que vivía allí. Ignoraba si trabajaba en un taller o no, pero sí sabía que le gustaba andar en los bares de motociclistas. Me pregunté si eso también era algo nuevo para él. Supuse que no frecuentaba ese tipo de lugares cuando iba a la secundaria con Reece, ¿pero qué sabía yo?

Observé que los labios de Beth se movían, pero aún no lo abrazaba. El rostro de Shaw se puso tenso. El novio de Beth dijo algo y la apartó de allí. Él permaneció inmóvil, solo, pero no por mucho tiempo. Varias personas se aproximaron y lo saludaron. Sea cual fuere el problema con su prima, no abarcaba al resto. Continué observándolo, sin perder el detalle de sus hombros todavía rígidos cuando conversaba con los demás. Esto no era fácil para él. Estar allí. No quería estar allí, pero debía venir. *¿Por qué?*

De pronto Reece estaba a su lado. Se estrecharon la mano; Reece incluso forzó un ligero abrazo al que Shaw respondió con incomodidad. Intercambiaron algunas palabras y luego se voltearon hacia Pepper. Hacia nosotros.

–Oh, mira. Ahí vienen.

Mi pulso se enloqueció en mi garganta. Mi primer impulso fue huir. No le había mencionado la noche anterior a Pepper. ¿Cómo explicarle de dónde lo conocía?

Sus ojos aterrizaron en mí, mientras avanzaban a través de la sala. Su expresión no reveló nada, pero sus ojos se abrieron casi imperceptiblemente. Llegaron hasta nosotros y ya no tuve tiempo de esconderme... o de pensar en una excusa para mi amiga, cuando él contara que ya nos conocíamos.

Logan y Shaw fueron los primeros en estrecharse la mano.

—Qué bueno verte, hombre –saludó Logan.

—La última vez, me llegabas hasta acá –dijo Shaw, señalando la altura de su hombro.

—Sí, por suerte di el estirón.

—Mi novia, Pepper, y su amiga, Emerson –nos presentó Reece.

Estrechó la mano de Pepper, pero sus ojos estaban en mí, de hecho, estuvieron en mí aún mientras hablaba con Logan.

Dispuesta a admitir que nos conocíamos, extendí la mano. Sin embargo, me quedé helada cuando habló:

—Encantado de conocerte, Emerson –su mano cálida se cerró sobre la mía, y por mi brazo subió una chispa que me llegó al pecho. Cada uno de sus dedos dejó una impresión en mi piel que, estaba segura, sentiría durante horas.

—También yo –logré pronunciar a pesar de mi garganta cerrada.

—Me alegro de que hayas venido –dijo Reece–. Oí que estabas de regreso, pero no sabía cómo ubicarte. No he visto a tu madre por ningún lado.

—Se volvió a casar y se mudó a Boston –explicó. Y luego se volvió hacia mí; su mirada parecía buscar algo, era profunda. Fingí un gran interés en mi bebida.

Reece asintió. Un silencio incómodo envolvió a nuestro pequeño grupo.

—Parece un buen tipo —añadió Shaw, para llenar el vacío—. Al menos tiene un trabajo fijo y la quiere. Más de lo que mi viejo la quiso nunca —sonrió, pero con un dejo de tristeza. Tuve la clara impresión de que todo el encuentro le resultaba doloroso.

—Qué bueno. Tu mamá es tan afectuosa. Prepara las mejores galletas. Recuerdo que siempre nos esperaba con ellas después de la práctica de fútbol.

Shaw rio por lo bajo. El sonido me hizo estremecer. Lo cual era un disparate. ¿Desde cuándo la risa de un tipo me provocaba eso?

—Las traía de una panadería que estaba dentro de la tienda donde trabajaba —reveló con sus ojos puestos en mí—. Las del día anterior se las daban gratis a los empleados —era como si quisiera transmitir algo. Dejar algo en claro. *¿Qué? ¿Qué era diferente? ¿Qué vivíamos en mundos aparte?* Ya lo había entendido, desde el minuto en que lo vi, y no tenía nada que ver con el hecho de que su madre trabajara en una tienda de comidas y que la mía usara Chanel.

Pepper nos observó con curiosidad. Aparentemente, esto de mirarnos no le pasó inadvertido.

—Voy a buscar más bebida —anuncié, sacudiendo mi vaso casi vacío.

No me apetecía beber. El exceso de la noche anterior todavía se hacía sentir, demasiado, pero fue la excusa para apartarme del grupo.

Atravesé el gentío hasta el bar y le hice señas al barman. Sin éxito, pues un grupo de invitados lo tenía acorralado.

—Lo busco —ofreció una voz a mi lado.

Volteé para encontrarme con un chico lindo. No era un exacto producto de Dartford, pero estaba cerca. Con su pelo cuidadosamente cortado y sus encantadores hoyuelos, era mucho más seguro que el tipo que acababa de dejar... ese en el que había estado pensando demasiado.

Decidida a despejarme, le sonreí casi tímidamente. Pepper la llamaba mi sonrisa come-hombres. Bueno. Come-chicos. Chicos, podía manejar. Hombres, no tanto. Pero este parecía dócil, así que le dediqué toda mi atención y le permití llamar al barman como si yo fuera una pobre desvalida que no podía hacerlo.

Alentado, sonrió nuevamente y se inclinó lo suficiente como para que nuestros hombros se tocaran.

—¿Qué vas a beber?

—Hmm —miré la barra. No había mucho para elegir. Cerveza. Vino. Detrás de la barra, una jarra de Margaritas.

—Una Margarita.

El ajetreado barman se acercó y Chico Lindo pidió nuestros tragos. Me tomé unos instantes para mirar la sala. Reece y Pepper continuaban conversando con Shaw. Como si sintiera mi mirada, él se volteó. Quité la vista de inmediato, en el momento que Chico Lindo recibía las bebidas.

—Salud —brindó, chocando su vaso de cerveza contra mi Margarita—. Me llamo Jonathon.

—Emerson.

–Entonces, Emerson, ¿eres amiga de la novia o del novio?

–Soy amiga de un amigo de la novia –respondí.

–Ah. ¿O sea que viniste casi sin invitación? –me guiñó un ojo–. Una chica mala, ¿no? –me recorrió con una mirada apreciativa, deteniéndose en mi pelo, evaluando el magenta entremezclado con los mechones oscuros. ¿Qué? ¿Acaso el pelo de colores me catalogaba como una chica mala? Me contuve para no poner los ojos en blanco. Qué manera de estereotipar.

–¿Parezco mala? –le seguí la corriente, intentando entrar en el espíritu de la broma. Era mi fuerte. Algo que podía encender y apagar con la misma facilidad que con un interruptor. No debería sentirlo como si me estuvieran sacando una muela.

No debería.

Como si tuvieran vida propia, mis ojos lo buscaron por encima del hombro de Jonathon. Shaw seguía allí. Alguien a quien pensé que jamás volvería a ver, pero ahí estaba. Aun a esta distancia, estaba híper consciente de su presencia. *Normal, supongo*. Había pasado la noche con él y no nos habíamos ni besado. Tenía… curiosidad. Eso es todo. La multitud se movió, y dejé de verlo.

–¿Buscas a alguien?

–No –mentí e intenté borrar el recuerdo de despertar en su cama. De sábanas limpias y el crepitar de una chimenea. Me puse de puntillas y observé entre la gente.

Pepper reía de algo que decía Reece. Shaw sonreía con esa media sonrisa que ya me resultaba familiar. Alguien me empujó y debí bajar para no caer. Había llegado más gente. Apretados como sardinas, era tan sofocante como los clubes más concurridos. Si esto era la fiesta de compromiso, no podía ni imaginar lo que sería su boda.

Jonathon se apoyó sobre el mostrador, se inclinó y recuperó mi atención respondiendo con sus labios rozando mi mejilla.

–Oh, sí, pareces una chica mala –enroscó un mechón de mi cabello en su dedo y formó un rizo–. Apuesto a que eres bastante atrevida.

–¿Yo? No. Puedo ser bastante aburrida.

–Imposible. Eres demasiado sexy para ser aburrida.

–Te sorprenderías –volví a mirar hacia Shaw. Fue como si supiera que lo buscaba, su mirada estaba ya puesta en mí. Me ruboricé. Que me descubriera coqueteando con un tipo me hizo sentir incómoda. Era como si se diera cuenta, y presumiera. Como si supiera que estaba alentando a Jonathon. Alentándome a mí misma. Como si supiera de los juegos que hacía con chicos como este. Con chicos que no me importaban en lo más mínimo.

Y de pronto, perdí el interés en coquetear.

–Tendrás que disculparme –interrumpí a Chico Lindo, veo a mi amiga.

–¿Qué? ¿Adónde vas? –me sujetó del brazo–. Pensé que nos estábamos divirtiendo.

–Sí, pero ella tuvo una fea pelea con el novio y me necesita –sonreí, soltándome. Era más fácil mentirle que lastimar su ego con la verdad. No estaba interesada.

Caminé por entre la gente hacia Pepper, pero me desconcerté al descubrir que estaba solo con Reece. ¿Se había ido? ¿Y qué me importaba? No había regresado para verlo a él.

Volteé y miré alrededor.

–¿Me buscabas? –su voz en mi espalda me sobresaltó. Si hubiera tenido mi vaso lleno, me lo habría volcado encima.

Lo enfrenté, tratando de parecer más serena de lo que me sentía.

–¿Shaw? –exclamé. *¿Esa voz finita y entrecortada es la mía?*

No sonrió. Su rostro no reveló nada, mientras sus ojos recorrían mis facciones como si pudiera ver algo debajo del maquillaje y de la sonrisa que había pegado en mi cara.

Por fin registré su pregunta. *¿Me buscabas?* Dios. ¿Eso era lo que creía?

–No, no buscaba a nadie.

–Daba esa impresión.

Ok. Lo estaba buscando, pero no lo admitiría. La noche anterior me había dicho en términos bien claros que me encontraba totalmente resistible. No irresistible. *Resistible.* Lo recordaba perfectamente y no tenía el más mínimo deseo de mostrarme como una chica desesperada por él.

Miró hacia el bar, donde Jonathon me observaba con la desilusión pintada en el rostro.

–Tu admirador parece decepcionado.

–Lo acabo de conocer –desestimé.

–En otras palabras, ese tipo no te importa en absoluto.

¿Se supone que tenía que interesarme alguien con quien había intercambiado unas pocas palabras? ¿Por qué sentía que cualquier respuesta sería equivocada?

—¿A ti te importan algo las chicas con las que coqueteas en un bar?

—Yo no les doy falsas esperanzas.

¿Me juzgaba? Reí al tiempo que sentí que me empezaba a enfadar. Tal vez yo coqueteaba y avanzaba más allá con un buen número de chicos, pero mi reputación era más exagerada que mi realidad. En general.

Lo estudié de arriba abajo cuan largo era, analizando con ojo clínico toda su oscura sensualidad. Y no era la única mujer que lo observaba. Otras lo evaluaban, también... con la esperanza de que él las registrara a su vez.

¿Estaba diciéndome que era muy diferente de todos los que conocí? Muy pocas veces me había cruzado con un tipo que no quisiera utilizarme para sus propias necesidades. Había excepciones, la relación de Pepper me había demostrado eso, pero yo no era tan arrogante de creerme tan especial como para atraer a la excepción.

—¿O sea que te pones de novio con cada chica que te llevas a la cama? —le pregunté con los brazos cruzados—. ¿Eso me quieres decir?

Silencio.

—Es lo que pensé —sonreí sin humor—. Tú y yo no somos tan diferentes, Shaw.

Su mirada volvió hacia Jonathon que aún me observaba desde el bar.

–Apuesto a que eres de esas que disfrutan de entusiasmar a los hombres para dejarlos luego, suplicando.

Di un paso y me aproximé, dejando que mi cuerpo rozara el suyo. A esta distancia tenía una vista panorámica de su boca. Los labios perfectamente tallados se abrieron soltando el aliento.

–Cuidado, Shaw, o creeré que estás celoso.

Masculló un gruñido. Aunque sabía que no era cierto, no pude evitar decírselo. Yo no lo afectaba de esa manera. Él mismo lo afirmó. Cuando le gustaba a un tipo, lo sabía, y a este no le agradaba. Y sin embargo, ahí estaba. Provocándolo como si quisiera algo.

Como si lo quisiera a él.

Giró y comenzó a alejarse por entre la gente. Molesta, lo seguí, sin percatarme de que se estaba yendo… hasta que atravesó la puerta. ¿Se iba sin responder a mi provocación, siquiera? Tenía claro que no le gustaba, pero vamos, no era necesario ser un cretino al respecto.

Bajé los escalones tras él y llamé a su espalda.

–¿Por qué no les dijiste a mis amigos que me conocías?

Giró. Nos separaban varios metros.

–No te conozco, Emerson –lo dijo como si fuera la respuesta más sencilla, pero había algo más en su voz. Como que tampoco *quería* conocerme. Eso dolía. Lo cual era una tontería, porque no era que me interesara conquistarlo, o algo. Sabía perfectamente que no me convenía.

–Sabes a qué me refiero –dije.

Se acercó unos pasos, la nieve crujió bajo sus botas de

motociclista. Se detuvo justo delante de mí, con las manos en los bolsillos de su chaqueta de cuero. Me estremecí, consciente de haber dejado el abrigo adentro y que me estaba congelando aquí afuera.

–Tu expresión de pánico fue impresionante –golpeó su sien con un dedo–, no hacía falta ser un genio para sumar dos más dos. Creíste que no me volverías a ver. Lo entiendo. No querías que tus amigos supieran que habías pasado la noche conmigo.

Debí mover los labios hasta recuperar mi voz.

–No es así –negué con la cabeza. Y él se encogió de hombros como si no le importara lo que fuera–. Estaba avergonzada. Pero no por ti –admití–. No quería que mis compañeras de apartamento se enteraran de que bebí tanto que perdí el conocimiento y un extraño se tuvo que ocupar de mí. Armarían un escándalo.

Me observó en silencio.

–No fue mi momento, lo sé –agregué, raspando la nieve con la punta de mi bota.

Y luego nos quedamos mirándonos. Él a mí. Yo a él. Como si estuviéramos tratando de adivinarnos. Dudaba mucho de poder lograrlo. Este tipo… había estado en la guerra, había visto morir gente a su alrededor y no era como nadie que yo hubiera conocido antes. Perdió a su primo y, al regresar, su familia y amigos no estuvieron para recibirlo. Al menos, por lo que acababa de ver. Beth parecía a punto de vomitar cuando lo vio. Su madre se marchó, se volvió a casar, y él me había contado la noche anterior que su abuelo había muerto un año atrás. Probablemente cuando él estaba en el exterior. ¿Habría llegado para el funeral, siquiera?

–¿Cuál es tu apellido?

–Wingate –respondí.

–Anuncias problema, Emerson Wingate –dijo, y sus ojos oscuros, con destellos dorados, me taladraron.

Qué curioso. Eso era exactamente lo que pensaba de él desde que nos conocimos. Y sin embargo, ahí estaba yo: hablándole, provocándolo. A pesar de saber que caminaba en hielo quebradizo y que con un paso en falso caería en las aguas heladas, allí estaba.

–Lo sé. No soy tu tipo, ¿verdad? –y de repente, el aire se puso denso y deseé poder recuperar las palabras y tragármelas. De hecho, sonaba como si quisiera que él me desmintiera, que dijera que le gustaba. Que le importaba.

Por un instante, se me borró que *él* no era *mi* tipo. Por haber estado tan concentrada en que él me veía resistible, dejé que ese detalle ínfimo me irritara. *Estúpida, estúpida, estúpida.* Con él, no podía manejar la situación. Nunca debía olvidar eso.

–No tengo un tipo preferido –su voz resonó en el poco espacio que nos separaba. Asentí tontamente, humillada, pero aliviada de que no hubiera afirmado lo contrario, que yo era su tipo–. Pero si lo tuviera, serías tú.

Quedé atónita. Si no fuera porque se lo veía disgustado por haber admitido semejante idea, hubiera creído que me estaba haciendo un cumplido. O coqueteando.

De repente mi teléfono sonó y lo tomé, agradecida por la

interrupción. Me crispé al ver que era mi madre. Presioné el botón de silencio.

—¿Alguien con quien no deseas hablar?

—Es mi madre. No necesito hablar con ella.

—¿No se entienden bien?

—¿Tú te llevas bien con la tuya? —repliqué, levantando los hombros.

—Sí. Me crio sola. Mi padre nunca estaba a mano, así que crecí con ella y mi abuelo. No la he visto mucho desde que regresé. Se casó y se fue a vivir a Boston —la comisura del labio trepó y mi corazón aleteó estúpidamente. Le había sacado una *casi* sonrisa—. Pero al menos atiendo sus llamadas.

Mordí el interior de mis mejillas y resistí el impulso de defenderme y explicar lo diferente que era ella del tipo de madre que hornea galletas y hace limonada para sus hijos. Mi mamá se hacía a un lado cuando yo estaba lastimada e insistía en que me olvidara del asunto. Ella no hubiera trabajado para mantenerme y sacarme adelante. No hubiera hecho tales sacrificios.

—Qué buen hijo —las palabras escaparon rasposas y crudas, sin poder contenerlas. Pensar en mi madre me descolocaba.

—¿Y por qué no tomas sus llamados? ¿Qué te hizo? ¿No te envía más dinero?

—Ja —crucé los brazos—. Realmente no me conoces.

—Bueno, ahora estoy intrigado. Cuéntame de tu vida en la torre de marfil, princesa.

Respiré profundamente, por la nariz, casi tentada de exponer todo ahí mismo. Tan solo para borrarle esa sonrisa sobradora. Pero el impulso duró medio segundo. En cinco años, no le había dicho ni a un alma lo que había ocurrido. ¿Por qué empezaría ahora?

¿Por qué con él?

–¿Qué haces aquí, hablando conmigo? –pregunté con brusquedad.

–Fuiste tú quien vino tras de mí.

–Y tú también estás aquí. ¿Por qué? Ni te gusto.

–Yo no dije eso.

–Oh, cierto. Si tuvieras un tipo de chica preferido, sería yo. ¿Qué significa eso? –ladeé la cabeza, descrucé los brazos y apoyé las manos en mis caderas–. ¿Que sirvo para echar un polvo pero no para el largo plazo? ¿Es así?

No reaccionó ante mi grosería. Tampoco se apresuró a desmentirme.

–Eres... interesante.

–¿Así lo llamas? –reí–. ¿Necesitado, tal vez, marinero? Recién desembarcado y...

–No estuve en la Marina –interrumpió con tono filoso, pero continué.

Seguí hablando aunque en el fondo, algo me decía que debía callarme.

–Mañana te habrás olvidado de mi nombre, de mi cara...

Se aproximó aún más, sus ojos me estudiaban.

–Emerson Wingate. Cabello oscuro con mechas rojizas. Ojos azules y brillantes –su mirada se concentró en mí–. Cuarenta y cinco o cuarenta y seis kilos. Tus manos... –atrapó una y apoyó mi palma en la suya. Las observó, juntas.

La mía mucho más pequeña que la suya. La punta de mis dedos apenas sobrepasaba sus nudillos del medio–. Hermosas –continuó, y mi pecho se contrajo al sentir su profunda voz deslizándose en mi interior–, delicadas. De huesos finos, pero fuertes. Como si tocaras algún instrumento. ¿Piano, quizás? –sus ojos se enlazaron con los míos, con una ceja levantada, interrogante.

–P-pinto –admití. Y él sonrió como si hubiera resuelto algún acertijo.

–Pintas –replicó, y prosiguió enumerando características como si leyera de una lista–. Piel tersa. Clara. Una figura esbelta, perfecta para volver locos a los muchachos.

–Vete al diablo –dije indignada, y recuperé mi mano con brusquedad. Froté la palma en mis pantalones, sintiendo la suya todavía en ella.

–Temperamental. ¿Lo ves? Te recordaré –añadió con su media sonrisa. Y luego se marchó.

Me quedé viendo cómo se alejaba, su contorno oscuro se recortaba contra el paisaje blanco, interrumpido solo por el cemento y los vehículos.

Dejé escapar la respiración, sin percatarme de que la había estado reteniendo. Me dije que me alegraba de que se fuera. Contenta de no volver a verlo.

Giré y entré nuevamente a la casa. Rodeé mi cuerpo con los brazos, con fuerza, como si eso pudiera de alguna manera, hacerme sentir menos helada. Y menos vacía.

CAPÍTULO 5

Me alegré cuando llegó el lunes, porque así podía distraerme con la rutina de la semana. No hice planes para salir y no tuve que esforzarme en actuar como el personaje que inventé cuando llegué a Dartford. Pero el viernes se aproximaba como una visita al ginecólogo: algo que no quieres hacer, pero debes hacerlo, porque si no salía pensarían que algo me pasaba. Que estaba enferma o deprimida. Y no era mi caso. Debí trabajar duro para convencer a todos, incluyéndome a mí. *No me pasa nada, estoy bien. De veras.*

La semana transcurrió por sus carriles normales. Como siempre, llegué a último segundo a mis clases. Evité los llamados de mi madre. Estuve durante las tardes en el taller, donde me involucraba de tal modo en mi pintura que perdía la noción del tiempo.

El viernes por la tarde me encontraba pintando y deseando que fuera miércoles para no tener que salir. Resoplé, fastidiada. Tenía previsto ir a ver una banda nueva con Pepper y Reece. También vendría Suzanne. Georgia, por su parte, asistiría a un evento soso con Harris. Algo como un banquete para "los más tontos del país".

–Es realmente bueno –elogió Gretchen, al detenerse frente a mí puesto de trabajo–. No es tu habitual...

–¿Mi habitual no es bueno? Eso duele –bromeé. Soplé el mechón color magenta que caía sobre mi rostro. Me había sujetado el pelo corto con un pañuelo, pero se soltaba, de todos modos.

–No, no es eso. De algún modo, es más personal –dijo, estudiando la tela con intensidad.

Sus palabras me forzaron a retroceder y a considerar mi trabajo como no lo hago mientras pinto. Aquel domingo, cuando vine al taller, me dije con severidad que el hecho de haber creado algo con la casa de Shaw no tenía ningún significado. Yo era una artista. Si estaba inspirada, lo aprovechaba. No era necesario investigar la fuente.

La puerta había cobrado una mayor riqueza y los tonos café adquirieron una exuberancia que la hacía vibrar con voluptuosidad. El vidrio brillaba como el cristal iluminado. Quedé encantada por haber logrado ese efecto. Era el resultado de haber jugado durante horas con los tonos azules y amarillos. La nieve, visible a través de la ventana, se extendía más allá de la puerta como una nube informe de blanco inmaculado. Y allí, entre la bruma, aparecía un rostro. Fantasmal, casi. Esfumado, sin facciones definidas. Excepto los ojos, que parecían observar al espectador, como sondeándolo con una mirada intensa.

¿En qué momento lo había pintado?

–No –la sílaba escapó de mí, entrecortada. Abatida.

–¿Qué sucede? –preguntó Gretchen.

Oh. Demonios. No. No podía ser, no lo estaba pintando a *él*. No era una estúpida enamorada suspirando por un chico hot. *Yo* no suspiraba. Aparté el taburete y con ambas manos levanté la ofensiva obra de los bordes, dispuesta a sumarla a la pila de telas para reciclar.

Estaba ya casi por dejarla junto a las otras, con Gretchen detrás de mí, cuando la voz de la profesora Martinelli me detuvo en seco:

–Emerson, ¿qué crees que estás haciendo?

–¿Disculpe? –exclamé, y me asomé a mirarla, aún con la pintura en mis manos.

La profesora entró como una tromba, haciendo tintinear sus múltiples brazaletes. Nunca lo entendí. Si yo pintara con esas cosas, me distraería; pero ella jamás usaba menos de diez en cada brazo.

–Iba a reciclar esta tela y empezar algo nuevo... Se me ocurrió otra cosa –balbuceé–, algo que realmente me estuvo carcomiendo...

–Pondrás eso de vuelta en tu atril y lo terminarás –me interrumpió, apuntándome con un dedo imperioso. Abrí la boca para protestar, pero no me dejó–. Esta es la primera pieza en la que muestras verdadera inspiración. No permitiré que la deseches.

No sabía si enfadarme o sentirme halagada. Hacía dos años que estudiaba allí y ella nunca había reaccionado así ante alguno de mis trabajos. Refunfuñando puse la tela en su lugar y, durante la siguiente media hora, hice como que trabajaba en ella mientras sentía la mirada de la profesora sobre mí. No quise marcharme de inmediato, pues podría llegar a interpretarlo como que yo estaba fastidiada, y habría estado en lo correcto. Cuando hubo pasado un tiempo prudencial, lavé mis pinceles y acomodé mi mesa de trabajo.

La luz se había ido. Oscurecía temprano en invierno. Caminé por la acera con cuidado, por el hielo. Una vez en mi edificio, preferí subir por las escaleras en lugar de hacerlo por el elevador. Mis pasos resonaron en el cemento. Podía escuchar la voz de la profesora Martinelli en mis oídos. Y entonces vi esos ojos. Los de Shaw. Era como si hubiera estado poseída… y otra persona, mi "yo poseído", los hubiera pintado.

Al llegar a mi habitación busqué mis llaves y, mientras lo hacía, la puerta se abrió de golpe, desde adentro. Levanté la vista, esperando ver a Georgia, pero no era ella. Tampoco Pepper. Era mi madre.

No había una gran diferencia en cómo se veía ahora y cómo se veía cuando yo tenía nueve años. Salvo que ahora su rostro tenía un cierto aspecto a cera. Se había hecho algo más desde la última vez que la vi. Y tenía el pelo más largo.

Lo llevaba en una trenza elegante de la que escapaban mechones más cortos que le enmarcaban la cara.

Entrecerré los ojos. Nunca se lo había visto tan largo y sospeché que estaría usando extensiones.

Por fuera, no parecía cambiar nunca. Y en todo caso, tampoco por dentro. Cuando yo era pequeña, representaba el papel y hasta iba a las reuniones de padres. Pero cuando ella y papá se divorciaron, abandonó la pantomima. Dejó de tratar de ser la mejor madre del barrio. Se mudó a Boston, donde comenzó la búsqueda del esposo número dos.

Y lo encontró en mi padrastro.

—¿Qué tienes encima? —preguntó, midiéndome de arriba abajo con la nariz fruncida—. Estás hecha un desastre.

—Pintura —respondí. Nada de saludar. Nada de un abrazo normal.

—Siempre tuviste un excepcional sentido del... estilo —agregó. Típica agresión pasiva. Eso, cuando no era directamente agresiva.

—¿Cómo entraste? —pasé a su lado e ingresé a mi habitación.

—Tu asistente universitaria. Le dije que era tu madre y me abrió —respondió.

Tendré que hablar con Heather al respecto.

—¿Qué haces acá? —apoyé mi bolso en el suelo y me dejé caer en mi cama.

—No respondes a mis llamadas.

Vaya. Debe estar desesperada si vino hasta aquí.

—Ya te lo dije. No iré.

—Emerson, ¿puedes dejar de ser tan infantil por un momento? Eres familia. ¿Cómo quedará si mi propia hija no va al casamiento de su hermanastro? Ya faltaste a las despedidas. Tienes que estar en el ensayo y en la boda.

—No —insistí.

Apretó los labios y se cruzó de brazos. El movimiento ajustó su camisa y me maravillé de lo delgada que estaba; más que la última vez que la vi. Debe estar en cuatro galletas dietéticas por día.

—Sabes que me harás pasar vergüenza. Solo deseas herirme —dijo.

Sacudí la cabeza y le clavé la mirada. Realmente creía que se trataba de ella, y no de lo que podía o no hacerme sentir incómoda. Creía que lo hacía para lastimarla.

—¿Alguna vez se te ocurrió que puede no ser por ti?

—¿Qué quieres decir? —pestañeó, casi con perplejidad.

—Justin —escupí el nombre como si fuera veneno en mi boca—. No iría a su boda aunque me pusieras un revólver en la cabeza.

—¡Ah! —alzó las manos, impaciente—. Esto es todavía por aquel malentendido.

—No hubo *ningún* malentendido —me levanté de un salto.

Hizo un gesto como de detenerme, con la mano.

—Siempre tuviste una imaginación hiperactiva. Ustedes los artistas…

—¡Mamá! —exclamé—. No me imaginé nada.

—Está bien —recogió su bolso de mi escritorio, y caminó hacia la puerta—. Aférrate a tu amargura y a tu resentimiento contra él. Ni siquiera lo has visto en cinco años. ¿Cuándo crecerás, Emerson, y dejarás eso atrás?

—Uf, he crecido mucho en este tiempo —las duras realidades de mi primera juventud se habían encargado de eso.

—No me llames, ni me envíes mensajes —señaló su pecho con un dedo cuya uña estaba esmaltada de rojo. Casi reí y le recordé que era ella la que me escribía y llamaba—. No lo hagas hasta que hayas aprendido a aceptarme. Nunca lo hiciste. No desde que me casé con Don.

—Eso no es cierto. No tengo problemas con él.

Era verdad, no los tenía. Me encontraba varias veces al año con ella y Don. Incluso me reuní con ellos en París para una Navidad. Es cierto que me sentía a salvo porque sabía que Justin pasaría las fiestas con la chica que hoy era su prometida. Alguien a quien nunca conocí, obviamente, pero por la que sentía una infinita compasión.

—Cuando dejes de actuar como una niña consentida, llámame —salió y cerró dando un portazo.

Quedé mirando la puerta, agitada, como si hubiera corrido un maratón. Llamaron suavemente desde la habitación contigua y Pepper se asomó por la puerta que separaba las habitaciones, con ojos preocupados. *Grandioso. Oyó todo.*

—¿Estás bien?

Asentí; ella entró y frotó las manos en sus jeans.

—¿Es tu mamá?

—Sí. Disculpa que no las presenté —dije con un casi imperceptible quiebre en mi voz. Tragué—. Como habrás escuchado, no nos llevamos demasiado bien, en estos días –años, en realidad.

–¿Quieres hablar de eso? –se sentó a mi lado.

–No –me puse de pie y fui a revisar el armario, al tiempo que sepultaba mis emociones en lo más profundo de mi ser, desde donde no pudieran salir–. ¿A qué hora comienza a tocar la banda? Me vendría bien un poco de diversión. Y un trago.

Que sean unos cuantos.

CAPÍTULO 6

La banda tocaba a todo volumen y a gran velocidad, el baterista se volvió loco con los palillos. El sudor se deslizaba por mi nuca, mientras bailaba a toda furia junto a Suzanne. El lugar estaba repleto y hacía calor. A nuestro alrededor, la gente saltaba y se entrechocaba. Tipos que no conocía me sujetaban por las caderas. No me importaba. Yo me limitaba a bailar y solo me detenía para regresar al apartado donde estaban Pepper y Reece, a beber mi whisky sour.

Pepper me observaba con preocupación. Así estuvo toda la noche y eso me daba aún más sed. Hasta que dejé de prestarle atención. En ocasiones, miraba en mi dirección y le decía algo a Reece. Deposité mi vaso con fuerza sobre la mesa y regresé a la pista de baile con Suzanne.

No sé en qué momento de la noche apareció Shaw, pero cuando giré la cabeza y lo vi con Reece y Pepper, dejé de bailar. Mi compañero de ese momento, sin embargo, no se detuvo. Continuó golpeándose contra mí, sus manos se paseaban por mi vientre y se introducían debajo de mi camisa para palpar mi estómago.

Shaw me miró a través del gentío, y le retribuí la mirada hasta que el tipo cuyas manos estaban en todos lados, dijo en mi oído:

—Eres tan endemoniadamente sexy. ¿Qué tal si nos vamos de aquí?

Quité los ojos de Shaw, volteé y enfrenté al hombre de las mil manos. Típico estudiante universitario. Llevaba el gorro al revés y letras griegas en el pecho.

—¡Quiero bailar! —aullé por encima del barullo demencial.

—Podríamos hacerlo en mi apartamento.

—No —negué con la cabeza y seguí moviéndome, sin prestarle atención.

Se mantuvo cerca y bailó entre Suzanne y yo, intentando infiltrarse.

—¿Quién es ese, Em? —gritó ella, señalando nuestra mesa con el mentón.

Miré hacia allí. Shaw conversaba con Reece.

—Amigo de Reece.

—Un monumento a lo sensual. Voy al ataque —murmuró. Apartó el cabello de sus mejillas traspiradas y se dirigió en línea recta hacia la mesa.

Hice como si no mirara, como si no me importara y continué bailando.

Otro chico ocupó el espacio dejado por ella. Tenía al universitario detrás de mí y al nuevo, en frente. Chico Nuevo me sujetó por las caderas y movió su pelvis al compás de la música. Observé la mesa con mis párpados entrecerrados. Suzanne estrechaba la mano de Shaw y él le hablaba. Sentí una punzada de pánico. ¿Le gustaba? Ella era linda y agradable. *Por supuesto*. Era mi amiga. De pronto, molesta, me aparté del sándwich de chicos y fui hacia el bar.

Desde allí, miré a mi alrededor. No tuve que esperar mucho. Un muchacho se ubicó a mi lado.

—¡Hola!

—Hola —respondí.

—Chad.

—Emerson —nos estrechamos las manos, y él sostuvo la mía por más tiempo del necesario.

—¿Estás sola?

—Vine con amigos —moví la mano indicando la zona de mi mesa.

—Genial. Yo también. Buenísima la banda —comentó con un cabezazo hacia el escenario.

Ahogué un bostezo por la conversación ligera. Quería un trago.

—Te vi bailando.

—¿Sí? —me incliné apenas.

—Sí. La chica más sexy de la pista.

Ah, la maravilla de los cumplidos. Le planté mi mano sobre el pecho.

—Bien, ¿y qué tal si invitas a esa chica con un trago?

—Seguro. ¿Qué te gustaría?

—Whisky sour.

Le hizo una seña al barman y encargó los tragos para ambos.

—¿Entonces, eres bailarina profesional? Haces unos movimientos fabulosos.

Su galantería progresaba por segundos. O mejor dicho, progresaba en cursilería. Llegaron los tragos y bebí de mi vaso.

—Nop —negué.

—¿Estudias? ¿Dartford?

Moví la cabeza, asintiendo.

—Yo también. Estoy por graduarme en Economía. La idea es que me sirva para la carrera de Derecho...

—¿Chad?

—Sí.

—Cortemos la conversación preliminar. No me interesa mi graduación y, mucho menos, la tuya.

—Vaya —admiró—. Directa.

—Sí, lo soy —alcé mi vaso en una venia torpe.

—También yo puedo ser directo —se inclinó hasta que su boca rozó mi mejilla—. Quiero metértela.

Escondí el disgusto y me aparté para mirarlo.

—¿Se supone que eso debe chocarme?

—¿Qué tal si lo hacemos? —sus ojos brillaban.

De repente, sentí una terrible desolación... como si esto fuera todo lo que podía esperar de la vida. Como si no hubiera nada más que esto. Un padre que solo me quería si me mantenía a distancia y si no le pedía más que dinero. Tiempo, no. Cariño, menos. Una madre que jamás me querría tanto como a sí misma. Y tipos ansiosos por utilizarme para después hacerme a un lado.

Terminé mi bebida de un trago e hice señas al barman para que trajera más. Enseguida depositó dos nuevos vasos para mí y Chad. Sujeté el vaso con fuerza, lista para liquidarlo en un solo movimiento que quemara todo sentimiento y me dejara confortablemente anestesiada por dentro.

–Ya has bebido suficiente –la voz profunda cortó a través de mi nebulosa de amargura.

Giré la cabeza y vi a Shaw, parado ahí. Cercano e íntimo. Había estado pensando en él toda la semana. *Demonios*, si hasta había pintado esos ojos oscuros y cálidos que ahora me perforaban. Aun así, su realidad era tanto más que lo que había recreado en mi tela. Sus ojos despedían llamas condenatorias sobre mí. Los pelos de mi nuca se erizaron, listos para la pelea.

–No eres mi jefe –exclamé. *Dios. Parezco una niña de diez años.* Era capaz de decir algo mejor.

Tuvo la osadía de quitarme la bebida de la mano y ponerla en el bar, con un golpe. No solo eso. La empujó más allá. Tendría que estirarme sobre el mostrador para alcanzarla, si es que llegaba.

–En esto lo soy.

Miré el vaso y nuevamente a él.

–Devuélvemelo.

–¿Para qué? ¿Para que te emborraches hasta el estupor y dejes que un idiota te meta la mano? –gruñó, quemándome con su mirada, sin siquiera darle un vistazo a Chad.

–Oye –protestó el chico, pero ni me molesté en mirarlo tampoco.

Estaba demasiado ocupada clavándole los ojos a Shaw y dejando que cobrara fuerza el torbellino de emociones que me abrumaba. Estreché esas sensaciones y permití que llegaran a punto de ebullición. Era mejor que sentirme como minutos antes. Su presencia repentina había borrado esas emociones glaciales y amargas. Ahora solo prevalecía la furia contra él, por atreverse a decirme lo que debía hacer. Ni siquiera era mi amigo. Ni siquiera le caía bien.

–¿Celoso? –lo acicateé–. ¿Por qué? Se te veía pasándola bien con Suzanne.

Dios. Ahora la que parece celosa soy yo. De mi propia amiga, nada menos. Culpa del alcohol, seguro. Hablaba sin pensar.

–No te vas a emborrachar –decretó.

–Noticias de último momento: ya lo estoy –anuncié. *Bueno, casi.* Aunque él iba directo a opacar mi nube–. Mira, comprendo que eres amigo de Reece y tal vez creas que necesito que me cuiden, pero de veras, estoy bien. No quiero una niñera.

Como si no hubiera hablado, su voz tronó en el aire:

–*No* necesitas otro trago.

Respiré profundamente. ¿Quién diablos era este tipo? No era de su incumbencia cuánto bebía ni a quién le dejaba que metiera mano.

—Vete al infierno —solté.

Un músculo latió en su mandíbula y supe que no le gustó nada. Eso me dio una enorme satisfacción. Luego, movió la cabeza con brusquedad indicando la salida.

—Vamos. Te llevo a tu casa.

Eché un vistazo al lugar, buscando a mis amigos. Suzanne, Pepper y Reece nos observaban desde la mesa.

—Gracias, pero ya tengo el conductor designado.

—Ey, amigo —interrumpió Chad, al tiempo que se extendía sobre el mostrador y recuperaba mi trago—. Ella puede decidir por sí misma —acercó el vaso hasta mis labios.

—Gracias, Chad —le sonreí con dulzura.

Shaw bajó la cabeza hasta que sus ojos quedaron a la altura del chico.

—Quita tu mano de su cara, antes de que te la rompa.

Chad incrustó el vaso en el mostrador, se puso de pie de un salto y enfrentó a Shaw en posición de boxeo.

—Vamos, cabrón. ¿Quieres pelear? —desafió.

Shaw lanzó un denso suspiro y sujetó mi brazo como si Chad no lo hubiera insultado. Cualquier otro hubiera perdido la compostura.

—Emerson, nos vamos —ordenó, obviamente sin amedrentarse.

Aunque me resistía a la idea de que él decidiera cuándo debía irme a casa, no deseaba en absoluto provocar una pelea en medio del bar. Gracias a Chad, la gente empezaba a mirarnos. Por el rabillo del ojo, pude ver a Reece avanzando hacia nosotros a través de la multitud, seguido de Pepper y Suzanne. Tampoco quería que se involucraran mis amigos. ¿Y si alguno resultaba lastimado?

Asentí y bajé de mi silla. No era de esas chicas que disfrutaban que los muchachos se enfrentaran por ellas.

Claro que Shaw no se estaba peleando por mí. Solo hacía lo que suponía que debía hacer, porque yo era amiga de Reece. Era un Marine. Probablemente estaba convencido de que su misión era salvar el mundo. A una chica ebria por vez.

Dejé que me sacara del lugar. Solo habíamos avanzado un par de pasos, cuando Chad me aferró de un brazo y jaló hacia atrás.

—Ella no se quiere ir…

Shaw se movió a tal velocidad que no pude ver el proceso hasta que hubo finalizado; cuando el chico ya estaba en el suelo. En un fluido movimiento a velocidad ninja, le había hundido un puño en la boca. Chad cayó con las manos en la cara.

Atónita, comencé a inclinarme para ayudarlo, pero Shaw sujetó mi mano y me llevó tras él.

—Nos vamos —dijo. Cuando pasamos frente a mis amigos, le hizo una seña imperceptible a Reece—. La llevo a casa.

Pepper contemplaba con la boca abierta como si fuera a decir algo, tal vez salir en mi defensa, pero Reece se volteó y la alejo de ahí, junto a la igualmente asombrada Suzanne.

–¿Estás loco? –protesté, al tiempo que intentaba liberar mi mano–. Acabas de golpear a ese tipo...

–Él se la buscó –sus dedos se ciñeron sobre los míos, mientras me arrastraba hacia la salida y al estacionamiento. La música se convirtió en un batir sordo en el aire helado. Mis oídos vibraban al cabo de estar horas sometidos al barullo atronador.

–Qué disparate. Estaba tratando de protegerme de ti...

–A ver si entiendes de una maldita vez, Emerson –exclamó con furia, al detenerse–. El tipo estuvo parado junto a nuestra mesa todo el tiempo, mientras bailabas.

–¿Y qué? –con un violento tirón, recuperé mi mano.

–Les anunció a sus compañeros y a los que quisieran oír todas las porquerías que te haría.

Tragué y parpadeé, apartando el desagrado que me provocaba que un extraño hablara groserías sobre mí antes de siquiera haberse insinuado en la barra. Eso no me impresionaba. Supe qué tipo de persona era en cuanto abrió la boca. Lo que me afectaba era que Shaw me "rescatara". ¿Qué le hacía pensar que necesitaba su ayuda? Podía arreglármelas solas. Lo había estado haciendo por siglos.

–Oh, vaya si eres un noble caballero –me burlé–. Tengo noticias para ti: no necesitaba tu ayuda, ahí.

–Todo indicaba que sí.

¿Qué? ¿Creía que iba a permitir que ese tipo me llevara a su casa y cumpliera todas sus perversas fantasías? La idea de que Shaw pensara eso de mí solo me enfureció más. Contrariamente a lo que todo Dartford pensaba, yo no era una zorra.

Aunque, ¿no es eso lo que quieres que todos crean? ¿Que eres más fuerte, más ruda, más experimentada? No puede ofenderme que hayan comprado la imagen que inventé. Incluyendo a Shaw.

Inhalé profundamente para serenarme. Decidida a no dejar que él me alterara, levanté los hombros.

—Decía obscenidades. Como si los muchachos no hicieran eso.

—No de ti —rugió—. Tal vez pienses que no mereces más respeto que eso, pero yo sí. Mereces algo mejor.

Estupefacta, no supe qué responder.

Recuperó mi mano y continuó arrastrándome por el estacionamiento, esquivando automóviles. Mi cerebro era un torbellino. *¿Qué se suponía que significaba eso?* ¿Creía que merecía algo mejor? ¿Como qué? Yo no era como mis amigas. No era una chica buena buscando el final feliz de un cuento de hadas. Eso no estaba en las cartas que me habían tocado.

Levanté la cara y tomé una bocanada de aire congelado en un intento desesperado de refrescar mis mejillas ardientes, mientras avanzábamos entre los vehículos.

—Al contrario de lo que piensas, no necesito que nadie me rescate —logré decirle a su espalda.

Entonces rio con aspereza. Pude ver que ya casi llegábamos a su camioneta. Sin detenerse, respondió por encima del hombro.

–Tú, tesoro, necesitas que te rescaten de la peor manera posible.

Sentí ganas de golpear a alguien. A *él.* Me llevó hasta la puerta del acompañante y jaló de ella.

–Entra –dijo, indicando con su cabeza en esa dirección.

Neandertal. Crucé los brazos sobre mi pecho, obstinada.

–¿Qué demonios quisiste decir con eso? Pude arreglármelas perfectamente durante casi veintiún años, antes de que llegaras.

–Eso es discutible –sus ojos pasearon sobre mí con un brillo desdeñoso.

Me estremecí. Como si él pudiera ver a través de mí… como si viera a la chica que pendía de un hilo. ¿Cómo sabía eso de mí? *¿Cómo es posible que me leyera, cuando había logrado engañar a todos?*

Una vez me sentí juzgada. Como si él me hallara defectuosa –aunque, por otro lado, era diametralmente opuesto a lo que acababa de decirme: que yo merecía algo *mejor.* Pero justamente eso resumía cómo me hacía sentir: confundida. *Perdida.* Abajo un instante y al siguiente, arriba. Con Shaw, no sabía dónde estaba parada, y esa era una novedad para mí. Era aterrador y excitante al mismo tiempo, pero sobre todo aterrador.

–Entra –repitió, con aspereza.

–No tengo por qué hacer lo que digas. Y ya tengo quién me lleve a casa.

–Sí, y la están pasando de maravillas. Su salida no tiene por qué terminar por tu causa. Deja de ser tan egoísta.

La verdad de sus palabras me tumbó. Seguramente ese era el efecto deseado. Sentí culpa.

–¿Quién dijo que los molestaré? –desafié, levantando la barbilla–. Conseguiré a alguien que me lleve –como era imposible soportar más (soportarlo a él), volteé. No llegué a dar dos pasos cuando me encerró en sus brazos.

Eso fue suficiente. Luché, forcejeé contra él. Sus brazos me rodeaban, manteniéndome prisionera. El recuerdo no debería haber relampagueado en mi mente, pero lo hizo. Allí estaba. Agazapado dentro de mí, consumiéndolo todo. La sensación de impotencia, de estar atrapada. De mi garganta surgieron terribles sonidos de animal acorralado. Entre gruñidos sordos, tiré tarascones con la intención de morder.

–Emerson, ¡detente! ¡Emerson! –gritó. Conmigo todavía entre sus brazos, me bajó lentamente, hasta que mis pies tocaron el suelo–.Tranquila. No te haré daño –su voz se desvaneció al ver mi rostro. Mi respiración agitada escapó entre mi cabello enmarañado.

Entonces, las sentí. Lágrimas calientes. *Maldición.*

Sin soltarme del todo, aflojó el abrazo. Quedó espacio suficiente para que yo me llevara mis manos temblorosas a las mejillas, sintiéndome la mayor de las idiotas. Siempre supe que debía mantenerme a distancia de él. Desde el primer momento en que lo vi fue una amenaza para mi preciado control. Y ahora, ahí estaba. *Llorando.*

–¿Qué? ¿Qué quieres de mí? –susurré febrilmente–. ¿Por qué estás acá… por qué me haces esto?

¿Por qué no podía dejarme en paz?

Tan cerca. Demasiado. Mirándome desde su altura, sacudió la cabeza.

–No lo sé.

Mortificada porque estaba llorando frente a él, me liberé de un empujón con un sonido ahogado y giré una vez más, absorbiendo mis lágrimas.

–Emerson –pronunció mi nombre, y fue como si su aliento rozara mi nuca. Se me puso la piel de gallina. Parte de mí quería darse vuelta, pero me quedé inmóvil.

Sus manos enormes cayeron sobre mis hombros y me obligaron a girar. Quedamos frente a frente. Bajó los brazos y pasó una mano por su pelo oscuro, que se levantó antes de volver a su lugar. Nos miramos en silenciosa comunión. Fue extraño. No hubo palabras, pero algo estaba sucediendo entre nosotros. Suena como un cliché, pero nunca había sentido algo así. Con nadie.

Levantó las manos y acarició mis mejillas húmedas, sosteniendo mi rostro casi con ternura. Se lo veía perturbado. No había otra palabra para describirlo.

–No sé qué es lo que me haces –dijo. *¿Yo le hago algo?*, pensé. Su voz continuó en un pequeño y oscuro susurro que rozó mis labios–. Pero no lucharé más.

Cuando acercó su boca a la mía, una corriente eléctrica recorrió todo mi cuerpo. Simultáneamente, un millón de pensamientos se atropellaron en mi mente mientras sus labios presionaban los míos, más suaves y persuasivos de lo que hubiera imaginado posible en alguien de aspecto tan rudo.

Pude haber dado un paso atrás, haber pronunciado una palabra: *no*. Pude girar y regresar al bar. Él no me lo impediría. No ahora. Lo sabía.

Todas estas alternativas se me presentaron en un único fogonazo, pero tomé la única opción que pude. La única que existía.

Respondí a su beso.

CAPÍTULO 7

En el instante en que me relajé contra él, todo cambió. Sus labios pasaron de suaves y tiernos a rudos y demandantes. De amables y tentativos a exigentes y desesperados.

Y yo estaba en las mismas. Rodeé su cuello con mis brazos y me paré de puntillas, adhiriéndome a su torso. Percibí el retumbar de su pecho. Se inclinó y con sus brazos a mi alrededor, me alzó.

Jadeé y él aprovechó. Su lengua entró y me saboreó en detalle; acarició la mía, delineó mis dientes. Con cada lamida, me empujaba más cerca del abismo.

Mi mundo vibró en un movimiento y supe que él caminaba hacia algún lado, cargándome como si no pesara nada. No miré. No me importaba. Hundí mis dedos en su pelo y le devoré la boca, los labios, la lengua. Me aparté y besé su cuello. Atrapé el lóbulo de su oreja entre mis dientes y su aliento entrecortado fue mi recompensa.

Tropezó e impactó contra un vehículo. El repentino clamor de la alarma nos separó, sobresaltados. Me deslicé hacia abajo por su largo y sólido cuerpo, y solté una risa vacilante. Me pasé una mano temblorosa por la cara y me detuve por un instante en mis labios.

Su mano se unió a la mía y sus ojos centellaron en la oscuridad. Su pecho subía y bajaba, agitado. Estaba tan afectado como yo, y eso me derritió por dentro aún más.

¿Qué me pasa? Había besado a infinidad de chicos, pero jamás sentí esto.

—Adoro el sonido de tu risa —su voz enronquecida abanicó mis labios.

—¿Te gusta?

—Sí. Deberías reír más —tomó mi mano y me llevó tras él.

Lo seguí en silencio, a pasos apresurados. Esta vez no protesté cuando me acompañó hasta el asiento del acompañante. Tuve unos momentos de soledad, mientras él rodeaba la camioneta. Sacudí las manos frente a mí con la esperanza de liberar parte de la energía acumulada y serenar el loco batir de mi corazón. Pero no funcionó.

Abrió su puerta y escondí mis manos debajo de mi trasero. Sentado, con las manos en el volante, miró hacia mí. No hizo falta más. Toda apariencia de calma se esfumó.

Su mano se cerró detrás de mi cuello y me atrajo hacia él por encima del asiento. Nuestras bocas chocaron. Mis dedos se aferraron a su camisa, haciendo un bollo con la tela de algodón, y sentí su pecho firme y sólido. Hasta eso me excitaba. Claro que sus labios abrazadores ya lo habían logrado.

Mantuvo una mano en mi nuca, atrayéndome aún más, al tiempo que su otra mano bajaba hasta mi trasero y me transportaba encima de él. Obediente, me senté a horcajadas de él, desesperada por estar más cerca, exclamando más al sentir la dureza de su erección entre mis muslos.

Voces y risas se filtraron débilmente, pero no me importó. Estábamos en nuestro pequeño mundo abrigado dentro del vehículo, con los labios fundidos y los cuerpos enredados. No importaba nada más. Di un respingo cuando un puño golpeó la ventanilla.

—¡Vayan a un hotel! —rio con estruendo un grupo que, presumiblemente, iba camino a su automóvil.

Me separé con la respiración entrecortada y miré su rostro, debajo del mío. Todo en él me dejaba aturdida y encandilada. Sus ojos refulgieron en la oscuridad de la cabina. Su mano se deslizó por mi cuello acariciando mi cabello y apartándolo de mi rostro.

Era extremadamente hot, pero era más que eso. Estaba en sus ojos, en la intensidad con la que me miraba. Nada de eso me resultaba conocido. Nada en cómo éramos el uno con el otro era similar a algo que hubiera experimentado antes. Yo no tenía el control, ni de él ni de mí.

—Es una locura —susurré.

Me observó por un rato largo, sus dedos aún sostenían mi cabello apartado de mi rostro. El pulso en su palma latía contra mi mejilla al ritmo de mi corazón desenfrenado, y fue como si yo sintiera su vida entretejida con la mía. Un pensamiento fantasioso, disparatado, pero allí estaba.

Su mano en mi glúteo se cerró y me presionó hacia él, hasta que sentí su bulto firme entre mis piernas. Solté el aliento, pero no me aparté. De hecho, cerré los ojos y me dejé hundir en la deliciosa dureza.

–¿Dónde vives? –su voz resonó áspera y reconocí el sonido salvaje por lo que era: necesidad de mí. Supuse que después de todo, no era tan *resistible*. La hembra en mí sintió la satisfacción latiendo en su torrente sanguíneo.

Le di la dirección y bajé de sus piernas. Puso en marcha el motor y encendió los limpiaparabrisas para quitar una fina capa de nieve. Las ventanillas laterales estaban empañadas y no tuve dudas de que nosotros éramos los responsables de ello. No había notado el frío mientras estuve en sus brazos.

Nos enviamos miradas largas a medida que le daba instrucciones camino a mi residencia. El trayecto fue más corto que la vez anterior, pero alcanzó para darme tiempo a pensar. Para que se calmara mi respiración. Para que sus miradas cargadas de calor me pusieran aún más nerviosa. Mientras me besaba, era imposible pensar. Imposible ponerme nerviosa. Pero ahora podía.

Mi teléfono vibró en mi bolsillo. Lo busqué.

Pepper: Tas bien?

Yo: Sí. Yendo a casa

Pepper: OK. Diviértete

Yo: grx

¿Diviértete? ¿Creía que tenía sexo salvaje con Shaw? Era amigo de Reece. Seguro que en su cabeza jugaba a la casamentera y planeaba salidas de a cuatro.

Para cuando llegamos al campus, sabía qué debía hacer: despedirme y echar a correr. Antes de que esto se descarrilara por completo.

–Puedes dejarme acá –señalé el frente del edificio. Si eso no le daba una pauta clara de que aquí terminaba la velada, nada lo haría.

–Te acompaño hasta la puerta –respondió con voz serena y firme. No admitía réplica.

–¿De veras? No hace falta –insistí, mientras él comenzaba a estacionar.

Apagó el motor. Volteó para quedar enfrentado a mí. Su brazo, apoyado en el respaldo del asiento, rozaba mi hombro.

–Hace cinco minutos estábamos uno encima del otro. Solo querías más de mí. Ahora es como si solo quisieras alejarte lo antes posible.

Tragué. No estaba acostumbrada a que un tipo me lo echara en cara de manera tan directa.

–No lo tomes como algo personal. Simplemente, es lo que yo hago.

Ladeó la cabeza para estudiarme, y el gesto me recordó a un depredador evaluando su presa antes de devorarla.

–¿Cómo? ¿Muestras un poco de interés y después huyes? Hay una palabra que describe eso, ¿lo sabías?

–¿Ah, sí? ¿Cuál? –pregunté, contra toda prudencia.

–Calientamachos.

Fuerte. Me habían acusado de eso antes. Unas pocas veces. Annie me había llamado así cuando jugaba con un chico y después no iba hasta el final. Sí. Ella era horrible.

–¿Qué pasa? ¿No puedes manejar un poco de rechazo? Tal vez no te desee –contraataqué.

–Sí. Claro –sonrió abiertamente, como si hubiera dicho algo gracioso.

Eso me irritó, pero antes de que pudiera responder a su arrogancia, se bajó de la camioneta y la rodeó hasta mi puerta. Todavía con esa sonrisa odiosa, la abrió. Me deslicé hasta el suelo, cuidándome de no tocarlo.

Caminé adelante y presioné el código de seguridad para abrir el portón principal. Vino tras de mí.

–¿Es que subirás hasta mi puerta?

–Sip.

–Bien –entré al elevador y presioné mi piso. Crucé los brazos y le dirigí una mirada cautelosa–. No te acostarás conmigo.

–Jamás conocí a una chica que pasara de calor a frío a tal velocidad –rio por lo bajo.

–Bueno, me acabas de llamar *calientamachos*. No quiero que te hagas falsas ilusiones.

–Comprendido –hubo una carcajada escondida en esa única palabra.

El elevador se detuvo y bajamos. Nos encontramos, frente a frente, con Annie. No la había visto desde que me dejó de a pie en Maisie's.

—Emerson, ¿cómo estás? —saludó sin el más mínimo vestigio de culpa.

—Annie —repliqué.

Su mirada se desvió hacia Shaw y lo observó con admiración.

—Bueno, veo que la estás pasando bien esta noche, Em —enderezó los hombros. Era un gesto que la había visto hacer infinidad de veces: sacar busto. Se adelantó, invadiendo el espacio de él mientras le extendía la mano—. Hola, soy Annie y me resultas conocido —dijo señalándolo con el índice, juguetonamente.

Shaw esquivó su mirada con expresión helada y supe que la recordaba. El hecho de que ni siquiera aceptara su mano me lleno de satisfacción. Su mirada la recorrió entera, pero no de un modo que me hiciera pensar que ella le gustaba. Todo lo contrario. Eso sí que era una novedad. Annie no estaba acostumbrada a tener ningún problema en conquistar a los muchachos, y se le borró la sonrisa.

—Tú también me resultas conocida —respondió—. Eres la *amiga* que abandonó a Emerson en Maisie's —el modo en que enfatizó "amiga" dejaba bien en claro lo que pensaba de ella.

Su boca se abrió en una "o" de sorpresa. Dio un paso atrás, aflojando los hombros.

—Sí… bueno —sonrió falsamente—. Veo que estás escalando

posiciones, Em –lo observó, ahora con menos admiración–. Saliendo con toda clase de gente interesante.

–Así es –asentí, con mis ojos puestos en Shaw–. Ahora salgo con gente mucho mejor.

Él me sonrió y sentí un aleteo peculiar en mi vientre. Volví mis ojos a Annie. Sus mejillas se sonrojaron. Levantando la nariz, pasó a nuestro lado y llamó al elevador. Sabía que me estaba mirando, entonces tomé a Shaw de la mano y caminé por el vestíbulo. Introduje mi tarjeta, ingresé en mi habitación y solté su mano.

La lámpara de mi escritorio estaba encendida. Evitando su mirada, me quité el abrigo y lo fui a colgar en mi diminuto armario. Me tomé mi tiempo, esforzándome por frenar mis pensamientos desbocados. No solía traer muchachos a mi apartamento. Sería dejarlos conocer mi mundo. Jugaba mucho, pero no quería despertarme con un tipo que debió entender las indirectas e irse hacía horas. Y lo que más me amedrentaba de esta situación era que podía verme no deseando que Shaw se marchara, si es que él decidiera quedarse. *Oh. Dios. No puedo creerlo. Estoy como una adolescente muerta de amor.* Nada iba a suceder, porque yo no quería que sucediera.

Finalmente, cuando no pude demorarlo más, levanté la vista.

–Gracias –dije entrecortadamente–. Annie... es una perra.

–Deduzco que no sales más con ella –se quitó la chaqueta y la colocó en mi silla giratoria. Eso provocó que se me cerrara el pecho. *O sea que se queda.* Al menos por unos momentos más.

—No, ya no —moví la cabeza, tal vez demasiado rápido. *¿Ese chillido agudo era mi voz?*

—Bien —se aproximó lentamente. Con sus piernas largas, le llevó tres pasos cruzar el espacio ínfimo hasta mí.

Me mantuve inmóvil cuando acomodó un mechón de mi pelo detrás de mi oreja. Hasta mis pulmones quedaron congelados, imposibilitados de bombear aire. A esta distancia, en lo único que podía pensar era en besarlo una vez más. Sentía el sabor de sus labios en los míos, y solo quería sujetarlo por la nuca y partirle la boca, nuevamente. *Dios.* Con este tipo me convertía en un despojo.

Rozó mi mejilla con la tosca almohadilla de su pulgar.

—No es el tipo de amiga que te cubrirá las espaldas.

—L-lo sé —coincidí. Estaba tan cerca ahora. Podía distinguir las vetas doradas de sus ojos.

—¿Quieres que me vaya, Emerson? —su voz sonó profunda y baja. No hacía falta que hablara. A esta distancia, podría haber leído sus labios.

Inspiré profundamente enviando aire a mis pulmones por la nariz, pero fue un error. Con eso solo conseguí inhalar su embriagador aroma a hombre.

—N-no —balbuceé. *¿Qué estoy diciendo?*

—No pareces muy convencida.

Porque no lo estoy. Con él, no sabía quién era yo, siquiera.

Bajó la mano de mi rostro y se apartó. Me incliné hacia adelante, buscando esa mano, casi fracasando. Di un paso vacilante al frente y me detuve. Su mirada recorrió mi habitación, evaluándola. Sus ojos registraron el sector de Georgia, colmado de fotos de su familia, de Harris, mías y de Pepper. Hasta su perro mereció su propio marco. Era fácil deducir cuál era su lado. El mío era menos identificable... era, simplemente... *menos*.

Naturalmente, tenía mucho color. Había varios cojines llamativos y una manta con un estampado de flores que parecía una pintura de Georgia O'Keefe. Tarjetas postales y posters de cuadros, y algunos de mis trabajos favoritos. Había una sola fotografía. Era de Pepper, Georgia y yo, las tres encima de Santa Claus en un centro comercial, la Navidad pasada. Y eso era todo. Nada de recuerdos familiares. Hubiera sido una mentira pretender que tenía una familia de verdad.

Estoy segura de que notó la falta. Era tan opuesto al despliegue en el lado de Georgia que anunciaba una gran familia. Hasta Pepper tenía una abuela que la adoraba... y un padre que la había adorado hasta que murió. Con la madre, en cambio, no le fue bien. Sacó el palillo corto cuando jugó a la suerte.

Yo tenía padres, pero podría haber sido huérfana por lo sola que estaba en el mundo.

—Este es tu lado, ¿no? —señaló hacia mi cama de flores violetas y rojas.

Asentí y mi corazón se contrajo cuando se sentó en ella. Se tomó su tiempo para estudiar mis posters y las tarjetas postales. Ni siquiera me miró. Fruncí el ceño. Un minuto quería devorarme, ¿y el siguiente? No tanto.

Pasé mis manos transpiradas por mis muslos, mientras él observaba fijamente un dibujo que colgaba en la pared de ladrillos. Lo había hecho durante una clase de Biología, el semestre anterior. Estaba aburrida. Debía presentarme en ese curso para cumplir con los requerimientos de mi carrera, pero me la pasaba, mayormente, mirando por las ventanas. Era un bosquejo en lápiz sobre una hoja del cuaderno.

Recordaba ese día. El tiempo todavía estaba lindo y agradable. Una chica estudiaba en el patio, con su novio sentado frente a ella. Sus manos permanecían entrelazadas, mientras estudiaban, cada uno concentrado en su libro. No los conocía, pero había algo muy natural e íntimo en la pose. Tan dulce e inocente. Y la cínica en mí respondió: arranqué una hoja y rápidamente los dibujé.

–¿Tú lo hiciste? –preguntó, apreciativo.

Afirmé con un movimiento, sintiendo una oleada de orgullo.

–Es fabuloso.

–Estudio Bellas Artes –dije, y me senté a su lado sobre la cama, sujetándome del colchón.

–Eres realmente buena –se ubicó frente a mí–. ¿Eso es lo que quieres ser? ¿Una artista? Bueno, claramente lo eres –se corrigió–. Pero digo, cuando te gradúes.

–Probablemente termine en el departamento de marketing, en algún lado –suspiré–. Tal vez en alguna empresa de diseño, pero… sí, mi sueño sería pintar.

–Entonces es lo que deberías hacer.

Lo dijo como si fuera lo más sencillo del mundo. Sonriendo, puse un cojín sobre mi regazo y comencé a jalar el borde.

—De hecho, necesito ganarme la vida.

—¿Entonces no recibes un suculento fideicomiso? —dijo con desdén—. ¿Papi no te mantendrá indefinidamente?

Se me borró la sonrisa. *Sí. Papá seguiría haciendo los pagos.* Era su única hija y parecía tener una fuente inagotable de riqueza, pero yo no quería eso. No podría seguir aceptando su dinero. No me sentía cómoda. Pagaba mis estudios y mis gastos porque parecía no saber qué hacer con tanto dinero. No llevabas adelante una compañía que figuraba en la lista *Fortune 500*, si no te tomabas las responsabilidades con seriedad. Y eso era yo para él, una responsabilidad; el despojo de un matrimonio que él hubiera preferido que jamás sucediera. Yo era esa obligación que nunca eludiría. Se ocuparía de mí por el tiempo que se lo pidiera, pero no porque fuera la "niña de papá" o porque me amara al punto de consentirme. Conocí muchas chicas así aquí, en Dartford, pero yo no era una de ellas.

Mi silencio, o tal vez mi expresión, deben haber respondido por mí. La mirada de Shaw continuó revisando otros trozos de papel que estaban en la pared. Sus dedos largos se detuvieron en un boceto que hice de Pepper y Reece trabados en un abrazo, donde les dibujé muchas manos. Eran como una especie de pulpo humano con manos por todos lados.

—Una descripción acertada —rio.

–A veces me entretengo –sonreí.

–Se nota –sus ojos danzaron divertidos y me observaron con algo parecido a la admiración. Ese modo de mirarme me produjo una sensación cálida. No era el tipo de mirada que recibía habitualmente. No era la excitación sexual satisfecha. Era como si yo le gustara.

Jugueteé con uno de mis mechones, lo enrosqué en el dedo y lo puse detrás de mi oreja. Inútil. Se soltó una vez más y pendió sobre mi ojo.

–Esos dos deberían encerrarse un mes entero hasta que se les vaya de su sistema –comenté.

–¿Te parece que con un mes será suficiente? –paseó sus ojos por mi rostro, su voz rasposa se arrastró como satén sobre mi piel. Piel que de pronto se volvía demasiado sensible–. Se me ocurre que hay gente que puede necesitar bastante más que eso –lo dijo concentrado en mi boca, y sentí que mis mejillas pasaban del rojo al violeta.

Una bandada de mariposas aleteó en mi vientre. Aparté la vista y la posé nuevamente en mi dibujo. Estaba segura de que ahora hablábamos de otra cosa, o al menos lo pensábamos. Seguro que ya no de Pepper y Reece.

De pronto centelló una imagen de nosotros, juntos. Con mucha menos ropa. Tragué y me volví a concentrar en la conversación, decidida a alejar mi mente de esa escena.

–Pepper no estaba tan divertida cuando se lo ofrecí. Le pareció escalofriante.

–Creo que es divertido.

–Gracias –sonreí nuevamente y crucé los brazos alrededor de mis rodillas. La tela de mis pantimedias color púrpura se sintió suave bajo mis palmas.

–Deberías pintar –reafirmó–. No tomes cualquier trabajo en un cubículo. Sería un crimen.

–¿Y qué hay de ti? Estuviste en los Marines. ¿Terminaste con eso?

–Todavía estoy en la reserva, pero después de dos temporadas es suficiente –su expresión se mantuvo imperturbable al hablar. Era difícil saber qué pensaba.

Delineó con el dedo el contorno de un árbol que yo había dibujado cuando fui a casa para Navidad. Era una enorme haya que se ve desde mi habitación. Imaginaba que era el tipo de árbol que una adolescente utilizaría para escaparse y salir de juerga; claro, eso si a sus padres les importara lo suficiente como para aplicar algún tipo de prohibición en cuanto a sus salidas. A ninguno de mis padres les interesaba. Nunca me impusieron límites ni sanciones. Iba y venía cuando quería. Acudía a clases. Comía lo que la cocinera hubiera preparado para mí. En ocasiones, Agnes se quedaba y cenaba conmigo, en lugar de hacerlo con su familia. De pura compasión.

Mientras papá fue a Barbados, durante las Fiestas, me quedé en casa dibujando el árbol. Era mucho más divertido que ver episodios repetidos de *Top Chef*.

Shaw aún tenía su vista fija en el papel, pero parecía muy lejos, como si ya no estuviera allí, y me pregunté si la mención de los Marines lo había hecho retraerse.

Humedecí mis labios y tomé la decisión de presionar por más información.

—Perdiste a tu primo allí…

Regresó instantáneamente. Su mirada filosa sobre mí, alerta.

—Supongo que lo oíste. Imposible mantener algo así en secreto.

—Logan me lo dijo en el compromiso de tu prima —sonreí una disculpa.

—Así es pertenecer a los Marines —asintió con amargura—. Algunos regresan, otros no. Lo sabíamos antes de partir. Perdí a tres de mi unidad en la primera temporada… y después volví a firmar, porque estaba decidido a que importara. A marcar la diferencia.

Flexioné las piernas y abracé mis rodillas, sin saber qué decir. No estaba acostumbrada a manejar este tipo de situaciones. A hablar de algo serio con un muchacho.

—Lo hiciste.

—¿Cómo lo sabes? —masculló.

Abrí la boca, pero me di cuenta de que no tenía esa información. No había nada de mi parte que la sostuviera… pero simplemente, lo sabía. Al verlo, lo supe. Había hecho algo con su vida. Había vivido. Había trabajado para algo más grande que él mismo.

Y así fue que lo supe.

Estaba en problemas. Todo lo que lo destacaba de los demás chicos era lo que me atraía. Tal vez fuera un descubrimiento vertiginoso, quizás todavía me hallara bajo los efectos del alcohol, pero un repentino y embriagador impulso se apoderó súbitamente de mí.

Giré y quedamos cara a cara. Sea lo que sea que vio en mi rostro, lo paralizó, como si se sintiera una presa. Me erguí sobre las rodillas y, sosteniendo su mirada, me quité el suéter por encima de la cabeza y lo arrojé al suelo.

Sus ojos se oscurecieron al recorrer todo mi cuerpo. Pasé una mano sobre mi ropa interior rosada, acariciando suavemente la taza de encaje.

−¿Qué haces?

−Vamos. Actúas como si nunca hubieras visto ropa interior −dije, y lentamente me instalé en su regazo con una rodilla a cada lado de sus caderas.

−Eso era distinto. Ahora estás consciente.

Sonreí con falso pudor, ladeando la cabeza. Apoyé un dedo sobre sus labios, disfrutándolo, gozando de la sensación de esa boca que sabía que podía besarme hasta dejarme temblorosa e incapacitada para otra cosa.

−¿Puedes dejarme hacer esto? −pregunté.

−¿Qué? ¿Controlar la situación? Algo me dice que estás habituada a hacerlo.

Lo tomé como un sí. Sonriendo, bajé la cabeza y lo besé con la boca abierta en el cuello. Lamí y saboreé su piel limpia y salada. Su suspiro movió mi cabello. Me aparté, busqué el borde de su camisa y jalé hacia arriba. Levantó los brazos para ayudarme a quitársela. La vista que se desplegó ante mí me cortó el aliento.

Era delgado y firme. Su torso parecía tallado, definido.

Sus abdominales atrajeron mi mirada. Se podían contar todos y cada uno de sus músculos. ¿Seis? *¿Ocho?*

Un tatuaje grande cubría la piel de su pectoral izquierdo y subía por el hombro. Mis dedos recorrieron el contorno de un águila posada sobre un globo terráqueo y un ancla. Lo reconocí como la insignia de los Marines. En el ancla estaba escrito el nombre Alan con el año de nacimiento y el de su muerte. Me conmovió esta nueva evidencia de que Shaw era diferente. Especial.

Su respiración se agitó entre sus dientes, cuando me incliné y apoyé mi boca en su pecho; y se quedó sin aliento cuando comencé a lamer su cuerpo.

Dejé que sus manos se posaran en mis costillas, pero al sentir que se deslizaban hacia mis senos, lo atrapé por las muñecas.

–No, no –murmuré sonriéndole, al tiempo que guiaba sus manos hacia el colchón.

–Quiero tocarte –protestó, frustrado.

–Yo toco. Tú, relájate –lo empujé sobre la cama. Sentada encima de él, me sentí poderosa. Tal vez lo podría tener, después de todo. Quizás era alguien a quien podía controlar. Yo conocía mi juego, sabía qué funcionaba. Él no me lastimaría. Podía manejar la situación. Manejarlo a *él*.

Eché un último vistazo a su rostro, a esos refulgentes ojos oscuros concentrados en los míos, antes de recostarme sobre él. Besé el amplio pecho, mi lengua y dientes recorrieron su piel firme. Suaves besos mariposa. Largos besos abiertos y húmedos. Generosa con mis labios y manos. Su mentón, su cuello. Abaniqué sus orejas con mi aliento antes de morderle el lóbulo. Se tensó debajo de mí con un gruñido y supe que estaba llegando a él. Me sentí embriagada y no tenía nada que ver con el alcohol que había consumido esa noche. Estaba ebria de él.

Intentó besarme y esquivé su boca. Me encontraba peligrosamente cerca de olvidar mi resolución. Debía eludir su boca. Convertía a mi cerebro en papilla.

—Déjame besarte —ordenó, levantando la cabeza hacia mí.

Lo empujé nuevamente, con la palma de mi mano y recorrí todo su pecho con mi dedo.

—Nada de besos.

—Emerson —sus ojos destellaron—. Quiero tu boca.

—La tendrás —prometí, suave como la seda.

—Sobre la mía —especificó.

—Te prometo que gozarás… —dije con una sonrisa enorme, y besé su clavícula— donde sea que… —besé el pulso que latía en la base de su cuello— te bese… —mis labios recorrieron el centro de su pecho, apenas rozando su piel cálida y firme.

Sus manos volvieron a mi cintura, sus enormes palmas acariciaron la carne expuesta. Era tentador permitir que sus manos permanecieran allí, pero volví a quitarlas y colocarlas a sus lados.

—Déjame tocarte —gruñó.

Hice un sonido con mis labios y llevé mis manos a sus jeans. Mis dedos se cerraron expertamente alrededor del botón y abrí, apenas.

–Emerson –su voz sonó ronca, amenazante–. No me dejas tocarte... besarte... esto no está...

–Shhh –regañé, bajando la cremallera con un sonido satisfactorio y dejando a la vista el frente de su ropa interior. Sin rozarlo, separé la apertura, dejando su sexo expuesto.

–Maldición, Emerson –se ahogó.

–No –reprendí con suavidad, al tiempo que lo besaba justo arriba del ombligo–. Nada de eso, ¿recuerdas?

–Debes detenerte –gimió, tembloroso debajo de mí.

–¿Por qué? –pregunté, al tiempo que tocaba el extremo de su miembro, viéndolo por entre párpados entornados–. ¿No quieres que te bese, acaso?

–No así –respondió con las mandíbulas apretadas y sus ojos en mí.

–¿Así cómo?

–No tienes que hacerme sexo oral.

Fruncí el ceño. *¿A qué tipo no le gusta esto?*

–Puedo convencerte –bajé la cabeza, pero sus manos se cerraron en mis brazos y me apartaron antes de que pudiera hacer contacto.

–¿Qué haces? –sus ojos echaban chispas, casi con furia.

–Aparentemente, algo que no te gusta –repliqué con brusquedad, mientras intentaba liberarme. Pero él me retenía con firmeza, cada uno de sus dedos era una huella candente. Sentí su fuerza y su poder, contenidos, debajo de mí.

–¿Qué sucede? ¿Del único modo que permites que me acerque es si jugamos con tus reglas?

Sus palabras dieron justo en el blanco. Asentí.

–Aprendes rápido –señalé, molesta por su rechazo.

–Quizás yo tenga algunas reglas propias.

Mi corazón dio un brinco al ver un destello peligroso en su mirada. De inmediato, sentí que se habían invertido los papeles. Él tomaba el control o, al menos, lo intentaba.

–Creo que hasta aquí llegamos –afirmé tratando de sonar serena.

Sacudió la cabeza con lentitud y recordé la primera vez que lo vi, cuando pensé que este tipo no sería fácil de manejar. En ese momento me dije que me debía mantener a distancia. Una pena que yo no me hiciera caso. Ahora estaba exactamente en la situación que no quería: *atrapada*.

Sabía que no me haría daño. Ese no era mi miedo. Mi miedo no era él, sino yo. Estaba *dentro* de mí. Temor a perder el control, a que otro tuviera poder sobre mí.

Sus dedos se flexionaron en mis antebrazos. Sus ojos descendieron hasta la ropa interior que cubría mis pechos, evaluando la puntilla sedosa.

–Recién estamos empezando. Ahora es mi turno.

CAPÍTULO 8

La boca de Shaw cubrió la mía y lo que no quería que pasara, pasó. Mi cerebro se transformó en papilla. Tenía un modo de besarme que me consumía, derretía mis huesos y me convertía en una masa informe en sus manos.

Todavía me quedaba algo de resolución. Suficiente para introducir mis manos entre los dos y empujar para separarme de esa pared de ladrillos que era su pecho. Se movió un mínimo centímetro. Conseguí apartar mis labios. Abrí la boca para exigir que se detuviera y que se fuera de mi habitación pero, de pronto, me tumbó sobre la cama.

Acostada de espaldas, solté el aliento y perdí la capacidad de hablar ante la sensación de su cuerpo sólido sobre mí, entre mis piernas separadas. Su mano se cerró sobre mi muslo, debajo de mi falda, quemándome a través de las pantimedias, y me encontré deseando no tenerlas puestas para poder sentir su palma contra la piel.

Se aprovechó de mi boca abierta para reclamar mis labios en otro beso, su lengua chocó con la mía. Su peso se sentía delicioso y me retenía contra la cama, pero sin lastimarme. Una neblina densa me envolvió, haciendo desaparecer todo pensamiento, toda lógica. Solo existía la sensación.

Sus labios comían hambrientos de los míos. Me *devora-ban*. Cuando sus manos encontraron mis senos y se cerraron sobre ellos, un calor líquido me recorrió por completo. Los acarició y yo separé más las piernas, invitándolo sin palabras.

Se hundió más profundamente. Mis faldas habían trepado hasta mis caderas y mis pantimedias todavía eran una barrera que impedía el contacto directo pero, de todos modos, lo sentía allí, su erección dura e insistente, frotándose contra mí, empujando y presionando como si de ese modo pudiera alcanzar la satisfacción. Yo no veía cómo. Su fricción y su fuerza allí abajo me volvían loca: quería más. Quería más fuerte. Más adentro.

Hundí mis dedos en sus bíceps y me arqueé contra él, restregando mi pelvis contra la suya. Maldijo, separando su boca de la mía.

Antes de que yo tuviera tiempo de lamentar la pérdida, con una mano bajó bruscamente una taza de mi sostén y deslizó el tirante hacia abajo, fuera de mi hombro. Su cálida boca se cerró sobre mi pezón izquierdo, apresando la punta y envolviéndola en la húmeda cavidad de su boca.

Exclamé y me arqueé. Era demasiado, y solo se puso mejor cuando volvió su atención al otro pezón. Lo lamió alrededor, succionó y lo introdujo en su boca.

Su nombre escapó de mi garganta.

—Eso —aprobó, mirándome, su cara a la altura de mi seno, sus ojos oscuros prometiendo más—. Quiero oírte.

Negué con la cabeza. Fue todo lo que pude hacer. No podía pronunciar una palabra. No, si significaba que se detendría. Moriría si lo hacía.

Metió ambas manos por debajo de mi falda y atrapó el elástico de mis pantimedias. Se enderezó y jaló de ellas, deslizándolas por mis piernas. Sonaron alarmas, pero no tan alto como el atronador sonido de mi sangre en mis oídos, ni tan intenso como el dolor abrasador entre mis piernas.

—Oh, Dios —gemí, cuando sus palmas ásperas se posaron en mí, raspando contra mis muslos desnudos.

Volvió a subirse encima, la piel de su pecho se aplastaba contra la mía. Sentí su erección a través de la fina capa de mi ropa interior. Mi cara ardía, mortificada por saber que él podía percibir lo húmeda que estaba allí abajo. Y todo por su culpa. Todo lo que necesitaba hacer era apartar la tela y deslizarse dentro de mí.

La sola idea me llenaba de emoción al tiempo que me aterraba.

En ese preciso instante, con lo más profundo de mi ser latiendo dolorido, podía parecer que deseaba que lo hiciera, pero no era así. Mi mente lo sabía, pero mi cuerpo no.

—Lo dije en serio —dejé escapar, cuando movió sus caderas y presionó directamente contra un punto sensible que amenazó con provocar que mis ojos se salieran de sus órbitas—. No tendré sexo contigo.

—¿Dije que esperaba eso de ti? —indagó, mirándome fijamente, mientras continuaba frotándose contra mí.

—N-no —pero sin duda eso era lo que parecía. Me adherí a él, gimiendo al sentir el contorno duro de su pene, sin poder detenerme, sin poder frenar mis ansias de satisfacción y deseando con desesperación que me llenara.

Pasó las manos por debajo de mí, sujetando mi trasero a través de mi ropa interior, restregándose contra mí más íntimamente, si eso era posible.

—Oh, Dios —exclamé, estremeciéndome en sus manos.

—Cuando lo hagamos, no será por sorpresa —su voz ondeó a través de mí, profunda y oscura, y una corriente de calor se encendió entre mis piernas—. Sabrás que viene. Lo querrás con toda tu mente y cuerpo. Me rogarás que te haga el amor. Me aseguraré de que así sea, Emerson.

¿Hacer el amor? De ninguna manera.

—¿Qué te hace pensar…?

—No habrá ninguna duda —continuó, como si no me hubiera oído—, ni acusaciones después de hacerlo. Es más, no lo haremos hasta que me lo pidas.

En lugar de la risa sarcástica que intenté, salió una exclamación ahogada cuando acomodó su mano. Usó la palma para presionar en el centro mismo de mi ser y mi cabeza estalló con una exclamación gutural.

–Esta noche solo te haré acabar –anunció. Sacudí la cabeza salvajemente contra la almohada. Ya estaba demasiado cerca de eso–. Algo me dice que no llegas muy a menudo. Apuesto a que ni la mitad de los chicos que frecuentas se molestan en que quedes satisfecha.

Y vaya que se quedaba corto.

Acercó su cabeza a mi boca, lamiendo mi labio inferior mientras hablaba bajo, con voz ronca y profunda.

–Pero no será así esta noche, Emerson. Hoy no me detendré hasta que grites, hasta que veas las estrellas.

Sus palabras despertaron un estremecimiento de inquietud. *¿Se quiere ocupar de mí? ¿Darme placer? ¿Sin compensación?*

Hizo a un lado mi ropa interior y deslizó un dedo en mi calor húmedo; me olvidé de todo lo demás. Prácticamente salí de mi piel. Nunca había sentido algo así. Masajeó con maestría, su dedo se enterraba profundamente y lo quitaba para hacer movimientos circulares alrededor de ese punto sensible de placer, cerca, pero sin tocarlo. Me retorcí, jadeé, de mi garganta escaparon sonidos incoherentes, ahogados.

–Por favor –rogué, odiándome, y odiándolo a *él*, por hacerme desear eso con tanta desesperación. Era evidente que me podía tener. Si quería sexo, no podría resistirme. En ese instante podía tenerme.

Por fin le dio a mi cuerpo lo que este clamaba. Su pulgar se apoyó en mi clítoris, presionó y lo hizo rotar en un círculo en el instante exacto en que introducía otro dedo dentro de mí.

Me arqueé en la cama con un grito. Hundió sus dedos bien adentro, a un ritmo calculado. Atrapó mis labios en otro beso ardiente, bebiendo los sonidos de mi boca, mientras trabajaba con su mano: con su pulgar empujaba y sus otros dedos entraban y salían de mí.

—Eres exquisita, Emerson. Tan caliente, tan ceñida —susurró en mi oído. Bajé la mano, decidida a llevarlo más allá del límite, como lo estaba haciendo él conmigo. Mis dedos lo rozaron, pero me eludió y atrapó mi mano—. Sin tocar, ¿recuerdas? —reprendió, con sus ojos en los míos.

Gruñí de frustración, pero pronto me rendí. No podía ni pensar por la intensa sensación que me provocaba. La profunda presión se fue acumulando y mi cabeza cayó sobre la cama nuevamente.

—Vamos, nena —murmuró contra mi boca—. Sé que quieres dejarte ir.

Sacudí la cabeza, negándolo a él. A mí. No podía soltarme. Nunca. *Jamás lo había hecho.*

Y entonces sus labios se alejaron y su pecho se apartó del mío. Levanté la cabeza, desconcertada:

—¿Por qué te…? —mis palabras se atascaron en un grito, cuando su boca aterrizó expertamente *allí*. Me arqueé por completo y le empujé un hombro. Su boca se cerró y su lengua lamió la perla sensible hasta que me dejé caer de espaldas en la cama, con un gemido bajo y lastimero.

Sentí que algo en mí se rompía y estallé de placer. Un placer centrado directamente donde su boca se unía a mi cuerpo de manera tan íntima. El orgasmo me arrasó como una marejada, ola tras ola. Ondas que parecían no terminar nunca, mientras me succionaba en su boca.

Hundí las uñas en su pelo y jalé con fuerza; no para que se detuviera, sino para que *nunca* lo hiciera. Deslizó las manos por debajo de mi trasero y me acercó aún más a su boca, que no dejó de hacer su magia hasta que no pasé por el último estremecimiento.

Quedé recostada, jadeando. Mi pecho subía y bajaba como si hubiera corrido un maratón. Se acercó hasta mí con una sonrisa engreída, orgulloso de su obra. Se lo veía sexy como el demonio, con sus brazos extendidos a mis lados para sostenerse.

—Eso fue caliente —murmuró. Levantó una mano y me acarició la mejilla con un dedo hasta llegar a mis labios. Como si fuera posible, sus ojos se oscurecieron aún más. El solo contacto volvió a despertar ese intenso dolor entre mis piernas y hacerme desear otra ronda con él. Apreté mis muslos, como si así pudiera calmar la necesidad que latía allí. Su voz continuó en un profundo ronroneo—. ¿No estás contenta de haberme dejado hacerte eso?

¿Dejarlo hacerme eso? Supongo que hubo elección. No era un sádico. Podría haberlo frenado en cualquier momento. Me habría escuchado. Y eso hacía que estuviera aún más furiosa conmigo misma; debí haberlo detenido.

Lo aparté de mí y me incorporé al tiempo que me acomodaba la falda con manos trémulas. Me coloqué el sostén.

—Deberías irte —dije, y se le borró la sonrisa. Su expresión era indescifrable, aunque había algo allí en el fondo de

sus ojos. *¿Sorpresa, tal vez?*–. De veras. Simplemente, vete
–asentí. Mi voz parecía más firme. Al menos había recupe-
rado eso. Sonaba como en control, aunque no lo estuviera.

Busqué mi camisa en la cama, agradeciendo la excusa
para no mirarlo. La encontré y me la puse. Por el rabillo del
ojo vi que se había puesto en movimiento, acomodando sus
propias ropas, subiendo sus jeans, jalando de la cremallera
con gestos bruscos, mientras mascullaba.

Estaba furioso. *Mejor. Yo también.* Y era necesario que
me mantuviera así. Debía alimentar mi enfado para no dejar
que tejiera su hechizo a mi alrededor.

–Tendría que saber que no debía involucrarme con una
princesita consentida –dijo, enfrentándome.

Fue como una cachetada, pero luego pensé que era mejor así. Que pensara eso. Y tal vez, de esa manera, lo que
había entre nosotros simplemente moriría. Inhalé profundamente e intenté hacer caso omiso del repentino dolor
que se encendió en mi pecho.

Tenía que mantener mi postura. Dejarlo que piense lo
que quisiera de mí. Porque no podría manejar otra situación como la que acababa de ocurrir y, al mismo tiempo,
mantener distancia. Al menos no emocionalmente. Lo último que necesitaba era caer por un tipo como él. Por el
amor de Dios, era un Marine. No exactamente un hombre
fácil de manipular.

–Así es, debiste saberlo –convine–. Pero ya aprendiste.
Así que, adiós –levanté la mano y saludé.

–Eres demasiado complicada –declaró con mirada dura.

Sonreí, diciéndome que este no era distinto de los otros tipos que había echado de mi cama. *¿Por qué me sentía tan mal, entonces? ¿Por qué me destrozaba el disgusto que veía en sus ojos?*

En ese momento sonrió, una sonrisa lenta, casi siniestra. Se aproximó sigilosamente y con todo su cuerpo me arrastró con él nuevamente a la cama. Me hundí de espaldas, colocando una mano entre ambos, como si así pudiera mantenerlo a distancia.

–Vamos –susurró con una voz letalmente suave–. Dime que no te afecto en lo más mínimo.

–No me afectas.

–¿Sabes qué creo? –me estudió en detalle, como quien inspecciona a un insecto a través de un microscopio.

–Me tiene sin cuidado.

Prosiguió como si yo no hubiera abierto la boca, y de repente, su mano estaba allí, subiendo por la parte interna de mi pierna. Lancé una exclamación, increíblemente excitada a pesar de que mi mente gritaba que lo detuviera. Sin embargo, mi cuerpo lo reconocía y respondió, listo para él.

–Creo que en el fondo, mueres por alguien como yo –su voz profunda me estremeció–. Has estado esperando a que llegara un tipo que sacudiera tu mundo y te tocara como a ti te gusta –sus dedos frotaron mi húmeda entrepierna–. Que te haga cosas que tus lindos chicos universitarios no pueden hacerte.

Sin pausa, apartó la tela de mi ropa interior y sus dedos estuvieron ahí, jugando contra mí, abriéndome, provocándome y llevándome hasta el frenesí. Me aferré al cubrecama, me arqueé contra él y separé las piernas.

No podía entenderlo. ¿Cómo podía despertar semejante respuesta en mí? Otros habían intentado lo que él hacía, pero solo Shaw lo conseguía. Estaba lista para una nueva ronda, aunque en lugar de su boca y su mano, lo quería a *él*, allí. Esa solidez que presionaba contra mí. Deseaba tener nuestros cuerpos trabados, moviéndose juntos.

Introdujo un dedo dentro de mí, luego otro, estirándome, llenándome, zambulléndose profundamente en mi interior donde existía un objetivo oculto e inidentificable. Era indescriptible. Aún mejor que antes, y algo me decía que cada vez con él sería así: mejor. Más intenso.

Dejé escapar un grito y sujeté sus hombros, mientras su voz seguía agobiándome como un viento caliente.

—¿Alguno de ellos te hace sentir así? —sus dedos se detuvieron a la entrada, demorando mi placer, torturándome—. Respóndeme, Emerson.

—N-no —golpeé su hombro.

—Dímelo.

—Ninguno lo hace.

—¿Hace qué? —empujó apenas sus dedos dentro de mí.

—Me hace... terminar —estaba tan cerca. *Otra vez.* Ese resorte en mi vientre estaba por saltar.

—Bien —sonrió lentamente y, en ese momento, retiró su mano—. Recuérdalo —se apartó de mí y se levantó.

Por un instante no pude hacer otra cosa que pestañear, estupefacta y desconcertada. Me observó desde arriba; su boca sensual mostraba una curva casi adusta. Pero había satisfacción allí. Estaba contento consigo mismo... como si hubiera dejado algo en claro.

Sentí el aire frío sobre mi piel expuesta y me percaté de que seguía inmóvil. Permanecía echada frente a él con mi falda enrollada alrededor de mis caderas y mis partes femeninas desplegadas. Y lo odié.

Mortificada, me incorporé y acomodé mi falda.

—¡Vete! —lancé como un misil.

Recuperó su camisa que había quedado abandonada al borde de la cama. Se movió sin prisa y recogió la chaqueta que dejó en la silla.

—No quiero volver a verte —mi voz salió temblorosa y rogué que no confundiera ese sonido con el miedo. Eso sería humillante y ya me había humillado lo suficiente por una noche.

Se detuvo a la puerta, aún con el torso desnudo; parecía despreocupado por salir de mi habitación a medio vestir. Y se volteó para mirarme.

Me levanté de la cama y me paré dándole la espalda, en un intento de quitar su imagen de mi mente. Con los brazos cruzados, fijé la vista en las cortinas y esperé oír el sonido de la puerta cerrándose detrás de él.

—No creas que esto se termina aquí, Emerson.

Giré, asombrada por la determinación que escuché en su tono. Con una mano sujetaba la manija de la puerta y con la otra, su camisa arrugada. Sus hombros eran una línea recta, rígida y tensa, y supe que yo no era la única que hervía de rabia. En el espacio limitado de mi habitación, quedaba enorme. Su pecho desnudo y esculpido me provocaba, aún ahora, un rubor.

–Yo digo que esto sí se terminó –sea lo que sea que fuera *esto*. Era muy complicado, con demasiadas emociones y sensaciones que nunca había sentido. Que nunca deseé sentir–. Se acabó.

–Intenta seguir convenciéndote, princesa –abrió la puerta de par en par–. Te veré luego.

Cuando cerró, la habitación se sumió en un silencio sordo... y me quedé mirando por donde se había ido, preguntándome qué demonios acababa de suceder.

CAPÍTULO 9

Por la mañana, me desperté con el aroma del café. *Espresso*, para ser precisa. Flotaba deliciosamente cerca de mi nariz. Con dificultad, levanté un párpado y vi a Pepper de pie frente a mí, con una taza grande de Java Hut.

Más allá, Georgia se había incorporado en su cama y sostenía su taza con ambas manos. Apenas recordaba su llegada la noche anterior. Debe haber sido tarde, porque permanecí mirando la oscuridad por mucho tiempo después de que Shaw se marchara.

Sonrió. Georgia tenía una de las sonrisas más dulces. Natural y espontánea. Realmente era una bella mujer sureña. Sofisticada, pero todavía poseía una finura y una integridad de las que el resto de la población femenina de Dartford carecía. Bien podía imaginarla bailando el vals en esos cotillones de la secundaria a los que su madre la obligaba a ir.

—Pepper nos trajo café.

—Hmm —me apoyé en un codo y acepté el vaso que me extendía—. Eres un ángel.

—En realidad, no —Pepper se ubicó en un sillón bajo y apoyó su taza en el suelo, cerca de sus pies. Con su mano libre, sacudió la bolsa de papel color café—. ¿Scones?

Asentí y me arrojó uno por el aire que logré atrapar sin que llovieran migas.

—Muero por saber qué está pasando contigo y Shaw —continuó.

—¿Shaw? ¿Quién es Shaw? —quiso saber Georgia, con repentino interés.

—Nadie —mascullé. Le di un mordisco al scone. Todavía estaba caliente—. Mmm, qué delicia —bebí el reconfortante líquido. *Exquisito*.

—¿Quién es Shaw? —repitió Georgia.

—Un excompañero de colegio de Reece. Acaba de regresar de los Marines.

—Oh —las cejas de Georgia, varios tonos más oscuras que su cabello rubio, se movieron sorprendidas sobre sus expresivos ojos.

—"Oh", nada. No es así —repuse, señalándola con mi bocado.

—¿Es hot? —su mirada fue de Pepper a mí, ida y vuelta.

—¿Qué cambia...? —me encogí de hombros.

—Arde —afirmó Pepper, sin dejarme terminar.

–Tú estás de novia –censuré, enfadada.

–¿Qué? ¿Acaso no puedo mirar? Es difícil no notar a alguien como él. O lo es o no lo es. Sí lo es, sin ningún lugar a dudas.

Georgia absorbió esto al tiempo que se aproximó a investigar los scones. Escogió uno y se volvió a sentar, cruzando las piernas en posición de loto. Tenía puesto su pijama estampado con pequeños Santa Claus en rojo, aunque ya había pasado la Navidad. Seguramente era el más abrigado que tenía.

–Así que este tal Shaw… está hot.

Asentí a desgano.

–Y anoche te marchaste con él –señaló Pepper, como si necesitara que me lo recordaran. Si inspiraba profundamente, aún podía percibir su aroma en mi cama.

–¿Adónde fueron? –inquirió Georgia, su suave acento de Alabama se deslizaba sobre mí como miel cálida.

–Vinimos aquí –respondí, tan bajo que casi ni yo pude oírme.

–Disculpa –Georgia bajó su taza y se inclinó hacia adelante–. ¿Cómo dices? Me pareció que dijiste "aquí".

–Sí. Lo traje acá.

Eso las enmudeció. A ambas.

–¿Qué? –demandé, mientras me llevaba un bocado a la boca.

–Bueno, es que casi nunca traes a nadie.

–Jamás, en realidad –coincidió Pepper, y al asentir su loca melena se movió como una nube tormentosa.

–Bueno. Lo hice –no pensaba explicarles que él no me había dado mucha opción–. No se convertirá en un hábito, ni nada.

–Cuéntame más de este Shaw –insistió Georgia, con esa expresión que yo llamo "paterna". Lo cual estaba bien, considerando que a mis padres no les interesaba con quién andaba yo. Era agradable saber que ella me cubría las espaldas. Aunque yo no quisiera.

Estudia Economía y es la pragmática de las tres. Jamás reprobaba un examen. Era como que sabía quién era, adónde iba y con quién. A pesar de lo poco que me simpatizaba Harris, no podía dejar de pensar en lo reconfortante que debe ser tener el mismo novio desde los dieciséis. Tener ese tipo de familiaridad. Saber que puedes bajar la guardia y ser tú misma. Confiar de ese modo.

–Se alistó cuando terminó la secundaria. Sirvió durante dos temporadas. ¿Qué más quieres saber? Vive en una cabaña que le dejó su abuelo, cerca del lago. Su madre se volvió a casar y vive en Boston.

–¿A qué se dedica ahora?

–Reece me dijo que trabaja en un taller –respondió Pepper–. Según él, es un excelente mecánico y está ahorrando para abrir su propio negocio de motos de alta gama.

–¿Ah, sí? –solté sin poder evitarlo. La pregunta delataba mi interés y lo poco que sabía de él.

–Parece que lo suyo son las motos.

Tal vez eso hacía en Maisie's. Mezclarse con clientes potenciales.

—Suena como alguien interesante... con sus propios proyectos —señaló Georgia.

Eso me irritó un poco. No necesitaba que ella me aprobara un posible novio. No era que él lo fuera. Para mí no era un posible nada, a pesar de la certeza de Shaw de que las cosas entre nosotros no habían terminado.

—¿Por qué siento que esto es una inquisición? —reclamé y bebí de mi vaso.

—¿Desde cuándo hablar con tus mejores amigas se etiqueta como una inquisición? —se ofendió Pepper.

—Sí. Solo queremos saber de tu nuevo... —asintió Georgia.

—Él no es mi nuevo nada —la interrumpí. Abandoné mi scone a medio comer y salté de la cama. Con mi taza en la mano, me aproximé a mi armario y descolgué mi bata.

—¿Adónde vas?

—Debo darme un baño —respondí. Sentí sus ojos clavados en mi espalda, mientras recogía mis cosas—. Vamos, chicas —suspiré al girar para enfrentarlas—. ¿Por qué me miran así?

—Vaya —se admiró Georgia—. Estás huyendo para no hablar del muchacho con nosotras. Tengo que conocer a Shaw.

—Lo sabía —terció Pepper y sonrió como si acabara de recibir un premio—. Te gusta.

—Error. Solo necesito bañarme. Todavía huelo al bar.

—Y aquí estaremos cuando vuelvas —afirmó Pepper, aflojándose en el sillón para una cómoda espera.

—Cuando regrese, iré a estudiar a la biblioteca.

–Guau, ahora estoy segura de que tu caso es grave. Huyes despavorida –se burló Georgia, en una mezcla de risa y ronquido.

–¿Sabes, siquiera, dónde queda la biblioteca? –agregó la otra, con falsa inocencia.

–Son un par de idiotas –recogí mis cosas y abrí la puerta con brusquedad. Su risa me siguió por el pasillo, como así también la certeza de que no estaban del todo equivocadas.

Huía. Pero no solo de ellas. También de mí misma. Y del eco de Shaw en mi habitación. El único problema era que aunque me alejara del cuarto, aún podía oír su voz.

CAPÍTULO 10

Mantuve mi palabra y me dirigí a la biblioteca. Era necesario. La semana siguiente tenía que entregar una monografía sobre Historia del Arte Medieval. Pude completar el borrador preliminar. Al salir, me sentí libre y sin culpas.

Para entonces, había oscurecido. Caminé por las aceras espolvoreadas de nieve, envuelta varias veces en mi echarpe para protegerme del viento. Vibró mi teléfono y lo extraje de mi bolso.

Pepper: dónde tas?
Yo: yendo a la residencia. Tú?
Pepper: Mulvaney's c/Reece. Vienes?

Mis dedos vacilaron sobre las teclas. ¿Entrometerme en su salida? *No, gracias.* Escribí.

Yo: creo que me quedo
Pepper: bromeas?

Sacudí la cabeza, al tiempo que levantaba la vista para asegurarme de no llevarme a nadie por delante. O a una pared. La acera se extendía frente a mí. Ni un alma.

Yo: toy bien. Algo cansada
Pepper: tienes q comer
Yo: ya comí

Era más sencillo mentir. Comería una barra de cereal o me prepararía palomitas de maíz en el microondas.

Pepper: OK. Vamos juntas a clase mañana?
Yo: buenísimo

Ni me molesté en preguntarle si pasaría la noche en la residencia o si llegaría a tiempo para ir juntas a clases. La respuesta era obvia. Se quedaba casi todas las noches con Reece. No me sorprendería que le pusiera un diamante en el dedo antes de la graduación. Sí. Pepper era muy joven, pero había algo entre ellos que me hacía pensar que estaban para el trecho largo. Iban en serio. Era de verdad. *A algunos se les da, supongo.*

Feliz como estaba por ella, también dolía descubrir que ya nada sería igual para nosotras. No más compartir noches comiendo palomitas de maíz, hasta tarde. No más arrancarla de sus estudios para ver televisión u ordenar una pizza. Esos días habían terminado.

Pepper no había tocado el tema, pero pronto tendríamos que solicitar el alojamiento del año siguiente. Me preguntaba si ella querría compartirlo otra vez con Georgia y conmigo. Desde que se puso de novia con Reece, prácticamente vivía en su casa. ¿Por qué no ahorrarse el dinero y oficializar su relación mudándose con él? Pepper no era como yo, con un padre que le pagaba los estudios. Se estaba abriendo camino a base de préstamos estudiantiles y becas. Además, trabajaba. En una hogar de ancianos, medio tiempo, y hacía de niñera por horas, cuando se lo pedían. ¿Para qué gastar en una residencia, si ahora rara vez la usaba?

La idea de perder a una compañera me provocó un fuerte dolor en el pecho. Masajeé mi esternón, como si así pudiera borrar la sensación. Egoísmo de mi parte. Solo debería estar feliz por ella.

Pasé por el patio del campus en la noche serena. Una manta de nieve cubría el césped. Los estudiantes, desesperados por el sol, y las chicas, deseosas de mostrar sus bikinis, estarían echados allí en la primavera, sin importarles el fresco remanente en el aire.

—¡Oye, Em!

Levanté la vista y era Annie, que venía hacia mí.

Estaba vestida para salir, con una minifalda y botas altas hasta el muslo. Su abrigo estaba abierto y revelaba un jersey que dejaba a la vista el piercing de su ombligo.

–Hola –saludé.

–¿Adivina adónde voy esta noche? –dijo con toda naturalidad, como si nada hubiera pasado entre nosotras, como si no me hubiera abandonado aquella noche.

–No lo sé –respondí fríamente, resistiendo el impulso de decirle algo desagradable.

–Recibí una invitación para ir a... –movió las cejas en una clara señal de estímulo para que yo adivinara.

–¿Adónde? –pregunté, sofocando mi impaciencia.

Se inclinó hacia mí, se cubrió la boca y susurró a viva voz:

–Al Club Kink.

–¿Te invitaron? –no sé por qué me sorprendía. Supongo que fue un golpe para mi ego. Yo tenía reputación de ser una fiestera salvaje. ¿Cómo era que a nadie se le había ocurrido invitarme a ese lugar de avanzada, donde, aparentemente, no existen las reglas?

–Resulta que conocí a alguien que va regularmente. Estoy yendo a su residencia ahora. Ella puede llevar a un invitado. ¿Quién sabe? Tal vez pueda hacerme socia y, entonces, podré llevar yo a un invitado –me señaló sugestivamente con el dedo.

Unos pocos meses antes, habría saltado de emoción ante una posibilidad como esa. ¿Pero ahora?

–Bueno. Que te diviertas esta noche –forcé una sonrisa.

—Por supuesto que lo haré. Te daré un informe completo. ¿Qué planes tienes? ¿Saldrás otra vez con esa bestia sexy del bar?

—Eh… no —negué con una sonrisa débil.

—¿No? —se sorprendió y quedó a la espera de más detalles.

—Me quedaré.

—Sí, claro —rio como una colegiala pícara.

—En serio.

—Ah. Bueno. Un cambio. Que la pases bien.

Zigzagueó al pasarme. No había otra palabra para describir lo que hacía con sus caderas.

Por una vez, no me importó que quedarme estuviera en el extremo opuesto a la imagen que yo había creado para mí. Hasta las chicas fiesteras necesitaban, ocasionalmente, una noche de descanso. Mi teléfono vibró en mi bolsillo. Lo busqué y me irritó ver en la pantalla un mensaje de un número desconocido.

¿Qué estás haciendo?

Titubeé y luego escribí.

¿Quién eres?

Un solo nombre apareció en el pequeño visor.

Shaw

Mi corazón dio un vuelco en mi garganta.

Yo: ¿Cómo conseguiste mi número?
Shaw: Pepper

Traidora. Por supuesto.

Yo: Tengo planes
Shaw: Cancélalos

Mis dedos se trabaron sobre las teclas; mi corazón batió con fuerza ante sus palabras y por sentir tanta conexión a través de ese diminuto aparato. No debió sorprenderme que me haya buscado. Lo había asegurado. Pero no esperó ni un día y eso provocó que mi corazón se alterara aún más.

Yo: No puedo

Es cierto, lo más indicado hubiera sido poner "no quiero", pero el resultado final habría sido el mismo. Me sobresalté porque, de pronto, el teléfono comenzó a sonar en mi mano y al ver el número, supe que era el suyo. *¿Me está llamando?*

—¿Hola? —atendí, llevándome el aparato al oído.

—¿Ya comiste?

Nada de saludar. Así era él. Directo. Nada de juegos. A la mayoría de las chicas les encantaría eso. Excepto a mí, que era una de las que iniciaba juegos, que contaba con ellos como protección.

–N-n-sí.

–Eres pésima mintiendo –dijo. Caminé lentamente a pesar del frío. Casi llegaba a la residencia, pero no podía apresurarme aunque quisiera. Era como si mi cerebro no pudiera caminar y hablar al mismo tiempo. Al menos, no cuando hablaba con él–. ¿Tienes que comer, verdad? –continuó.

No contigo.

–Tengo planes.

–Seguro que sí, pero de todos modos, puedes comer conmigo antes de ir a tu noche salvaje –dijo, y me fastidió su suposición–. ¿Dónde estás?

Me desconcertó. Sonaba como si supiera que no estaba en casa, en la residencia.

Al doblar la esquina, supe por qué y me quedé paralizada. Shaw estaba apoyado contra el edificio, junto a la puerta principal. Hablando por teléfono. Conmigo. Todavía no me había visto.

–Vamos. Conozco un lugar excelente de hamburguesas. Déjame que te lleve allí –insistió. Mientras su voz resonaba en mi oído, tenía una sonrisita sensual en su rostro.

¿Me estaba invitando? Me estremecí de pies a cabeza. ¿Emoción? ¿Temor? Tal vez un poco de cada cosa. Yo no tenía citas así.

En ese momento levantó los ojos y me vio. No tenía escapatoria. Él estaba frente a mi edificio.

–¿Qué haces aquí?

Sonriendo, acortó el espacio que nos separaba y golpeó mi teléfono con el dedo. Cuando advertí que todavía hablaba por el aparato, lo guardé con torpeza, sintiéndome una idiota.

—Vine a llevarte a cenar.

—¿Como si fuera una cita? —mi tono fue como si me hubiera propuesto hacer un safari o algún otro programa absurdo.

—Si ir a buscar algo de comer conmigo es una cita, entonces sí —explicó, mientras me estudiaba con detenimiento. Los focos que rodeaban el edificio resaltaban los ángulos de su cara y lo hacían ver aún más sexy—. Pero si no te gusta esa palabra, a la mierda con ella. Llámalo como quieras —concluyó.

—Mira, Shaw —dije con una sombra de sonrisa, fugaz—. Eres encantador, realmente... —me detuve cuando lo vi echar la cabeza hacia atrás y estallar en una carcajada. Eso lo hizo parecer más sensual, y para nada encantador. Delicioso sí, y peligroso, de la mejor manera. Un chico malo que sabría cómo hacer aullar a una chica. Una vez más, de la mejor manera—. ¿Qué te hace tanta gracia?

—Estás por deshacerte de mí del mismo modo aburrido que te quitas de encima a todo tipo que quiere seguirla contigo.

Un par de chicas que reconocí vagamente de mi piso, se aproximaron a la puerta. Nos observaron en detalle. Bueno, solo a Shaw. Sus ojos se encendieron con admiración y brillaron al estudiarlo de pies a cabeza. Me asaltó un repentino impulso de posesión, de tocarlo, de marcarlo como propio.

Esperé a que entraran, antes de responder a su acusación.

—Eso no es cierto —dije. Ok, tal vez lo fuera, pero no lo admitiría.

—Sí. Lo es —dejó de reír y posó sus ojos oscuros en los míos. Refulgieron en la penumbra—. Porque no soy un chico encantador y tú lo sabes. Por eso no quieres salir conmigo. Tienes miedo.

—*No tengo* miedo.

—¿No? Demuéstramelo —dio un cabezazo en dirección al estacionamiento, donde supuse había dejado su camioneta—. Vamos a comer.

—Esto es ridículo...

—Cobarde.

—Guau. ¿Eso funciona? ¿Las chicas realmente salen contigo si las desafías así?

—No es un desafío, sino una simple exposición de los hechos. Tienes miedo. Y no invité a ninguna chica a salir desde que regresé, así que no lo sabría. Pero en la secundaria, nunca se negaban.

—Seguro que no —reí, sobradora. Los podía imaginar a él y a Reece en la escuela. Las chicas deben haber caído rendidas a sus pies.

Bueno, yo no era una de esas chicas. Después de la noche anterior, supe que no era fácil resistirse a él, pero la clave estaba en no quedarse a solas con él, cerca de una cama, nunca. Debería ser relativamente fácil manejarlo.

–Está bien. Nada del otro mundo. Solo comida.

–Claro –asintió, infinitamente satisfecho, como si hubiera ganado una batalla.

–Y yo pago mi parte –agregué, y se le borró la sonrisa. Sintiéndome como si hubiera ganado ese round, volteé y caminé hacia el estacionamiento, y lo dejé atrás para que me siguiera.

CAPÍTULO 11

Shaw no había exagerado. Era la mejor hamburguesa del mundo. Gruñí después del segundo bocado. El jugo de la carne, el tocino y el queso chorrearon por mi barbilla. Con una servilleta me limpié e intenté cubrir el poco delicado espectáculo.

Él me observaba con mirada intensa, y me preocupó quedar como una asquerosa y que se decepcionara. Luego recordé que eso no estaría mal. Sería bueno colocarlo con firmeza en el área de amigo.

De acuerdo. La idea era algo disparatada, considerando que la noche anterior me había provocado un orgasmo fuera de serie. Y me habría dado el segundo, si no hubiera decidido castigarme y dejarme cuando estaba justo al borde del precipicio. Jamás podría relegarlo al puesto de amigo.

Pero, por otro lado, no importaba cómo lo veía *yo*, sino cómo me veía *él*.

–No puedo explicarte lo impresionado que estoy de que hayas elegido la hamburguesa "Matadora" –comentó. Di un sorbo a mi Coca, y el continuó–. No eres de esas chicas que piden una ensalada en un local de hamburguesas.

–Jamás permito que la presencia de un chico influya sobre lo que como –respondí, exasperada. Miré alrededor mientras empapaba una papa frita en el kétchup. El local era una pocilga con el linóleo gastado y el póster de Elvis rasgado, detrás de la caja–. No conocía este lugar.

–No me sorprende. Pregúntale a Pepper, seguro que Reece la trajo. Solíamos venir a menudo cuando estábamos en la escuela.

Estaba sentado con un brazo extendido sobre el respaldo de su asiento, su camiseta de manga larga se estiraba tentadoramente a la altura del pecho. Sus músculos se marcaban debajo de la tela, y sentí que se me secó la boca al descubrirlo. Levanté la vista a su rostro, tratando de evitar la distracción que me provocaba su cuerpo, pero eso solo representó otra distracción. Su cara. Sus ojos. Me observaban con tal intensidad que me puse nerviosa. Aparté la mirada y al recorrer el lugar, noté que había algunos motociclistas sentados más allá, en un rincón. Recordé la noche en que lo conocí.

–¿Fuiste a Maisie's, últimamente?

–¿Por qué? ¿Quieres volver? –sonrió, divertido.

Negué con la cabeza.

–Fui una vez desde entonces... me ayuda a conocer posibles clientes. Si abro mi propio taller mecánico, es bueno que mi cara les resulte familiar.

No me había equivocado, entonces. Iba a Maisie's para avanzar en su carrera.

–¿Así que quieres abrir una tienda de motos?

–Sí. De alta gama. Mi abuelo me introdujo en el tema. Es algo que hacíamos juntos. En el garaje donde trabajo, soy el que se ocupa de las motos.

–Me gustaría ver algunas –las palabras salieron antes de que pudiera detenerlas.

–Me encantaría mostrártelas –accedió después de una pausa.

Velozmente desvié la vista hacia las papas fritas y me concentré en mojar otra en el kétchup. ¿Qué hacía organizando algo para verlo de nuevo? Di otro bocado a mi hamburguesa. Cuanto antes terminara de comer, más pronto podría terminar con esta falsa cita y volver a la residencia. Sola.

–Pepper dice que tienes varias obras en el taller del campus –mis ojos volaron hacia él. *¿Cuánto le había contado Pepper sobre mí?*–. Me gustaría ver otros trabajos tuyos.

Sacudí la cabeza mientras intentaba tragar el bocado. Un grano de pimienta particularmente picante hizo que me ardieran los ojos.

–En realidad, no le muestro mi trabajo a nadie –bueno, aparte del que tengo en las paredes.

La sola idea de que viera el cuadro que hice de él, me hizo estremecer.

Por supuesto que sería exhibido en la muestra de invierno, que se realizaría pronto. Pero no pensaba decírselo. La muestra era para las calificaciones. Debía participar. Pero no estaba obligada a presentar la pintura de Shaw.

—¿Cómo puedes ser una artista si nunca dejas que nadie vea lo que haces?

—Te lo dije. Es seguro que cuando me gradúe deba conseguir un empleo de verdad —resalté con comillas imaginarias "de verdad"—. Hay un par de empresas de diseño…

—Flojo —opinó, mientras me observaba por encima del borde de su vaso.

—¿Perdón? —dije, tras unos segundos de quedarme sin habla.

—Dije que eso es flojo —colocó el vaso sobre la mesa de fórmica—. Una cosa es *intentar* hacerlo y no llegar a ningún lado y, entonces, buscar un empleo de oficia, por necesidad… pero tú no lo has intentado. Ni siquiera te das la oportunidad.

—No sabes nada de mí —repliqué airada, mientras su comentario calaba hondo.

—Está bien, entonces dime dónde me equivoco. Explícame cómo no ir tras tus sueños es lo mejor.

Sus palabras me estrangulaban. ¿Cómo podía explicarle que hacerlo era durísimo? ¿Que mostrarme así, tan íntima y personalmente… me dejaba demasiado expuesta? No podía hacerlo. Ni ahora ni nunca.

–Estoy repleta –dije, arrojando la servilleta sobre la mesa–. Llévame a casa, ahora, por favor –hurgué en mi bolso, buscando el dinero.

–Guárdalo. Pago yo.

–No. Esta no es una cita –deposité un billete de veinte dólares sobre la mesa y me puse de pie. Sin esperar, salí del restaurant.

Me alcanzó en segundos, con los dientes apretados, clara indicación de que estaba indignado. No me tocó, simplemente se adelantó para abrirme el auto. Una vez más, como si fuera una cita. Frunció los labios y no hice ningún comentario. Ya terminaba. La próxima vez no dejaría que me persuadiera de salir. Enviaba las señales equivocadas. A él, y a mi cerebro también.

Camino a la residencia guardamos silencio. Disimuladamente, le eché un vistazo. Su mandíbula seguía apretada. Estaba furioso. *Bien*. También yo lo estaba. Con los brazos cruzados, volví mis ojos hacia el frente.

–Tú fuiste quien presionó para que fuera a comer contigo –dije. Por qué sentí que debía recordárselo, no lo sé. Tal vez sentí culpa por arrojar el dinero y salir hecha una tromba del comedero. Si hubiera sido una cita, terminaba mal. Sentía el pecho hueco y tomé una bocanada de aire, como para llenar todos los resquicios vacíos.

Qué mentirosa. La sola idea de no volver a verlo me hacía sentir pésimo. ¿Por qué me pasaba esto? Eché otro vistazo de reojo y me pregunté si no debía simplemente rendirme y ver adónde llegaría esto, quitarme las ganas.

—Así es —asintió al girar por la calle que desembocaba en mi edificio—. Soy un reverendo cretino por querer invitarte a comer.

—No dije eso —susurré y mis ojos ardieron, inesperadamente.

—Quería salir contigo. Tú, es evidente que no querías. Lo entiendo. Lo aclaraste desde un principio. No hiciste nada malo.

¿Y por qué me sentía como si sí?

Al llegar al estacionamiento, metió el vehículo en un espacio vacío, apagó el motor y descendió. Lo observé venir a abrirme la portezuela.

Me acompañó hasta el edificio. Se detuvo frente a la puerta principal y esperó a que la abriera.

—Gracias —dije, mirándolo.

—No, no. Te acompaño hasta arriba.

Un rápido vistazo a su rostro me dijo que no estaba abierto a discusión. Casi dócilmente, lo conduje al interior. La tensión entre los dos podía palparse en el elevador, camino a mi piso.

Por suerte, no había nadie en el vestíbulo cuando me acompañó hasta mi puerta. Lo último que necesitaba era que alguien notara su expresión torva y se preguntara si no me escoltaba un asesino serial.

—Buenas noches —pronuncié. Aunque pude haber dicho adiós, porque así se sentía eso. Había logrado lo que me propuse: lo había echado. Debería darme palmadas de felicitación en la espalda.

No se movió, solo me observaba con una expresión inescrutable. Sus ojos recorrieron toda mi persona. No me tocaba, pero sentí como si lo hiciera. Lo sentí por todo mi ser. Mi respiración perdió el ritmo.

—¿Sabes qué es lo más frustrante contigo?

Humedecí mis labios y, a pesar de decirme a mí misma que no lo hiciera, pregunté:

—¿Qué?

—No sabes lo que quieres.

Eso no era cierto. Sabía qué quería: *a él*. Podía admitir eso, al menos. Es solo que no me permitiría tenerlo.

—Podría marcharme si realmente creyera que no hay nada entre nosotros —prosiguió. Era más como si se lo estuviera diciendo a sí mismo. Levantó una mano para acariciarme, pero se detuvo a mitad de camino, a centímetros de mi rostro. Bajó la cabeza hasta que nuestras frentes se tocaron—. Si no me miraras como lo haces ahora, podría marcharme.

Su aliento rozó mis labios y no pude contenerme. Me paré de puntillas, uní mi boca a la suya, traicionándome. Como si fuera inevitable.

Fue como si se hubiera cortado un cable muy estirado por la tensión. Sus manos se deslizaron por mi espalda y me atrajo hacia él. Mi cabeza se apoyó contra la puerta, mi garganta se arqueó bajo la embestida de sus labios sobre los míos. Calientes, hambrientos. Su lengua se unió a la mía, acariciando, saboreando. Con mis palmas sobre su pecho, mis dedos se hundieron en su sólido torso, odiando la tela que me separaba de su piel.

Así sí lo convencería de que no estaba interesada en él.

En ese momento, no me importó. No podía importarme. Solo existía la necesidad. Las ansias. Si pudiera meterme dentro de él, lo haría.

—Emerson, sabes delicioso —masculló contra mi boca. Su mano se deslizó hacia mi trasero y sujetándome, me levantó contra él. De inmediato lo sentí. Su dureza contra mi vientre, y mi estómago se contrajo de deseo.

Un sonoro carraspeo resonó levemente. Shaw alzó la cabeza y debí controlarme para no atrapar de nuevo su boca. Me llevó un momento concentrar la mirada sobre Georgia que allí estaba, con expresión divertida.

—Hola —saludó, sus ojos iban de Shaw hacia mí, ida y vuelta.

—Eh, hola, Georgia.

Shaw dio un paso hacia atrás, dejando el necesario espacio entre él y yo. Acomodé un mechón detrás de mi oreja con la mano temblorosa.

—Hola —repitió.

—Él es Shaw —lo señalé con un gesto todavía inseguro—. Shaw, ella es Georgia, mi compañera de habitación.

—Encantado de conocerte —se estrecharon las manos.

La sonrisa de Georgia encandilaba, disfrutando mi incomodidad con demasiada exageración, para mi gusto.

—Perdón que interrumpa —se movió hacia la puerta—. Solo necesito algo de la habitación, así que si ustedes…

—No hay problema. Shaw solo vino a traerme —la interrumpí.

—Ah, fantástico —su tono no indicaba que le pareciera fantástico, sin embargo. De hecho, pareció algo decepcionada. Como si lamentara habernos interrumpido si con eso finalizaba la sesión de besos.

Él me observó en silencio, y supe que si Georgia no hubiera estado ahí, habría tenido algo más para decir. O, de hecho, no habría dicho nada; más bien seguiríamos con los labios entrelazados.

—Gracias, otra vez —agradecí de nuevo, obligándome a levantar la vista hacia él.

—Buenas noches —respondió, y se dirigió a Georgia—: encantado de conocerte.

—Lo mismo digo —su sonrisa luminosa brilló nuevamente. Y permanecimos de pie, frente a la puerta, mientras lo veíamos caminar por el vestíbulo y perderse en el interior del elevador.

—Vaya —murmuró—. Pensé que iba a necesitar un extinguidor de fuego para ustedes dos.

Mis mejillas ardieron al abrir la puerta. Una vez adentro, dejé mi bolso sobre la cama y caí en ella.

—¿Ese es Shaw? Se te olvidó decirme lo bello que es.

—Pepper y yo te dijimos que era hot.

—Hay hot y hay… eso —especificó, señalando la puerta.

—¿No tienes novio? —le recordé.

—Eso no significa que me haya vuelto ciega —se hundió en su cama, frente a la mía—. Pero lo que es más importante, tú no tienes novio, así que…

—Y no quiero uno —la interrumpí.

—Entonces, tú y él son solo… —volvió a insistir.

—Nada —corté—. No somos nada —declaré, al tiempo que masajeaba mi frente donde comenzaba a sentir dolor de cabeza.

—Eso realmente se veía como *algo*. Muy intenso.

Suprimí un comentario desagradable del tenor de que cualquier cosa se vería intensa si su barómetro era Harris y si de besos pasionales se trata. El tipo parecía más inclinado a besar su propia imagen en el espejo, que a Georgia. Me guardé mi opinión. No tenía por qué juzgar. ¿Y qué sabía yo de relaciones, de todos modos?

—¿Vas a lo de Harris esta noche? —pregunté para cambiar de tema.

—No. Tiene que estudiar.

—Pero acabas de decir que venías a buscar algo…

—Sí, bueno, quería darte espacio. Tomaría un par de libros y me iba a la biblioteca, o algo así. Era evidente que estaban en medio de algo y no quería arruinarlo. Quise darles intimidad.

—Gracias —sonreí—, pero no era necesario. ¿Recuerdas? No traigo chicos a que pasen la noche.

—Siempre hay una primera vez, Em.

—De ninguna manera —esas eran mis reglas y no las iba a quebrantar.

Georgia se puso de pie y comenzó a cambiarse. Se quitó los jeans y deslizó un par de pijamas cómodos sobre sus piernas bien torneadas, de corredora.

—¿Lo verás otra vez? —preguntó, al tiempo que se ponía una camiseta tejida.

Sacudí la cabeza. No era mi plan, pero algo me decía que no lo había visto por última vez. Y eso encendió la emoción dentro de mí, junto con el pánico. Debía controlarme. Jalé de mis botas, me puse de pie y mi quité el jean.

—Se te cayó dinero —dijo Georgia, señalando el piso.

Inclinándome, recogí un billete de veinte, arrugado. Deduje que se había caído de mi bolsillo. *Donde yo no lo había puesto.*

—Maldito sea —murmuré.

—¿Qué?

En ese momento vibró mi teléfono. Lo rescaté de mi bolso y leí en la pantalla.

Shaw: Fue una cita

Rugí y lancé el aparato sobre la cama. El tipo no jugaba limpio. Yo tenía todo bajo control. *Excepto con él.*

—¿Qué? —volvió a preguntar Georgia.

—No. No, no lo volveré a ver —respondí con determinación. Sin importar lo que costara, debía quitarlo de mi vida.

Mi celular vibró nuevamente. Miré, convencida de que sería otra vez él, pero no.

Annie: estás adentro
Yo: ???
Annie: Club Kink. Soy socia. Desde esta noche, cariño… x supuesto q lo soy :)
Yo: felicitaciones

Annie: eres mi primera invitada. Más vale que traigas tu arsenal.

Mis dedos vacilaron sobre el teclado, sin saber qué responder. No tenía particulares ganas de volver a andar con Annie. Y la idea del Club Kink puede haberme parecido divertida al principio. Pero ahora... no me intrigaba.

–¿Quién es? –quiso saber Georgia.

–Annie.

–Ajj. Ella –dijo, mientras sujetaba su cabello dorado en un rodete sobre su cabeza–. Déjame adivinar: quiere que salgas con ella.

–Algo así. Consiguió hacerse socia de ese Club Kink.

–¿En serio? Aunque no me sorprende, supongo.

–Dijo que la próxima vez que fuera, me invitaría. Cuando me llame, me dará todos los detalles.

–No puedes –la sonrisa divertida de mi amiga había desaparecido.

–¿Por qué? –pregunte, sentándome más erguida.

–Bueno... Shaw...

Me crispé. Claramente estaba haciendo algo mal si mi propia amiga creía que estaba tan involucrada con alguien que no podía conducirme como siempre, e ir a un club que era un antro de perdición. No me prestaba atención cuando le aseguraba que no había nada entre nosotros. Ok, y tal vez ir a un club de ese tipo no era algo que solía hacer. Sería la primera vez para mí, pero siempre fui la chica que no dejaba pasar una oportunidad así. Al menos, no hasta ahora.

–Iré –afirmé–. ¿Por qué no?

–Espero que sepas lo que haces, Em –dijo, observándome con desaprobación.

Claro que sabía, estaba tomando el control de mi vida, nuevamente.

CAPÍTULO 12

Cuando el número desconocido brilló en la pantalla, me encontraba en el proceso de guardar mi laptop en la mochila. A veces, me llamaban de la peluquería para confirmar una cita y no siempre utilizaban el número que tenía guardado en mi teléfono. Cerré la mochila y respondí.

–¿Hola?

Mi profesor de Arte, un francés de casi mi misma altura, me echó una mirada fulminante mientras me escurría entre los escritorios. Le sonreí a modo de disculpas. La clase había terminado, pero eso no pareció importarle.

–¿Emerson? Soy yo, Justin.

Me detuve, mis dedos aferraban el teléfono con tal fuerza que mis nudillos se pusieron blancos. Y una chica chocó conmigo, porque frené de golpe.

–Permiso –dijo, disgustada.

Miré atontada por encima del hombro y me hice a un lado para que pudiera pasar, sin atinar a disculparme.

–¿Cómo conseguiste este número? –pregunté con dificultad, mis labios parecían congelados.

Logré salir del aula y atravesé lentamente el vestíbulo. Había mucha gente. Los estudiantes estaban sumergidos en sus celulares o conversaban con el que tenían a su lado. Salvo por mi desplazamiento en cámara lenta, estoy segura de que mi aspecto era normal. Aunque no me sintiera así; más bien era como si me hubiera arrollado un camión con doble acoplado.

–Tu madre –respondió. *Por supuesto*. Moví el pulgar hacia el botón de cortar, lista para suprimir su voz en mi oreja–. ¡Espera! No cortes –suplicó. Como si pudiera leerme la mente.

Vacilé. No estaba segura de por qué, pero me detuve. Nunca lo había oído así. Había un dejo de desesperación en su tono. Siempre era arrogante y bromista, pero nunca había sonado tan humano.

Fui hacia una pared del hall y me apoyé en ella, mirando ciegamente el flujo de estudiantes. Con el pulgar listo, esperé que dijera algo más, algo que… revelara que había cambiado. Que lo que había sucedido entre nosotros fue un error de su juventud. El resultado del alcohol y la falta de juicio.

–Queremos que vengas a la boda, Em –suspiró en el teléfono.

Supuse que por "nosotros" se refería a él y a mamá.

A su padre no le importaría de una u otra forma. Lo bueno de Don era su falta de opinión en lo que a mí respecta.

—Te quiero allí —añadió, para llenar el silencio.

—¿Por qué?

—Somos familia. ¿No crees que ya es hora de que dejemos atrás...?

—¿Te estás haciendo cargo de lo que hiciste? —interrumpí. Porque eso serviría. Si tan solo lo admitiera, podría seguir mi camino. Y si le admitiera a mamá su error, sería aún mejor. Ella nunca me creyó. Creía que yo me hacía la complicada y quería arruinar su relación con Don.

—¿Qué cambiaría con eso, Em? —volvió a suspirar—. Quiero que dejemos las cosas atrás y no que revolvamos el pasado.

Hubo una pausa mientras yo procesaba esto. El solo hecho de que hubiera llamado demostraba que ya no era el mismo. Pero también yo era diferente. No confiaba como antes.

—Creo que no puedo ir —dije. *¿Presentarme y hacer como si fuéramos la familia perfecta? No.* No podía jugar a ese juego. Esperé, segura de que se pondría desagradable conmigo, pero eso no ocurrió.

Suzanne entró al edificio en ese momento y me vio. Estaba abrigada como si fuera a una expedición al Ártico. Algo normal en ella: en cuanto la temperatura bajaba a quince grados, se moría de frío. Decía que en su lugar natal, Texas, eso era invierno. Saludó con energía y vino en mi dirección.

–Está bien –suspiró una vez más Justin–. Debía intentarlo. Tal vez en el futuro lo veas de otra manera.

–Debo cortar –dije, flexionando los dedos alrededor de mi celular. Suzanne se aproximaba y lo último que quería era que escuchara mi conversación.

–Claro. Cuídate, Em.

La línea murió.

Miré la pantalla por unos instantes, sin saber cómo me sentía exactamente. Durante mucho tiempo había convertido a Justin en un monstruo. Era más sencillo que aceptarlo como alguien real, como a mi hermanastro. Y aunque lo hubiera transformado en ese villano del pasado, siempre supe que el verdadero villano era alguien más cercano a mí.

La traición de mamá fue lo que más daño me había hecho. Era ella a quien no podía desterrar de mi vida. Justin no era nada. Mi madre… siempre sería ella. La herida era profunda y jamás podría cicatrizar, pues cuando empezaba a cerrar, ella volvía a abrirla de par en par.

Introduje el teléfono en uno de mis bolsillos delanteros y le sonreí a Suzanne. Tal vez con demasiado entusiasmo, pero no pareció advertirlo.

–Hola, tú –me saludó, con sus mejillas sonrosadas por el frío de afuera.

–Hola, Suz.

–¿Terminaste tu clase?

–Sí.

–¿Quieres ir a ver la nueva película de Bourne?

Dudé por un instante, pensando si debía quedarme en el taller para prepararme para la exposición o no. No importaba cuánto trabajara en mis pinturas, siempre sentía que no estaba lista para presentarlas al mundo.

Aparentemente, interpretó mal mi vacilación, porque levantando las cejas agregó:

—A menos que tengas previstos... planes especiales ¿con alguien? Tú sabes —me dio un codazo.

—No —sacudí la cabeza.

—¿Con Shaw, el súper galán? —bajó la voz y miró alrededor, como si estuviéramos en la secundaria y no quisiera que nos oyeran hablando de un chico. En ese sentido era conservadora. Un poco como Georgia, con raíces de pueblo chico. Para ella, ligarse con un tipo por una noche era algo importante de lo que no se habla delante de otros. En otra palabras, el polo opuesto de Annie.

—¿Por qué piensas que tengo planes con Shaw?

—No lo sé. Los vi juntos —habló en un susurro nuevamente—. Y lo llevaste a tu habitación —sus ojos se abrieron desproporcionadamente—. Nunca haces eso. Pensé que podía ser... diferente para ti —concluyó con una expresión casi esperanzada.

Resistí coincidir con ella. Sí, Shaw era diferente. Pero eso no significaba que de pronto estuviera en mi vida para quedarse.

—No tengo planes con él. Vayamos al cine. Pero no antes de las tres. Mi padre vino a la ciudad y debo encontrarme con él —dije, y ella asintió con una sonrisa pequeña.

Casi como si deseara que hubiera tenido planes con Shaw–. Oye, no querrás que siente cabeza y me ponga aburrida como Georgia y Pepper, ¿verdad? –bromeé–. ¿Quién sería tu compañera, entonces?

–Bueno, pero no quiero permanecer soltera para siempre –sonrió–. Y no me resentiría si encuentras a alguien. De hecho, quiero eso para las dos.

–Tú también, oh, no –gemí.

–¿Qué? –arqueó sus cejas oscuras.

–Tú, Pepper y Georgia –enuncié, mientras comenzaba a caminar hacia la puerta–. Todas me abandonan por sus "felices para siempre".

–Soy optimista, ¿qué puedo decir? –sacudió la cabeza, casi con tristeza–. Pero no te abandono. Todavía no encontré a nadie. Sigo mirando –dijo, y retrocedió, caminando de espaldas hacia su aula.

No estaría sola por mucho tiempo. Chicas tiernas y atractivas como ella encontraban novio. Se casaban. Tenían hijos.

–Mejor empieza a mirar ahora –dije señalando–, porque estás por chocar contra alguien.

Giró segundos antes de colisionar con un chico que venía caminando con su nariz enterrada en el celular. Se protegió con una mano, esquivándolo por milímetros. Él levantó la vista unos segundos y le dijo algo. Suzanne rio, sacudiendo su melena castaña. Su risa sonó con esas campanitas que solo le había escuchado cuando coqueteaba. Sí, la chica estaba mirando, cómo no.

Sonriendo, salí del edificio.

No había andado más que unos metros cuando mi súbita alegría se borró por completo al recordar la conversación con Justin.

Odiaba que me hubiera llamado. Que todo resurgiera como un torrente. Que estuviera pensando en él, en mamá y en todo lo que había intentado enterrar.

Necesitaba una distracción.

Mi celular vibró en mi bolsillo. Lo extraje y leí.

Shaw: Hola

Mi corazón dio un estúpido brinco. *Dios. Yo no soy así.* No era el tipo de chica que espera que el hombre le admita que realmente gusta de ella. Que quiere *estar* con ella. Yo no era tan patética. Sabía que él me deseaba. Era él mismo quien había declarado que le rogaría por sexo. Y era mi tarea asegurarme de que eso no sucediera.

Yo: Hola
Shaw: salgamos

Bueno, eso era directo. Pero no sorprendente, era lo que esperaba de él.

Yo: no salgo en citas
Shaw: salvo que lo hicimos
Yo: eso no fue una cita, ¿recuerdas?
Shaw: sí, lo fue. ¿recuerdas?

Ahogué un sonido que era en parte risa y en parte resoplido. *Maldito arrogante*. Podía imaginar su cara en ese momento: demasiado hermosa, serena, como si fuera todo normal.

Yo: sin ánimo de ofender, no salgo en citas
Shaw: ¿es una de tus reglas? ya sabes lo que dicen de ellas

Sonreí. Lo que insinuaba era evidente: *las reglas están para romperse*. Y sí, por lo general, yo estaría de acuerdo, excepto que esta –de no salir en citas– la había inventado yo. Tenía muy pocas reglas autoimpuestas, y esas no las rompía.

Shaw: das el tipo de las que rompen las reglas.
Yo: no esta

Y no con él.

Shaw: no puedo dejar de pensar en ti. El sonido de tu risa y esos rui-ditos que haces cuando te toco…

Mi cara ardió. Tragué y miré alrededor, como si al-guien pudiera *oír* el susurro seductor de sus palabras. Afortunadamente, nadie miraba en mi dirección. Yo tam-bién quería volver a verlo. Era como un dolor en el pe-cho… y en otras partes. Me hacía sentir especial, como si yo fuera algo único para él. Un pensamiento peligroso.

Metí el celular en mi bolsillo, decidida a ignorarlo aunque lo sintiera vibrar contra mi cadera. Necesitaba una distracción, pero no era él.

Miré al frente y retomé mi caminata a través del campus, con la cara levantada al viento, disfrutando que el frío eliminara los restos del calor provocado por el simple intercambio de textos con Shaw. *¿Simple?* Nada que tuviera que ver con él o con cómo me hacía sentir era simple. Y ese era el problema.

Con el tiempo, él me olvidaría.

Aunque yo no lo olvidara. Podía vivir con eso. Había aprendido a vivir con muchas cosas. Esta sería solo una más.

"Los viñedos" era un bistró al estilo de la campiña francesa y estaba ubicado cerca del campus. No necesitaba ir en auto. Caminé deprisa, decidida a llegar a horario. Mis botas golpeaban sobre la calzada de grava. Papá odiaba que llegara tarde.

Era el tipo de lugar adonde ibas en una cita, si el chico realmente quería impresionarte. Era bastante caro, por lo que había oído. Un chico la había invitado a Suzanne una vez. Ella creyó que él sería "el indicado". Eso fue lo que había dicho entonces, en todo caso. Lo dijo varias veces, pero era obvio que no había resultado serlo.

También era el tipo de lugar que elegían los padres porque no estaba invadido por estudiantes. Padres como el mío. Un graduado de Dartford y miembro del Consejo de Administración de la Universidad. Venía al campus al menos dos veces al año para las reuniones y siempre tomábamos el desayuno o almorzábamos juntos en esas ocasiones. Nunca una cena. Nunca se quedaba tanto. Iba a las juntas, se reunía conmigo y para las tres de la tarde, ya se había ido. Entraba, salía y de vuelta a su vida.

Empujé la pesada puerta, y al entrar me recibió la anfitriona con una cálida sonrisa.

–Bienvenida a Los viñedos.

–¿Beth? –con un rápido vistazo, la reconocí de inmediato.

Parpadeó y me estudió con la cabeza inclinada hacia un lado. Yo estaba vestida de un modo más convencional que como me había visto la última vez, con una falda larga de lana y mi cabello alisado enmarcando mi rostro. No podía esconder los mechones color magenta en mi oscura melena, pero podía darle una forma menos dramática. Por debajo de mi abrigo, asomaba el cuello alto de mi suéter.

–¿Qué tal? Soy Emerson, ¿recuerdas? –aclaré al ver su duda–. La amiga de Reece y Pepper. Estuve en tu fiesta de compromiso.

–Ah, sí –sonrió aliviada–. Fue una noche tan loca. Perdón por no reconocerte de inmediato.

–No hay problema. Había mucha gente –dije. *Incluido tu primo,* estuve tentada de añadir. Podía ver algo de Shaw en sus facciones, en el ancho de sus pómulos altos.

–Sí –se aproximó, bajando la voz–. Y tal vez bebí más Margaritas de lo conveniente.

–Tenías un gran motivo para celebrar.

–Sí, es cierto –coincidió con ojos suaves.

Era evidente que pensaba en su prometido. A pesar de mi cinismo, me alegraba por ella. Había perdido a su hermano, y merecía un poco de felicidad. *Y también Shaw.* No pude impedir que mis pensamientos fueran hacia él.

No conocía toda la historia, pero simplemente no me parecía justo.

—También soy amiga de Shaw —agregué sin pensar. Y su expresión pasó de suave a fría e incómoda.

—Amiga de Shaw —no era una pregunta, era una afirmación. Se volteó para recoger unos menús—. ¿Mesa para cuántas...?

—Me encuentro con mi padre.

—Ah, él ya está aquí —dejó los menús en su lugar y sonrió. Era la sonrisa falsa de la anfitriona, nuevamente. La otra, la amigable, había desaparecido—. Por aquí.

La seguí hasta la mesa donde estaba papá, hablando por teléfono. Me saludó moviendo la mano. Beth me indicó una silla y se dio la vuelta para escapar lo antes posible.

—Gracias —le dije.

—Encantada —se despidió apenas girando, con la sonrisa profesional firmemente pegada a sus labios.

Todavía tenía mis ojos en ella cuando papá cortó la llamada.

—Emerson, ¿cómo estás?

—Bien —respondí volviendo la atención a él—. ¿Y tú? ¿Cómo estuvieron las reuniones?

—Uf, están interesados en habilitar un edificio nuevo para las áreas de Teatro y Danzas —comentó disgustado—.

¿Te imaginas? ¿Para qué pueden necesitar todo un edificio?

—Imagina —repliqué.

El camarero se aproximó y tomó nuestros pedidos.

La mirada de papá se posó en mí, entonces, y aunque me había visto durante las vacaciones, se crispó al ver mis mechas teñidas. Por fortuna, se abstuvo de comentar. Ya había manifestado su desagrado. Me salvé de escuchar una repetición.

—Y, ¿cómo andan los estudios?

—Bien. Estuve ocupada con varias obras para la muestra...

—Ah, eso me recuerda. Estuve hablando con Bill Wetherford —al notar mi expresión, aclaró—: de las empresas Wetherford.

Asentí como si las conociera, porque era evidente que esperaba que así fuera.

—Es uno de los fabricantes de papel higiénico más grandes de los Estados Unidos —explicó, tal vez percatándose de que no lo conocía—. Como sea. Está pensando en formar un equipo propio de diseño. Y le hablé de ti.

¿Un equipo de diseño para fabricantes de papel higiénico?

—Suena... interesante.

Afortunadamente, en ese instante llegó nuestra comida y se concentró en su plato. La conversación fue intermitente, y atendió dos llamadas más. Me encontré espiando a Beth mientras iba y venía por el restaurant, acomodando a otras personas. Daba la impresión de que hacía un gran esfuerzo para no mirar en mi dirección, y estaba segura de que era porque yo había sacado el tema.

Ignoro por qué lo hice. No éramos realmente amigos. Sí, claro, no había besado a nadie más desde que lo conocí, pero eso estaba por cambiar. Al menos, suponía que cambiaría. Sabía que unas horas en el Club Kink no podían terminar de otra manera. Annie había confirmado por texto que iríamos esa noche.

—Entonces, Emerson —dijo papá y cerró su teléfono con un clic—. ¿Estás saliendo con alguien?

—No. Con nadie —negué con la cabeza y busqué mi copa, apartando la imagen de Shaw de mi mente.

—Bien. Eres joven, todavía. Mejor concéntrate en tus estudios y en poner tu carrera en movimiento.

Asentí como si estuviera de acuerdo. Como si ese fuera el motivo por el que no salía con nadie. La razón por la que no podía tener más que aventuras vacías. La razón por las que iría al Club Kink. Y no se relacionaba en lo más mínimo con eliminar a un tipo de mi sistema.

CAPÍTULO 13

Conduje en mi propio auto, sujetando con firmeza el volante de cuero, como si encontrar el agarre perfecto le diera fuerzas a mi tambaleante resolución. Annie se había ofrecido a llevarme, pero ese era un error que no volvería a cometer.

La seguí a través de la ciudad con el estómago hecho un nudo, y no estaba muy segura de por qué. Fue fácil tomar la decisión de ir, cuando era una salida teórica. Pero ahora, que se estaba por hacerse realidad... me costaba más de lo previsto.

Dejé el auto detrás del de Annie, en una calle residencial. Las casas eran bonitas, de clase media. Casi todas tenían dos pisos, con entradas para varios autos y estaban cubiertas por una fina capa de nieve.

Shaw me había enviado textos varias veces a lo largo de la semana… incluso me llamó dos veces. Lo ignoré, hasta que por fin paró. Tal vez se había hartado, o estaba muy ocupado. Pepper me comentó que Reece lo visitó para ver la moto de un ricachón, hecha a medida, en la que estaba trabajando, así que mi teoría tenía fundamento.

De todos modos, al bajar del auto no pude dejar de preguntarme qué estaría haciendo esa noche. No podía imaginarlo quedándose en su casa un viernes, pero Pepper no mencionó que tuvieran planes con él. ¿Estaría en Maisie's?

–¡Vamos! –llamó Annie, ansiosa–. A este tipo de fiestas no hay que llegar tarde porque si no, todos se habrán ligado con alguien.

Se dirigió al sendero de entrada de una casa que se veía… bueno, no como una esperaría que se viera un sitio que alberga un lugar de perversión.

–¿Es aquí?

–Hoy, sí. Cada vez es en un lugar diferente.

–¿Por qué?

–Nunca pensé que diría esto, pero… –rio–. Emerson, eres tan ingenua –ante mi expresión de no entender nada, aclaró–. Para evitar una redada.

–¿Una redada? ¿Qué? ¿Estamos yendo a una fábrica de metanfetaminas? –miré alrededor, esperando que la DEA surgiera de entre los arbustos.

–Hazme un favor –volvió a reír–. Que no se te ocurra dar el look de modosita ahí dentro. O tal vez sí. A alguno le puede gustar.

Presa del recelo, caminé tras ella hacia la puerta principal. Desde ahí podía oírse la música a todo volumen. Llegó a la galería, y cuando advirtió que yo no estaba a su lado, dio media vuelta, pero en ese instante, se abrió la puerta.

Una chica, vestida de pies a cabeza en cuero negro, salió, seguida por un muchacho. Uno que yo conocía. Y Annie, también.

—Logan, ¿qué haces aquí? —dije.

—Em, ¿qué haces *tú*, aquí? —declaró con la misma sorpresa.

—Logan —susurró Annie casi ronroneando, se aproximó a él y le acarició el brazo—. No sabía que eras socio.

Con aspecto de no saber con certeza quién era ni si había tenido algo con ella, él la saludó.

—Ah, Amber. Hola, ¿cómo estás?

—Soy Annie —aclaró. Luego me miró—. Estaré adentro —dijo y desapareció.

Logan y su amiga descendieron los peldaños hasta donde estaba yo.

—¿Qué haces aquí? —volvió a preguntar.

—Lo mismo que ustedes —respondí, observándolos.

Sacudió la cabeza, se rascó la nuca y pareció mayor que los dieciocho años que tenía.

—Mira, deberías irte a casa —dijo con aire preocupado.

—¿Y por qué querría hacer eso?

—No creo que este sea un lugar para ti —se aproximó y habló por lo bajo—. No quieres entrar, realmente.

—Es evidente que no me conoces tan bien como crees. —reí, pero sonó forzado.

La amiga y él intercambiaron miradas. Ella me observó en silencio, sus uñas pintadas de negro contrastaban severamente con su piel blanca como la leche. Dio otra calada a su cigarrillo. Dejó escapar el humo en mi dirección. Sus labios estaban pintados de un rojo tan vivo que estaban a tono con sus uñas. Su voz ronca rasgó el aire.

—No es para cualquiera, tesoro. Tal vez deberías hacerle caso.

Enderecé los hombros, ofendida de que Logan y esta extraña creyeran, de alguna manera, que era incapaz de desenvolverme con lo que fuera que había detrás de esta puerta. No me conocían. Yo era fuerte. No tenía miedo.

Y estaba harta. Estaba cansada de ser empujada y presionada por los demás. Justin. Mi madre. Y ahora, aunque no fuera para nada como ellos... Shaw.

Tenía el control. Clavé mis ojos en los de Logan.

—Puedo manejarlo —declaré, y subí los escalones sin molestarme en llamar. Abrí la puerta y pasé.

Me llevó exactamente cinco minutos darme cuenta de que había cometido un error.

La casa estaba a oscuras. Había velas y faroles de distintos tamaños colocados sobre algunas superficies, en mesas y estantes. Una mujer disfrazada como una vendedora de cigarrillos de los años cuarenta, me ofreció una venda de su bandeja para que me tapara los ojos. Con un movimiento de cabeza le indiqué que no quería una, y eso me ganó un gesto de total desaprobación. No veía a Annie por ningún lado.

Recorrí la sala con cautela; la música atronaba mezclándose con otros sonidos. No hacía falta ser un experto para reconocer gemidos, aullidos y alaridos rítmicos que llegaban del piso superior.

Me obligué a no prestarles atención. Ya había estado en otras fiestas. Estoy segura de que la gente usaba los dormitorios también en *estas* fiestas. Era solo que nunca había tenido que escuchar *tan claramente* lo que sucedía en esos cuartos. Oí la voz de Logan en mi mente. *No quieres entrar, realmente.*

Sacudí el eco y continué, buscando a Annie.

Había varias personas sentadas en un sofá, todos con los ojos vendados. Tres hombres y una mujer. Se tocaban y, lentamente, se iban quitando la ropa, prenda por prenda.

Esquivé el sillón y una mujer se aproximó a ofrecerme un trago. Sonreí algo temblorosa y dije que no. Algo me decía que no debía beber. No solo necesitaba tener la mente despejada, sino que, ¿quién sabía qué podía haber en esas copas?

Una mano acarició mi brazo y entrelazó mis dedos. Aparté la mano bruscamente y miré hacia abajo. Un tipo estaba sentado en un sillón para dos con una chica trepada en su regazo. Me sonrió y extendió su mano como si fuera lo más natural que yo la aceptara. Palmeó el asiento vacío a su lado y luego, con esa misma mano, manoseó el pecho de la chica, mientras me observaba.

Mi estómago se contrajo. Di un paso atrás y colisioné con alguien. Giré para disculparme y me encontré, cara a cara, con una ardilla gigante. Por el tamaño, deduje que se trataba de un hombre.

Un hombre dentro de un disfraz de ardilla.

Volvió a chocar contra mí. Miré hacia abajo para ver si era anatómicamente correcto. Bueno, lo era, pero desproporcionadamente. A pesar de la mala iluminación, pude discernir que la parte que sobresalía era más grande que la de un hombre promedio y más grande que la del más grande de los hombres que superaban el promedio.

–D-disculpa –tartamudeé, apartando la vista. Los ojos de la ardilla me observaron, enormes como platos.

Con un movimiento torpe de las caderas, chocó de nuevo contra mí.

–¡Deja de hacer eso! –ordené.

Retrocedí para esquivar su enorme... ¿qué diablos era eso? ¿Una prótesis? ¿Estaba cosida al disfraz? Sacudí la cabeza y me dije que ese era un misterio que no me interesaba develar. Pude haberme reído, pero mi reacción inmediata fue la de irritarme.

–Ahí estás, Chippy –una mujer apareció junto a la ardilla–. ¿Oh, tienes una amiguita nueva? –coqueteó conmigo.

Mascullé algo y retrocedí, todavía sacudiendo la cabeza. Ni me molesté en seguir buscando a Annie. Solo atiné a decirme: *Emerson, sal de aquí, ahora.*

Un tipo extendió el brazo para sujetarme, pero lo eludí y me apresuré hacia la puerta.

Salí a la noche e inspiré profundamente para llenar mis pulmones de aire helado, sin advertir que había estado conteniendo la respiración desde que ingresé a la casa. Lo cual me desconcertó completamente.

Quise conocer este club desde el momento mismo en que oí hablar de su existencia. Imaginé que sería el lugar perfecto para ligarme con tipos a los que no les molestara una chica dominante que llevara las riendas. Solo que no resultó así, y de alguna manera yo lo sabía. Y el culpable era Shaw.

Me había arruinado. No podía ni pensar en estar con otro hombre. Ocupaba toda mi mente. Cerré los dedos en la balaustrada de la galería, apreté con fuerza la madera fría y áspera. Debía quitármelo del sistema. Y para lograrlo... tal vez debía saturarme de él, satisfacer mi curiosidad, mi deseo. Así podría, entonces, dejarlo para siempre.

Tomé nuevas bocanadas de aire y solté la madera. Mientras descendía, dejé que la idea echara raíces, la estudié, intentando dilucidar si era tan disparatada como sonaba.

Lo oí antes de verlo. Como si solo pensar en él lo hubiera materializado.

Los pasos atronaron en la acera. Su forma grande apareció y se deslizó hasta detenerse al final del sendero de entrada, con el pecho que subía y bajaba, agitado.

–Shaw... ¿qué haces aquí?

Una loca y estúpida alegría me invadió. Bebí su imagen: ahí estaba, de pie, tanto más alto que yo, con las piernas separadas como si nada pudiera hacerlo caer. El tipo era sólido como un tanque y sentí mariposas aleteando en mi vientre. Lo más profundo de mi esencia reaccionaba a él del modo más fundamental. Una semana sin verlo para nada y mi corazón respondía, anhelante. *Traidor.* El corazón realmente tiene ideas propias.

—Reece me envió un texto.

—¿Por qué te escribió? —me invadió la furia. Me aproximé a él con pasos firmes, la alegría de verlo se había esfumado.

—Logan le avisó que estabas aquí —señaló la casa—. Estaba preocupado por ti.

Maldito Logan. Mi vida no le concernía.

—Y viniste a la carrera. ¿Para qué? ¿Para rescatarme? Te dije que no necesito que lo hagan.

Miró la casa, luego a mí.

Estaba segura de que él sabía qué era ese lugar. Reece no habría dejado ese detalle fuera. ¿Y por qué le avisó, de todos modos? ¿Creía que Shaw y yo teníamos algo? Porque si así fuera, estaba equivocado.

—¿Qué haces aquí, Emerson?

Apreté los labios. No pensaba decirle que me había estado preguntando eso mismo.

—No necesito que Logan ni Reece ni *tú* se ocupen de mí, puedo cuidarme sola.

Esta era la parte en la que podía decirle que había cometido un error y que había decidido irme, que el Club Kink no era para mí, que cuando él se presentó, en realidad me estaba yendo. Pero me rehusaba a darle esa satisfacción.

—Vámonos —extendió la mano, pero la esquivé antes de que sujetara la mía.

–Conduje hasta aquí. Puedo llegar sola a casa –pasé a su lado y me encaminé hacia mi auto. Pero el avanzó detrás de mí.

–¿Qué hacías aquí? –preguntó. Por lo visto no tenía intenciones de abandonar el tema.

–No es asunto tuyo.

–Tú no eres así.

Eso me enfadó aún más, si eso era posible. Caminaba deprisa, golpeando la acera con mis botas. Pisé hielo y patiné. Sacudí los brazos en busca de equilibrio, pero él estaba allí y me sujetó, impidiendo que cayera. Forcejeé, me liberé de sus manos y marché hasta mi auto. Frente a mi puerta, giré y lo apunté con un dedo acusador.

–No me conoces –mi voz tembló, traicionándome. Tragué e inspiré profundo.

–Estoy convencido de que intentaste por todos los medios mantenerme a distancia, pero no pudiste. Estoy en tu sangre. Y tú en la mía. No tengo ninguna duda –dijo con mirada dura, fija en mí, logrando que sus palabras penetraran–. Y te conozco. Te veo.

Negué como una niña obcecada, mientras el pánico me invadía.

–Si no sabes por qué estás aquí, yo lo sé. Huyes de mí.

–Guau, qué ego –reí, y mi risa sonó forzada hasta para mis oídos.

No le importó. Siguió avanzando.

–Sé que no eres ni la mitad de salvaje ni tienes la mitad de la experiencia que quieres aparentar.

Dejé de reír. Sostuve mis ojos en él, mientras en mi pecho burbujeó algo que se asemejaba peligrosamente al miedo. Él no podía saber eso. No podía verme.

—No estoy aparentando ser *nada*.

Sus ojos refulgieron, conocedores, al tiempo que sus labios bien formados se extendían en una línea adusta. No dijo una palabra, pero la oí, de todos modos. *Embustera*.

—¿Cómo es que sabes algo de mí? —indagué. No admitiría que él estuviera en lo cierto. Pero tenía que saber qué había dicho o hecho yo para que me descubriera.

¿Por qué estaba ahí? En los últimos tiempos, cada vez que volteaba, allí estaba él. Shaw no era como ninguna de mis otras aventuras. Si lo fuera, habría desaparecido hacía tiempo. Cada uno de los tipos con quien me ligué, estaba encantado de aprovechar lo que yo les daba y después seguían su camino. *¿Por qué él quería más? ¿Por qué tenía que ser diferente?*

En ese momento se movió. Tres pasos y me tuvo aprisionada contra el frío metal de mi auto.

—¿Sabes cómo me llamaban en los Marines? —preguntó. Negué con la cabeza, mientras él respondía su pregunta, con una voz tan ronca que me provocó piel de gallina—. Halcón. Y eso debido a que podía leer a la gente, evaluar situaciones en un instante. Llámalo como quieras. Percepción. Calle. Yo la tengo.

Halcón. Le calzaba. Tragué un nudo del tamaño de una pelota de golf. Su voz profunda, su proximidad... Me estremecí sin poder controlarme. Detestaba temblar, pero al menos podía echarle la culpa al frío. Shaw no sabía que era él quien me lo provocaba.

Aunque se creyera capaz de poder leer la mente de la gente, no debía creerle. No podía ser *tan* perceptivo. Aunque fuera un Marine apodado Halcón. No podía ver mis secretos.

Mis ojos fueron de los suyos a su boca. Estaba tan cerca. Aún en esa penumbra, con solo el reflejo de los faroles ubicados a varios metros, pude ver las luces doradas en sus ojos castaños. Mis manos aletearon entre ambos, como buscando dónde posarse. Su pecho se sentía cálido e invitante; una pared sólida que presionaba íntimamente contra mí, contra mis senos doloridos e hinchados.

—Bueno, *Halcón*, estás equivocado —levanté la cabeza. Quise decirlo con un tono burlón, pero no pude. Mi voz sonó entrecortada, afectada, pese a que no quería que fuera así—. Me bajé a cuatro tipos en esa casa.

—Eres tan mentirosa —su boca se curvó en una sonrisa casi cruel.

Ok. Tal vez debí haber elegido una cantidad más creíble. En especial porque no hacía más de media hora que Logan había dado la voz de alarma. Con una mano, me quitó las llaves.

—¿Qué haces?

Se inclinó para abrir la puerta, y pasó el brazo por detrás de mí, rozando mi cadera.

—Yo conduciré. Sube del otro lado.

Pasmada, lo observé sentarse al volante y ajustar el asiento a sus largas piernas.

—¿Dónde está tu camioneta? —le pregunté, buscándolo con la mirada.

—Me trajeron.

Eso explicaba cómo había llegado tan rápido. Debe haber estado cerca.

—¿Quién te trajo? —quise saber.

—Estaba con alguien cuando me escribió Reece.

Alguien. Supe sin que me lo dijera, que era una chica. Aparentemente, yo no le interesaba tanto como para excluir a otras de su vida. La punzada de dolor que atravesó mi pecho fue tan inesperada que me llenó de ira. No debería sentir eso. *No tenía derecho a sentir eso.*

Me asaltó la vieja urgencia por escapar. Lamentablemente, no tenía cómo hacerlo. Él estaba en mi auto.

Rodeé el vehículo, me dejé caer en el asiento del acompañante y permanecimos en silencio en la cabina, donde todavía quedaba algo de calor. Encendió el motor y lo dejó regulando.

Al recordar que había considerado la posibilidad de dejarme arrastrar por la fuerza de mi deseo, de actuar hasta las últimas consecuencias esto que había entre nosotros, sea lo que fuere "esto", no supe si reír o llorar.

—No hacía falta que interrumpieras tu cita por mí.

—¿Celosa? —preguntó con la cabeza apoyada en el respaldo, mirándome con ojos cansinos.

—¿Por qué lo estaría? Hago lo que quiero, con quien quiera. Tú puedes hacer lo mismo.

Sonrió lentamente y mi estómago dio un vuelco.

Había tanta experiencia, tanto conocimiento en esa sonrisa. Del mundo. De la vida. De la muerte. Y a pesar de lo improbable, de mí.

–Te gusto –anunció–. No quieres que te guste, pero es así –lo afirmó con tanta naturalidad, tan como si fuera normal, que hubiera deseado patear el suelo y gritar *no*. En lugar de eso, miré hacia adelante, a través del parabrisas.

–Vamos. Conduce.

Rio por lo bajo y avanzó. Anduvimos unos momentos antes de que hablara.

–No estaba en una cita.

–No me interesa –y, por supuesto, lo dije tan abruptamente que sonó como si sí me importara.

–Cara es una amiga –estuvimos en el campamento de entrenamiento, juntos. Está de licencia. Vino para el bautismo de un sobrino.

Una Marine, como él. Debe ser fuerte. Ruda. Probablemente tan sensual como Alicia en Resident Evil.

–Qué agradable, deben tener mucho en común.

–Así es.

–Suena ideal. ¿Por qué no estás con ella, entonces?

–Porque me necesitabas.

–No te necesitaba. Me estaba yendo –mi voz se fue apagando, arrepentida de reconocerle que todo ahí había sido demasiado para mí.

–¿Por qué? ¿Quedaste agotada después de bajarte a cuatro tipos? –ironizó. Crucé los brazos, fastidiada–. Vamos, Emerson. Sé que eso no ocurrió. Te ibas porque no era un lugar para ti, ¿cierto? –odié que tuviera razón, pero no dije nada y él prosiguió–. Y además, porque prefieres estar conmigo.

–Es increíble que quepas en este auto con semejante ego –resoplé.

–Continúa repitiéndolo y tal vez logres convencerte de que no hay nada entre nosotros.

Contuve la respuesta de negar que hubiera algo entre nosotros. Y él rio una vez más por lo bajo. Mantuve la vista al frente, con el ceño fruncido.

–¿Adónde vamos? Este no es el camino a mi residencia.

–A mi cabaña.

–¿Por qué? –quise saber. De repente, una corriente de emoción me recorrió entera.

–Porque estoy sin vehículo.

–Para que yo pueda regresar a mi residencia desde tu casa, ¿no es así?

Asintió, pero hubo algo poco convincente en su gesto que solo logró aumentar mi inquietud. Como si tal vez él esperara que me quedara.

Solo lo llevarás hasta allí. No entrarás. Tengo mi auto, puedo controlar esto. Me lo repetí mientras conducíamos a lo largo del lago.

El vehículo se sacudió sobre la grava de la despareja entrada para autos que bordeaba la cabaña. La noche parecía iluminada. La luna se reflejaba en esa vastedad de nieve y hielo. El lago se extendía hasta siempre, como una placa de cristal.

–Te abro la puerta, está resbaloso –dijo, al apagar el motor.

Noté mi pulso enloquecido, mientras venía hacia mi lado. Al bajar, extendí la mano, reclamando las llaves.

–No hacía falta que apagaras el motor.

–Pensé que tal vez te gustaría ver algo en lo que estoy trabajando.

Entrecerré los ojos, segura de que mi expresión reflejaba desconfianza. Me observó muy sobriamente. No había nada engañoso en su mirada. Era él, pero por otro lado, así había sido siempre, desde el primer momento. Directo y franco. No hablaba mucho, pero cuando decía algo, tenía significado. Era sincero.

Se movió en dirección al cobertizo lindero a la casa.

–He visto tu arte… al menos el que está en tu habitación –encogió los hombros y se masajeó la nuca. De hecho, pareció algo cohibido, lo cual era una novedad, tratándose de él. Siempre se lo veía tan seguro. Me conmovió esta faceta suya–. Bueno, este es el mío, supongo –concluyó.

Su arte. Eso era lo que estaba expresando, aunque tuviera dificultad para admitirlo. Algo se soltó dentro de mí y no pude darle la espalda a esta parte de él que quería mostrarme. Miré hacia el cobertizo. Ni siquiera entraría en la casa. No era necesario que pusiera un pie en ese espacio cálido y agradable que me recordaba a una pintura de Norman Rockwell. No tenía que ver otra vez la cama grande, para recordarme lo cómoda que era.

Era solo un cobertizo. Asentí con torpeza y lo seguí.

Adentro hacía menos frío, aunque no mucho menos. Encendió una luz y parpadeé, encandilada.

Había partes de motos repartidas por todos lados en el pequeño espacio. Como mínimos había tres motocicletas que se veían terminadas. Lo ignoraba todo sobre esos aparatos, pero una era decididamente una chopper de cromo brillante, color cereza. A su lado, se erguía otra que parecía ensamblada parcialmente. Todavía no estaba pintada. Me ubiqué entre las dos.

—¿Tú las armaste?

—Sí —acarició una de sus obras y mis ojos se posaran en su mano, en esos dedos largos. Recordé cómo se sentían sobre mí… dentro de mí. Mi rostro se encendió y me faltó el aire. Afortunadamente, él todavía miraba sus motos—. Estoy haciendo esta para vender. Tengo un cliente que está interesado —añadió.

—Si se parece a esta, no tendrás ningún problema para venderla —dije tocando la roja, con admiración. El metal color rubí incandescente era suave y frío bajo mi mano.

—Se me ocurrió que podría ponerle una ilustración sobre el tanque y el guardabarros… tal vez algo patriótico.

—¿Como tu tatuaje?

—Puede ser. Es una idea, pero me gustaría algo fresco.

—Podrías ponerle la cara de un águila en primer plano y que el ojo coincida justo con el globo —consideré. Extendí la mano frente a mí, flexionando los dedos como si pudiera verlo. Tocarlo. Y en ese momento, podía. Era como si estuviera trabajando las formas y los colores, ahí mismo—.

Eso podría ser genial... simbólico. Tal vez unas nubes que asemejaran, apenas, a unas banderas –bajé la mano y me encogí de hombros. Al mirarlo, me quedé inmóvil por el modo intenso en que me observaba. Como si yo hubiera dicho algo profundo.

–¿Podrías hacerlo?

–¿Y-yo? –mi voz sonó aguda–. Nunca hice algo así. Trabajo sobre papel o tela.

–Pero lo podrías hacer –fue categórico. Como si no tuviera ninguna duda–. Es solo con un aerógrafo.

–Podría arruinarlo.

–Entonces lo haremos de nuevo –repuso de inmediato. *Nosotros*. ¿En qué momento se produjo? No éramos *nosotros* en ningún aspecto, de ninguna forma o circunstancia–. ¿Cómo sabes que no puedes hacerlo? Debes intentarlo, ¿cierto? –agregó.

Estudió mi rostro, sus ojos bucearon en los míos como si mirara mi alma y, de pronto, sentí que habíamos dejado de hablar de la pintura con aerógrafo y de sus máquinas. Me estremecí y me froté las manos, como si tuviera frío y no por él. No por el modo en que me observaba o me hablaba. No por el recuerdo de sus manos y su boca sobre mí.

–¿Alguna vez te subiste a una? –preguntó con los ojos nuevamente en la moto.

–No –respondí, aliviada por el cambio de tema.

–¿Te da miedo? –su boca se torció en esa media sonrisa.

–No. Simplemente nunca estuve con nadie... –me detuve y corregí–. Nunca conocí a nadie que tuviera una.

Algo centelló en sus ojos y supe que se había dado cuenta de mi distracción. Esa línea de pensamiento era un peligro. No estás *con* él. *Nunca lo olvides.*

—Súbete —propuso, al tiempo que palmeaba el asiento.

—¿Qué? ¿Dar una vuelta, ahora?

—No. Hace mucho frío, pero pruébala —su mirada provocó un aleteo en mi estómago. Era como si realmente me viera. Como si grabara mi imagen en su memoria.

Miré el asiento y me encogí de hombros. ¿Por qué no? Pasé una pierna por encima de la moto y me senté a horcajadas. No era como treparme a la bicicleta playera que tenía en casa. Era mucho más grande. Tuve que separar mucho mis piernas. Podía tocar el asiento con la mano.

Era un poco intimidante saber que esa cosa podía volar a cien kilómetros por hora en una autopista.

—¿Cómo se siente? —su voz resonó junto a mi oído.

—Se siente… peligrosa —dije, sujetándome de los manubrios.

—Mira. Es así —sus manos se cerraron sobre las mías, tanto más pequeñas, para mostrarme cómo debía hacerlo. Mi corazón se aceleró al sentir sus manos ásperas sobre mis dedos, ante la sólida presión de su pecho contra mi espalda. Temblé, reprimiendo el impulso de voltear en el asiento, envolver mis brazos a su alrededor, atraerlo hacia mí y sentir su sabor, nuevamente.

Solo que sabía adónde llevaría eso.

—Y siéntate un poco más hacia atrás —continuó. Sus brazos se movieron por encima de los míos y, a pesar de mis mangas, sentí un escalofrío. Me sujetó de las caderas, jaló y me deslicé por el asiento, sin obstáculos. Como si yo no pesara nada. Volví a tomar consciencia de su potencia, su tamaño. Estaba acostumbrada a ser más menuda que el promedio, pero nadie podía decir que fuera escuálida. Tenía mis curvas. Pero Shaw me hacía sentir casi delicada–. No conviene estar tan adelante.

Asentí tontamente.

–¿Así está mejor? –su voz fue un ronroneo profundo junto a mi oreja. Una pregunta inocente, pero sus manos permanecieron en mí, y su peso y la presión, me hicieron pensar en dónde más habían estado. Las cosas deliciosas que me habían hecho.

Y cuánto ansiaba que las volvieran a hacer.

Como si me hubiera leído la mente, sus manos rozaron mis caderas y rodearon mi cintura. Se me cortó la respiración. Me senté más erguida. Titubearon por un micro segundo y continuaron hasta mi vientre, para detenerse debajo de mis senos. Sus pulgares empujaron hacia arriba, levantándolos. Mis pezones se endurecieron. El raso de mi ropa interior pareció arder contra ellos y me acomodé apenas en el asiento.

La moto se hundió levemente bajo su peso. Se sentó detrás de mí, alineando sus muslos con los míos. De inmediato me sentí abrigada por su cuerpo. Se acomodó contra mí. Sus labios rozaron mi oreja en una pincelada provocadora. Solo tenía que voltearme y mis labios encontrarían los suyos.

No me moví. Mi pecho agitado empujaba mis senos hacia arriba. Sus pulgares continuaron subiendo y bajando contra la curva inferior. Me mordí los labios para contener un gemido, una súplica para que terminara el tormento y me envolviera en sus brazos.

Se pegó a mi espalda y entonces lo sentí contra mi trasero. El bulto sólido presionaba y apreté los dientes para no restregarme contra él. Eso era buscar problemas y ya me encontraba llamando a esa puerta.

Solté los manubrios y bajé velozmente de la moto. Me sequé las manos transpiradas en mi torso y luego las llevé hacia arriba, para acomodarme temblorosamente el cabello.

—Dudo que ande en una de estas en un futuro inmediato —dije. Al menos no trastabillé al hablar, lo cual fue altamente sorprendente considerando el torbellino que rugía en mi interior.

Sus ojos me observaron, oscuros y densos, mientras permanecía sentado allí.

—No hace falta. Tal vez quieras dar una vuelta conmigo en algún momento. En primavera, cuando haga un poco más de calor —dijo, al bajarse de la moto.

¿Dar una vuelta con él? ¿A cien kilómetros por hora, con el viento soplando a nuestro alrededor y mis brazos rodeando su cintura? La sola idea me hacía sentir exultante. Lo propuso con toda naturalidad. Y más loco que eso era la idea de que seguiríamos viéndonos en la primavera.

—Quizás —caminé hacia la puerta del cobertizo—. Realmente, ahora debo irme.

Salió conmigo, sin intentar detenerme. Ni un roce ni un beso. Casi esperé que lo hiciera. ¿Qué fue todo eso en la moto si no iba a intentar algo más? Una nueva evidencia de que no era como ningún otro chico con que me haya cruzado. Y más confuso aún era que yo no supiera cuál emoción era más fuerte. Alivio o desilusión.

Se quedó viendo cómo retrocedía por el camino de entrada, tan relajado. Cuando salí a la calle y dejé su cabaña atrás, su imagen permaneció conmigo.

No creía que pudiera volver a cerrar los ojos y no verlo.

CAPÍTULO 14

Eran las nueve de la mañana del día siguiente y estaba esperando a Pepper, cuando la oí entrar en la habitación contigua. Con la cadera empujé la puerta que separaba nuestras habitaciones. Estaba sentada con Reece, frente a su escritorio, buscando en una bolsa de panecillos.

–Hola, Em –saludó, levantando la cabeza. Reece saludó con la mano.

Debió notar algo en mis ojos porque se aproximó, con un pan en la mano.

–¿Estás bien? –preguntó con inquietud.

–Sí. ¿Por qué?

–Bueno, Logan te vio anoche y le preocupó que la situación te sobrepasara… –respondió, mirando con vacilación a Reece.

–¿Logan, el hermano mujeriego de Reece? *¿Él* estaba preocupado porque la situación me sobrepase?

–¡Sí! –los ojos de Pepper centellaron–. Si Logan creía que la situación era pesada, lo era.

–Hola. Oye –interrumpió Reece con seriedad–. Estoy aquí. ¿Podrían dejar de llamar así a mi hermano?

–Lo siento, amor –ella le pasó una mano por los hombros.

–Me gustaría saber por qué creíste que era una buena idea avisarle a Shaw. ¿Por qué? ¿Hay algo que yo debería saber?

Pepper miró a uno y a otro por turno, inquisitivamente.

–¿Es tan difícil darse cuenta? –respondió él, imperturbable–. Al tipo le gustas.

–Y eso se supone que significa…

–Que le importas, Em –afirmó, sin dificultad de ser directo conmigo–. Tal vez eso *quiere* decir algo. Él es mil veces mejor que esos perdedores con los que pierdes el tiempo…

–Emerson –interrumpió Pepper, lo cual fue bueno pues estaba a punto de saltar a la yugular de su novio por sermonearme por la clase de chicos que debería frecuentar–. Sé que Shaw te gusta. Los he visto juntos. Él es… diferente. Tú eres diferente cuando estás con él.

Aparté mis ojos de la mirada penetrante de Reece. Su expresión indicaba que me veía como la mala de esta película. Como si yo estuviera haciéndole pasar un mal rato a su amigo. ¿Qué querían de mí? Yo no podía ser como Pepper. Tampoco podía simplemente tener un novio y enamorarme.

–Te quiero, amiga, pero debes terminar con eso de hacerte la casamentera. Y tú también, Reece. No funcionará.

–De acuerdo –aceptó, aunque conservaba esa expresión preocupada.

Bien. Asentí, pero el alivio que deseaba, no llegó. Ni el alivio ni la satisfacción ni lo que fuera. El vacío en mi interior solo sonó más hueco.

–Gracias –dije, y saludé con un gesto a los dos–. Los dejo solos ahora. Sigan con lo suyo.

–Pensé que iríamos caminando juntas a clase –señaló Pepper, mirando el reloj.

–No, me voy temprano a trabajar en mis pinturas para la muestra.

–Cierto –los ojos de Pepper se iluminaron–. No falta mucho. ¿Cuándo es?

–El próximo viernes.

–Es una gran exhibición de arte en la que Em presenta sus trabajos –le explicó a Reece–. ¿Estás lista para eso?

–Creo que sí –mi mente se desvió al cuadro de Shaw y me inquieté. La profesora Martinelli dejó en claro que esperaba verlo en la exposición.

–¿A qué hora? –preguntó Pepper–. Georgia y yo queremos ir.

–Sí. Me gustaría ver tu obra –dijo Reece–. Tal vez pueda tomarme la noche libre.

–Hmm –mordí mi labio–. No es importante. No tienen que venir, chicos.

–¿Por qué no? Georgia y yo fuimos el año pasado…

–Lo sé. Pero será un poco más de lo mismo, nada del otro mundo.

–Me pareció espectacular. Adoré ese cuadro que hiciste del perro esperando afuera de Java Hut.

Sonreí al recordarlo. También era uno de mis favoritos. Había tomado una foto de un perro con un elegante moño en el pescuezo, frente a la cafetería.

–¿Por qué no nos encontramos después? –sugerí. Lo último que quería era que vieran la pintura de Shaw. Aunque eran solo sus ojos, probablemente lo reconocerían, y la sola idea era mortificante–. De veras, no es nada del otro mundo.

–Quiero ir –insistió ella–. Me gustaría ver en qué has estado trabajando. ¿Y no prefieres que haya alguien? –no bien lo dijo, sus ojos reflejaron aflicción por haberme recordado que a nadie de mi familia le importaba lo suficiente como para venir y alentarme, a pesar de que el salón estuvo atestado de parientes y amigos de los demás alumnos.

–No. Estoy bien. De verdad –dije. Estaba habituada a la ausencia de la familia en mi vida.

–Si estás segura… –concedió, pero no sonaba convencida–. Pero realmente me gustaría ir.

–Pepper –reprendí–. Estoy segura de que puedes pensar en mil cosas más entretenidas para hacer. Como atar a la cama a este novio sexy que tienes o algo.

Reece rio.

–¡Em! –gritó ella, aunque yo sabía que no mucho la escandalizaba por estos días. No desde que salía con él. No podían quitarse las manos de encima. Me sorprendía que salieran de la habitación alguna vez.

–Avísanos si cambias de opinión –pidió Reece, al tiempo que acariciaba la espalda de Pepper–. Queremos estar allí para ti.

Asentí, pero sabía que eso no sucedería. Nadie vería esa pintura, bajo ningún concepto.

El lunes por la noche, Shaw vino a mi dormitorio. Fue poco después de las ocho. Acababa de llegar a casa de una reunión de estudios. Además de la muestra del viernes, tenía el examen de Historia del Arte Medieval. Y, para colmo de males, mamá arremetió nuevamente con las llamadas. Respondía a todas por temor a que si las ignoraba, se apareciera en persona. Así que soporté sus recriminaciones. Pasaba de las acusaciones a los ruegos. Hasta intentó sobornarme con un viaje a Europa.

Tenía más que suficiente en mi bandeja sin que Shaw se presentara. Lo observé a través de la mirilla cuando llamó a la puerta. Golpeó tres veces, sin urgencia. Esperó, miró hacia izquierda y derecha por el corredor, apoyado sobre un brazo extendido contra la pared. Sin siquiera respirar, aprecié su mandíbula cuadrada, la línea firme de su nariz. Sus labios bien esculpidos. Todo en mí respondió al verlo. *Increíblemente sexy.* Me mordí el labio.

–¿Emerson, estás ahí?

No respondí. Con los labios apretados, lo vi hasta que se volteó. El sonido de sus pasos se desvaneció. A la distancia, oí el sonido del elevador. Solté el aliento que había estado reteniendo, me derrumbé contra la puerta y me deslicé hasta el suelo.

Afortunadamente, no estaba Georgia. Lo último que necesitaba era que me viera desmoronarme por un tipo. En especial por Shaw. Shaw con sus ojos en mí, observándome con intensidad, siempre devorándome. Shaw sin la camisa, su cuerpo firme, con los músculos definidos bajo su piel bronceada. Era hermoso. El chico más hermoso que haya visto jamás, y no era solo su aspecto. De acá a veinte años seguiría siendo hermoso. Era un atributo que poseía. Una seguridad. Estaba en su voz cuando hablaba de Adam. Cuando me mostraba sus motos. Cuando me dijo que debía dedicarme a mi arte y al cuerno con un empleo de oficina. Estaba en sus ojos cuando me miraba, en sus manos cuando me acariciaba.

Tragué. Era obvio que había dejado que las cosas llegaran demasiado lejos si así era como me sentía.

Estaba prácticamente dormida en mi cama, esa noche, cuando vibró mi teléfono. Extendí un brazo para buscarlo en el estante y miré la pantalla, en la oscuridad.

Shaw: hola! pasé a verte

Me mordí el labio y acaricié el visor, casi como si lo acariciara a él.

Releí sus palabras, tratando de decidir si responderle o no. Era como si pudiera oír su voz con su ronroneo.

Sujeté el celular entre ambas manos y lo llevé contra mi pecho, en guerra conmigo misma. Quería responder. Quería levantar el teléfono y decirle que viniera. Pero resistí. Unos minutos más tarde, el celular vibró en mis manos. Miré nuevamente la pantalla, sintiéndome como una adolescente con la primera llamada de un chico.

Shaw: buenas noches, Emerson.

El miércoles Shaw dejó de enviarme textos, y algo en mí murió un poco porque sabía que no volvería a hacerlo. Se había rendido. ¿Y cómo no? Yo había levantado todas las barreras para lograr, justamente, eso.

Fui a clases, y pasé todo el tiempo que pude en el taller. Comí. Dormí. Mantenerme ocupada ayudó. Hasta que mi mente se desviaba hacia él. Sola, en mi cama, mirando la oscuridad, en lugar de desvanecerme en el sueño, pensaba en él. Pensaba en por qué no podía dejar de pensar en él y cómo eso jamás me había pasado antes.

Jeff, el de Java Hut, me envió un texto. A las once y media de la noche del jueves. No hacía falta ser Einstein para adivinar qué quería. Leí entrelíneas el simple mensaje y no tuve dudas de que buscaba una aventura sin compromisos.

Hubiera sido fácil. Sin exigencias. Era atractivo. Habíamos tenido un par de enganches previos, pero ahora en mi mente solo podía ver a Shaw. ¿Así es como se sentían las demás cuando se volvían locas por un chico? ¿Cuando permitían que las pasaran por encima? No, gracias.

El viernes por la mañana fui hacia la librería del campus, que estaba, casualmente, frente a "Los viñedos". Miré hacia el restaurant mientras me dirigía al cruce peatonal. Antes de siquiera considerar lo que estaba haciendo, me apresuré a cruzar la calle y a zambullirme en el interior del local. Fui recibida por el delicioso aroma del pan recién horneado. Pero no estaba interesada en la comida.

Para mi alivio, el rostro de Beth fue lo primero que vi; allí estaba, de pie, detrás del podio de la anfitriona.

–Emerson –saludó con la misma rigidez que la última vez… cuando ya le había revelado que era amiga de Shaw–. Me alegro de verte nuevamente por acá. ¿Cuántos serán…?

–Vine a hablar contigo –la detuve en seco. Ella parpadeó y miró alrededor, como buscando refuerzos–. Solo escúchame –respiré hondo, decidida a hacer esto. Tenía que hacerlo. Por Shaw–. Sé que no me conoces, pero yo… Shaw… –*diablos, ¿qué se supone que tengo que decirle?*–. él es mi amigo.

Olvida que dejó de escribirte y de llamarte, me dije. Shaw era especial. Merecía… demonios, merecía todo. Merecía más que yo. Merecía tener a su familia en su vida.

Podía ver la escena extendiéndose en el futuro. Beth que lo invitaba a su boda. Lo incluía en su círculo. Tal vez él se enamorara de una de sus damas de honor. Una chica llamada Amy a quien le gustaría pescar. Le pondría su propia carnada al anzuelo y pescarían desde el muelle en su lago. Dentro de un año, él habría olvidado hasta el color de mis ojos. *Diablos, odio a Amy.*

Carraspeé y aparté de mi mente a la chica imaginaria.

–Amo a Shaw.

–¿Te envió él...? –fue como si un telón se cerrara sobre sus ojos.

–No. No, jamás haría algo así, y si realmente lo conocieras, lo sabrías –algo se movió en sus ojos. Me aproximé, y continué con tono suave–. Y creo que lo sabes. De hecho, él se fastidiaría mucho, si se enterara de que te estoy hablando.

Bajó la cabeza y suspiró. Cuando levantó la vista otra vez, sus ojos estaban húmedos.

–¿Qué quieres, Emerson?

Había llegado hasta aquí. Ahora no podía detenerme.

–No puedo ni imaginarme por lo que has pasado. Por lo que tú y tu familia tuvieron que atravesar, pero Shaw... también es parte de tu familia. Tú no eres la única que perdió a Adam. Él también. Y se culpa a sí mismo. Se siente responsable de que Adam estuviera allí. Cree que se merece que no le hables... que lo hayas apartado. Cree que merece estar solo. Y tú sabes que no es así. Y eso es todo lo que tengo para decir –concluí. Giré y me encaminé hacia la puerta.

–Emerson –llamó Beth.

Me detuve y miré por encima de mi hombro. Ella dio un paso hacia mí, con mirada penetrante y filosa.

–Él ya no está solo, ¿verdad? Te tiene a ti –sostuve su mirada, mientras esperaba que mi negación saliera de inmediato, firme. Pero no pude desmentirla–. Lo quieres.

La emoción oprimió mi garganta, haciendo imposible hablar. Aunque quisiera responder.

Volteé. Empujé la puerta y salí al frío.

Para cuando llegó la noche del viernes, yo estaba hecha un desastre. Verla a Beth hizo que todo fuera peor. No podía dejar de pensar en Shaw. Era doloroso recordar su boca sobre la mía, la forma en que posaba sus ojos en mí. Veía nuevamente la escena donde me mostró la moto que estaba construyendo; porque pensaba que yo apreciaría su trabajo. Porque le importaba mi opinión. Y releí varias veces el último texto que me envió.

Tampoco ayudó que casi todo mi tiempo libre lo dediqué a dar los últimos toques a su pintura, a la que titulé: *Una mañana invernal*.

La muestra se realizaría en el Student Memorial Center como el año anterior. El salón era amplio, había espacio para los atriles y mucho lugar en los muros. Era de suponer que este año habría más público, porque había crecido el número de estudiantes de Arte.

Durante la exhibición, conversé con la gente, sonreí y fui amable con todos, en especial con los padres de Gretchen. Habían viajado desde el lejano estado de Colorado para estar allí. Pero no me alejé de mis cuadros. La profesora Martinelli había hecho hincapié en la importancia de estar cerca para responder a las consultas.

Una mañana invernal despertó mucho interés, lo cual fue gratificante y, al mismo tiempo, inquietante. Sentía como si fuera yo quien colgaba en esa pared. Pero era peor aún. Porque no era yo, sino Shaw y el modo en que yo lo veía. Cómo me afectaba.

—Estoy muy orgullosa de ti, Emerson —me emocioné de que la profesora Martinelli viniera a pararse a mi lado—. Un trabajo sobresaliente. Si estás de acuerdo, quisiera mostrarle algunas de tus obras a una amiga mía que tiene una galería en Boston —señaló mi tela—. En especial esa.

—¿En serio?

Asintió, estudiando la tela pensativamente.

—Si sigues así, creo que tienes una gran carrera por delante —me guiñó un ojo y continuó su derrotero, haciendo sonar sus brazaletes al moverse.

Floté, exultante con su elogio, hasta que me percaté de que ella quería que produjera más obras como *esa*. Obras que surgían de un lugar desgarrador en mi interior al que no quería seguir visitando. Tampoco sabía si podía volver a hacerlo. Me había cerrado a las emociones de todo aquello que me resultaba muy duro durante mucho tiempo.

A partir de ese momento, una sonrisa falsa se pintó en mi rostro, aunque mantuve la compostura, siendo amable y conversando. Acepté los elogios y respondí las preguntas.

Y entonces lo vi a través del salón repleto de gente.

A no más de veinte metros, recostado contra la pared, con su chaqueta de cuero y una fina capa de nieve sobre sus hombros. Era como una mancha oscura contra la pared blanca. Una camiseta negra asomaba por el cuello de su chaqueta, su cabello oscuro y esos ojos.

Su mirada era intensa. Pero no estaba sobre mí, sino sobre la tela. La pintura de él.

La bilis trepó por mi garganta y tuve nauseas. Cuando sus ojos se desviaron hacia mí, *supe* que iba a vomitar. Parecían atravesarme.

–P-perdón –balbuceé mis disculpas a los que me rodeaban. Aparté los ojos de Shaw y me forcé a caminar. No podía enfrentarlo con *Una mañana invernal* detrás de nosotros. La idea de hablar generalidades con él, mientras miraba la sombra de su rostro en la tela, me revolvía el estómago. Simplemente no podía hacerlo.

Ya era demasiado saber que había visto la tela. No lo podía soportar. Era como estar desnuda frente a él con un cartel colgando de mi cuello que decía: AMO A SHAW.

Me abrí camino entre la multitud, mis tacones resonaban furiosamente contra el suelo de mármol. Rogué que no me siguiera, pero seguro que lo haría. No había venido para verme de lejos. Y ahora… había visto el cuadro.

Atravesar la sala era un desafío. Había muchísima personas, sin contar los camareros con sus bandejas. Seguramente parecía una loca empujando a la gente como si un encapuchado me persiguiera. Casi había llegado a la puerta principal. Desde ahí podía correr a mi residencia, acortar camino por detrás del edificio de Ingeniería. Él no sabía del atajo. Cuando pasé delante del guardarropa, ni me preocupé por recoger mi abrigo. Simplemente seguí adelante.

Estaba a dos pasos de la puerta doble de vidrio, lista para escapar, cuando una mano se cerró en mi muñeca.

–Hola, Emerson. Pensé que eras tú. ¿Qué haces aquí? –me llevó un par de segundos procesar que se trataba del chico de Java Hut, el mismo que me había enviado el texto la noche anterior.

–H-hola, Jeff. ¿Cómo estás? –titubeé, mientras me estrechaba en un abrazo y acariciaba mi espalda.

–Fantástico. La novia de mi compañero de habitación exhibe aquí y le dije que vendría. ¿Y tú? –sin darme tiempo a responder, me envolvió con su brazo y susurró en mi oído–. Te envié un texto el otro día, pensé que podríamos…

Antes de que pudiera terminar la sugerencia, apareció Shaw, con los ojos encendidos, fijos en mí. Era como si Jeff no existiera o estuviera por debajo de su percepción.

–Emerson, vamos –dijo, con los dientes apretados y su mano reclamando la mía.

–Oye, amigo… –protestó Jeff, cerrando su brazo sobre mis hombros.

–No soy tu maldito amigo –respondió Shaw, que finalmente registró su presencia–. Y ahora quita tu brazo de ahí.

Jeff no se movió, aunque sentí su incertidumbre en el leve estremecimiento de su cuerpo. Abrí la boca para decir algo, pero las palabras no llegaron.

Un tendón vibró en la mandíbula de Shaw. Inspiró y el movimiento solo atrajo mi atención a su pecho ancho. Su mirada era dura y oscura al fijarse en Jeff. En ese momento, tal vez más que nunca, vi al Marine en él.

—O lo quitas tú o te lo quito yo —sentenció. Y sus palabras tuvieron el efecto deseado, ya que Jeff de inmediato bajó el brazo y levantó las manos frente a sí.

—Vaya, hombre, de acuerdo. No sabía que ella estaba contigo.

Shaw no respondió. Había terminado con él. Lamentablemente, recién empezaba conmigo...

Apenas logré lanzar un chillido, antes de que me arrastrara más allá del mostrador de los abrigos, y de la sorprendida estudiante que atendía. Sus piernas largas cubrieron la distancia rápidamente, pasamos delante de los tocadores y giramos en un pasillo. Atravesamos varias puertas numeradas. Oficinas, supuse. Nunca había estado en esa parte del edificio. El bullicio del evento sonó lejano y débiles. Me hizo girar y me puso de espaldas contra la pared, presumiblemente satisfecho de que estuviéramos solos.

Sus ojos echaban chispas y su pecho era una roca sólida contra mí. No sé qué había esperado ver en su rostro, pero no ira. ¿Por qué estaba tan indignado? ¿Debí pedirle permiso para pintarlo? Era yo quien debía estar furiosa con él por venir sin invitación. Supongo que estar enfadada era mejor que lo que había sentido minutos antes, cuando lo vi allí, de pie, observando la pintura. Miedo, que yo detestaba. Miedo, que no podía permitir. En cambio, furia sí, podía con todo gusto.

—Eso fue totalmente innecesario —siseé—. Me has avergonzado.

—Me harté de protegerte de los chicos que te manosean, Emerson.

Humedecí mis labios, pensando que yo también estaba harta de eso. Desde hacía tiempo, desde que lo conocí. Las suyas eran las únicas manos que quería sobre mí, pero no lo admitiría. Ya había soportado suficiente mortificación para un solo día, muchas gracias.

—Casi no vengo esta noche, ¿sabes? No abres la puerta ni respondes mis textos. Dejaste bien en claro que no quieres volver a verme.

—¿Por qué viniste, entonces? —susurré, bajando los párpados en un largo y doloroso pestañeo—. ¿Y cómo te enteraste?

—Pepper mencionó algo.

—Ah, claro —solté, sin buenos pensamientos para ella. Se suponía que estaba de mi lado.

—Casi me convenciste, ¿sabes?

Un pequeño temblor me recorrió entera, mientras estudiaba su rostro, tan cercano que podía ver los destellos dorados en sus iris. Su respiración y la mía se mezclaban agitadas en el aire. Aunque un susurro dentro de mí me advertía de que debía cambiar de tema, pregunté.

—¿Convencerte de qué?

—Que debía rendirme. Que debía abandonarte a tu suerte. Que eso era lo que tú querías —hizo una pausa, dejando que sus palabras penetraran el denso espacio entre nosotros—. Pero ahora que vi tu pintura te conozco más.

Sacudí la cabeza, formando una protesta en mis labios, pero nunca llegó a salir. Su boca aplastó la mía, robándome todo pensamiento coherente. Mi mundo giró. Él lo era todo en ese momento. Sus labios ardientes y abrasadores. Su lengua enlazada con la mía. Mis brazos alrededor de su cuello.

Se inclinó sobre mí, presionando su cuerpo contra el mío. Sus manos se deslizaron por todas partes, mi rostro, mi cuello, hasta mis caderas, donde sujetaron la tela negra de mi vestido. Movió su boca por mi garganta y experimenté una expolición de estrellas. Eché la cabeza hacia atrás y me desparramé contra la pared. Floja como una muñeca de trapo, mi sangre se derretía y mis músculos eran como gelatina. Sus manos atraparon mi trasero, me atrajo hacia él, sentí su erección contra mis piernas y gemí.

Levantó la cabeza y sus ojos se hundieron en los míos, profundos y oscuros como un pozo sin fondo.

–Vayámonos de aquí.

Asentí tontamente.

Sujetando mi mano, me condujo por donde habíamos venido y atravesamos las puertas.

Mis venas bombeaban adrenalina con fuerza, mientras nos apresurábamos por los pocos metros que nos separaban de mi residencia. Sentí el frío y me estremecí.

–Maldición, estás helada –dijo y se detuvo. Se quitó la chaqueta y la puso sobre mis hombros. Metí los brazos en las mangas, demasiado largas para mí, y de inmediato me envolvió su calor, su aroma limpio y masculino.

Volvió a tomarme de la mano y continuamos. Esperé la voz. Esa que siempre impedía que yo llegara demasiado lejos, y nada. Solo estaba esa necesidad abrasadora, ese hambre voraz y él. Nos apresurábamos como si nuestra vida estuviera en juego.

Shaw detuvo la puerta exterior cuando alguien salió y la sostuvo para que yo pasara. La espera de veintidós segundos hasta que llegara el elevador fue agonizante. El simple contacto de su mano –sus dedos entrelazados con los míos, el latido de su pulso vibrando a través de mi piel– era suficiente para que la sangre atronara en mis oídos y para que no pudiera contener mi impaciencia.

En sus ojos aún ardía el fuego. Me incendiaba. Las puertas del elevador se abrieron y entramos. Antes de que se hubieran cerrado, me tomó entre sus brazos y me besó hasta anestesiar mis labios. Jadeando, respondí con vehemencia, y dejé que su lengua invadiera mi boca.

Ni registré cuando el elevador se detuvo en mi piso. Fuimos hasta mi habitación. Busqué en el pequeño bolso que colgaba de mi muñeca y destrabé la puerta.

Fui la primera en entrar y me quedé petrificada, aún jadeaba, encendida como nunca lo había estado en mi vida.

–Hola, Em, ¿cómo te fue? –el saludo de Georgia fue como una bofetada.

–Eh… Hola, Georgia. Estuvo bien. Yo… eh, me encontré con Shaw –lo señalé débilmente con un gesto de mi mano hacia atrás. Todavía sujetaba la mía y no parecía con ganas de soltármela. De hecho, también parecía imposibilitado de hablar.

–Hola –consiguió decir. Dos paréntesis enmarcaban su boca apretada–. ¿Cómo estás? –sonaba dolorido, incluso.

Miré su rostro, sintiéndome impotente. Tal vez esto fuera una señal, quizá necesitáramos tomarnos unos minutos y... Negó con la cabeza, como si pudiera leerme el pensamiento.

–Bueno. Yo, eh, ya me iba –dijo Georgia.

–¿Te vas? –le pregunté, volviendo mi atención hacia ella.

–Sí, eh, pensaba estudiar en la casa de Harris. Se pueden quedar aquí, si quieren –se inclinó, recogió sus libros de la silla y se calzó a toda velocidad. Metió los libros y la notebook en la mochila.

Shaw y yo observábamos, incómodos, mientras crecía la tensión a nuestro alrededor. Georgia también podía sentirla.

Era evidente que se iba para dejarnos solos. Lo sabíamos. Y ella sabía que lo sabíamos. Tomando eso en consideración, parecía tonto hacer como si no fuera así, pero así fue.

–Bueno, adiós –se despidió, al tiempo que descolgaba su abrigo del perchero y abría la puerta–. Me alegro de verte, Shaw.

–También yo –respondió él con una sonrisa casi ausente.

–Adiós, Em –cerró la puerta tras de ella.

Y nos quedamos los dos solos.

CAPÍTULO 15

Solté su mano y di un paso atrás, nerviosa una vez más. Habíamos estado solos antes, pero ahora todo parecía más crudo. Más expuesto. Él había visto el cuadro. Yo no podía seguir actuando como si él no me afectaba. Él sabía que sí, y esta vez no se iría.

No podría obligarlo, y tampoco quería.

Me quité la correa que sujetaba el pequeño bolso a mi muñeca, y lo dejé sobre mi atiborrado escritorio. Sus ojos recorrieron el espacio al tiempo que me siguieron.

–¿Cuánto tiempo estuviste trabajando en esa pintura?

Vaya. Directo a la yugular. Incliné el rostro mientras me quitaba la chaqueta y la colgaba en el respaldo de la silla.

–No quiero hablar de eso ahora –respondí simplemente.

Me quité los aretes y los apoyé cerca del bolso.

–No decir nada. No revelar nada. Ese es tu modus operandi –se aproximó a mí con pasos lentos y me sentí acosada. Me moví como buscando algo, para quedar fuera de su alcance, deseando que la habitación fuera más amplia–. Pero el silencio también es revelador, ¿sabes?

–¿Ah, sí? ¿Y qué revelé?

–Que me tienes miedo.

Negué violentamente con la cabeza.

–Sí –continuó, sonriendo con determinación–, porque sientes algo por mí.

–Vaya que eres arrogante –repliqué, al tiempo que el corazón me daba un vuelco.

–El que cuelga en tu elegante exhibición de arte es mi rostro. No el de otro tipo. Admítelo. Te gusto.

–Tal vez pienso que eres sexy… un buen modelo para pintar –rebuzné.

–Te gusto –repitió y, simultáneamente, se quitó la camisa. Al ver su belleza masculina, sentí un dolor en el pecho. Esos abdominales firmes, llegado el caso, hasta podrían quebrar un puño.

–Quizás lo que quiero es tener sexo contigo –repuse indiferente, aunque me temblaba el pulso–. Dijiste que te tendría que rogar para que me lo hicieras. Y mírate. Te ves como alguien que sabría hacerlo bien.

De tan oscuros, sus ojos se veían casi dilatados. Su sonrisa se amplió de satisfacción, y hubo tanto de bribón en la curva de sus labios que supe que estaría en buenas manos.

—Bonito vestido —elogió, mientras su mirada me recorría entera.

—Gracias.

Su mano jugueteó con el angosto cinturón que rodeaba mi cintura. Me llevó solo un segundo percatarme que no solo jugaba con él. Como si supiera exactamente cómo funcionaba, desató el moño plateado que se abrochaba al frente. Cayó con un sonido suave.

—Apuesto a que se vería aún mejor en el suelo —se inclinó apenas, mientras sujetaba el dobladillo de mi vestido y me lo quitaba por encima de la cabeza en un solo movimiento fluido.

Un aire frío me envolvió. Después de todo, me hallaba en ropa interior. Encaje y raso negro.

Se le cortó el aliento. Nos separaban apenas unos centímetros. Podía percibir el calor que irradiaba su cuerpo, pero no me tocó. Solo me observaba, su mirada era caliente y devoradora.

Hice un movimiento para quitarme los zapatos.

—Déjatelos.

Estaba petrificada bajo sus ojos y debí resistir el impulso de cubrirme con las manos. Jamás he sido tímida, pero con él, lo era. Con él, todo era diferente. Nuevo.

Me rodeó con sus brazos. Me deleité con su virilidad, con el tacto de sus bíceps. Su cabeza se apoyó en la mía y su aliento alborotó mi cabello cuando habló.

—Tomaré lo que estés dispuesta a dar, Emerson —con sus manos sujetó mi trasero—. Por ahora —de un solo movimiento, me levantó y guio mis piernas alrededor de su cintura–. Podemos empezar aquí.

Y me besó. Besos calientes, embriagadores, mientras me cargaba lentamente hacia la cama, con sus manos en mis nalgas, quemándome a través de mi ropa interior. Su boca se torcía hacia un lado y el otro para abarcarlo todo.

Pasé mis brazos por su espalda, gozando de la sensación de su piel bajo mis dedos, el temblor de su carne al acarrearme.

Se sentó en la cama conmigo a horcajadas de él. Sus manos enmarcaron mis mejillas y sus dedos se hundieron en mi cabello mientras nos besábamos, ladeando las cabezas para aquí y para allá para abarcar más, como si nada fuera suficiente o demasiado cerca. Aplasté mis senos contra su pecho. Desesperada, ávida de él, me deleité en su solidez. Él aplicó mayor presión con su boca. Descendió por mi cuello con besos abiertos y plantó pequeños mordiscos en el hueco entre el cuello y el hombro. Presionaba no con tanta fuerza como para lastimar, pero con la suficiente para que yo dejara escapar un gemido entrecortado.

Deslizó los tirantes de mi ropa interior por mis hombros hasta que las tazas se soltaron. Cerró ambas manos sobre mis senos candentes. Me arqueé bajo sus palmas. Su cabeza castaña descendió y su boca se cerró sobre un pezón, absorbiéndolo en su calor.

–Oh, Dios –grité, al tiempo que enterraba mis manos en su pelo, atrayéndolo contra mí–. No te detengas.

Atrapó el otro pezón y su aliento lo abanicó al hablar.

–Esto recién empieza. Tomará toda la noche.

Sus palabras me provocaron un estremecimiento que me recorrió por completo. Eso y lo que me estaba haciendo. Sentí sus manos en mi espalda, desenganchando mi ropa interior, que cayó entre los dos. Lo único que impedía que estuviera totalmente desnuda era un triángulo ínfimo de tela. Sus manos atraparon mi cintura y me frotó con más presión contra su erección. Con un gemido, separé mis piernas aún más, buscando alivio. Era una delicia, duro e insistente contra mi calor palpitante. Mi vientre se contrajo, necesitaba más. Me contoneé con desesperación, perdiendo el poco ritmo que había logrado encontrar con mis movimientos ondulantes. Sentí que mi ropa interior se humedecía aún más. No podría soportar este tormento por mucho tiempo. Mis dedos se clavaron en su espalda, instándolo.

—Por favor —rogué en un gemido.

—¿Qué? ¿Qué quieres?

Mis manos fueron hacia su cinturón y mis dedos torpes odiaron que aún tuviera puestos sus jeans, que yo tuviera mi ropa interior; en fin, odiaban cualquier tipo de barrera interponiéndose entre nosotros.

—Te quiero a ti. Dentro de mí.

Lo había dicho. Ni siquiera lo lamenté. Solo quería que sucediera. *Ahora.*

Con un movimiento ágil, me levantó y me acostó en la cama.

Observé, temblorosa, cuando él se puso de pie y se quitó apresuradamente las botas y los pantalones.

Quedó erguido frente a mí en esa breve ropa interior que no hacía nada por disimular su relieve. Miré impresionada su bulto. Apreté con fuerza las piernas en un intento de aplacar el suplicio que palpitaba en la misma esencia de mi cuerpo. Pero fue inútil. Solo había un remedio para eso y estaba ante mis ojos.

Me puse de pie, frente a él. Acaricié su rostro levemente, disfrutando la aspereza de su mejilla en mis dedos.

–Emerson –suspiró. Posó un beso abierto sobre mi palma. Con un brazo debajo de mi trasero y el otro alrededor de mi cintura, me levantó hasta que mis ojos quedaron al mismo nivel que los suyos.

Conmigo en brazos, me recostó de espaldas sobre la cama y de inmediato se inclinó sobre mí. Pude sentir sus besos ligeros como mariposas sobre mi cuerpo. Era tanto más corpulento que yo, sólido y musculoso, y me sentí frágil. Apreciada. *Amada*.

Enganchó con las manos el elástico del diminuto triángulo de tela que aún me cubría y lo deslizó por mis piernas, más allá de mis tobillos. No hubo protesta en mis labios. Asombrosamente, sentí que todo en mi vida había conducido a este momento en el que yo, finalmente, soltaba el control. En el que, finalmente, confiaba en alguien. El momento en que dejaba entrar a Shaw.

Sus dedos me tocaron, ligeros como una pluma, acariciando el interior de mis muslos; mi cuerpo se curvó y me aferré al cubrecama al sentir que esos dedos me encontraron, me abrieron y bucearon en mi calor.

—Shaw —exclamé ahogadamente cuando su pulgar halló ese ínfimo botón escondido y presionó para luego acariciarlo. Él me había hecho eso antes, pero el recuerdo empalidecía comparado con este instante–. Shaw, por favor.

—Todavía no —se incorporó y sentí su boca ahí. Con una mano presionó mi vientre, mientras sus dedos buscaban la capucha que cubría mi clítoris. Mi cuerpo se separó de la cama cuando sus labios se ubicaron justo ahí, succionando, al tiempo que su lengua no dejaba de jugar.

Una corriente de sensaciones se irradió hacia cada nervio de mi ser. Atrapé su cabeza, jalé de su pelo. Sus manos se deslizaron por debajo de mis glúteos, elevándolos hasta conseguir una postura mejor, como si yo fuera un manjar delicioso.

—¡Shaw, por favor!

—Dímelo, nena —sus labios se movieron y creí enloquecer. Empujé su cabeza para que se pusiera encima de mí. Pero él continuó atormentando mi carne ardiente con sus labios, lengua y dientes; jugaba conmigo. Solté un lamento desesperado, cuando introdujo su dedo dentro de mí, aumentando así mi padecer–. Dímelo —repitió, y metió un segundo dedo, que en su profundidad alcanzó un punto que me provocó un torbellino de sensaciones. Chupó con mayor presión, sumando intensidad a mi orgasmo, que parecía extenderse hacia el infinito. Todavía temblaba de placer, cuando él desapareció de mi cuerpo.

—Shaw —gemí, contoneándome en la cama, abandonada, mientras en una nebulosa lo vi quitarse la ropa interior y buscar algo en sus jeans.

De regreso, se acomodó entre mis piernas. Hubo un sonido a papel rasgado y supe que era un condón y que se lo estaba poniendo.

Y aún no sentía pánico. Nada de la incontrolable urgencia de saltar de la cama y huir. Yo deseaba esto. A él. Aunque me resultara increíble.

Su boca volvió a cubrir la mía, me arqueé en la cama y mi lengua salió al encuentro de la suya. Su sólida masculinidad se deslizó hacia mi humedad, sin penetrar, seduciéndome desde el umbral. La fricción me atormentó y alcé mis caderas, jadeando.

—Por favor, por favor —supliqué.

—¿Qué? ¿Qué, Emerson? —preguntó con sus ojos brillando en los míos—. No lo haré. No moveré un músculo hasta que lo digas. ¿Qué es lo que quieres de mí?

—Te quiero a ti —clavé las uñas en su espalda, necesitándolo.

—¿Qué quieres que te haga? Dilo.

—Tómame... penétrame —humedecí mis labios; algo más se cruzó por mi mente.

Como si pudiera leerme los pensamientos, enmarcó mi mejilla en el hueco de su mano. Su boca rozó mi oreja.

—Lo haré, nena. ¿Pero qué más? Dime qué más. Lo sabes —mi piel hirvió bajo su aliento agitado.

Sabía qué era lo que él deseaba oír. Recordaba su promesa.

—Hazme el amor —¿*ese ronroneo es mi voz?*—. Quiero que me hagas el amor...

Su boca se extendió en una sonrisa lenta y endemoniada, y una corriente de excitación me atravesó entera.

—Bien.

Entonces, lo sentí. La solidez de su virilidad entrando en mí con lentitud. Era surrealista. Me aferré a él como si de eso dependiera mi vida. Miré hacia todos lados sin ver nada, solo sentía, excitada y alarmada por lo que estaba sucediendo. Por lo que, *finalmente*, estaba sucediendo.

—Oh, Emerson —gruñó, posando su frente en el hueco de mi hombro. Su boca se movía sobre mi piel ardiente—. Qué bien te siento.

Deslizó sus manos por debajo de mi espalda y sus dedos se cerraron en mis hombros, sujetándome con firmeza entre su cuerpo y la cama. Y luego se sumergió, empujó dentro de mí, profundamente, rasgando la delgada barrera de mi virginidad, penetrando por completo.

—¡Oh! —exclamé ante la súbita invasión, ante el dolor agudo. Me sentí expandida, repleta de un modo como jamás hubiera imaginado. Mis músculos se extendieron para hacerle lugar, ardiendo y palpitando alrededor de su sólida longitud.

Se quedó inmóvil.

—Mírame —indicó, levantando la cabeza. Cuando lo hice, apartó un mechón húmedo de mi frente. Sus ojos reflejaron algo parecido a una gran emoción… como si lo lamentara—. ¿Por qué no me dijiste?

Sacudí la cabeza, sin poder hablar, demasiado ocupada en acomodarme a él, procesando todo. Registrando cómo él parecía crecer dentro de mí. Cómo mis músculos se contraían a su alrededor. Un torrente de sensaciones llegaba hasta el extremo de cada nervio de mi cuerpo. ¿Cómo podía explicarle *nada*, en un momento como ese? Desde ya que no podía explicarle que era una farsante. *Virgen*. Era mi secreto. Al menos, lo había sido. Ahora ya no era un secreto ni era verdad, y solo quería seguir adelante hacia los evidentes beneficios de haber dejado de serlo.

Moví mi cadera para poder sentirlo dentro de mí.

—Oh, Dios —exclamó con voz ronca—. Nena, no lo hagas. Cuando haces eso, yo... *no*.

Comenzó a retirarse y ese mínimo movimiento me hizo gemir. Atrapé sus glúteos con mis manos, arrastrándolo nuevamente a mi interior y salí a su encuentro con mis caderas.

—No te vayas —gemí.

—Oh, no podría aunque quisiera —sus brazos temblaron a mi lado—. Pero tal vez no deberías moverte ahora —susurró.

—No puedo —tenía que hacerlo. Era como si algo me impulsara. Y no era la experiencia lo que me llevaba a subir y bajar mi pelvis en búsqueda de la sensación que había sentido minutos antes. Pero con él encima, manteniéndome contra la cama, no podía moverme tanto como yo deseaba y protesté de la frustración, clavándole las uñas.

Entonces, sus caderas se apartaron, saliendo casi por completo. Me quejé débilmente al sentir la fricción de él en mi carne dolorida. Pero apresé sus nalgas firmes con la esperanza de que ahora lo haría, de que se hundiría dentro de mí. De que, finalmente, le daría la satisfacción total a mi hambre desesperada.

Mantuvo su miembro allí. Al sentir su cabeza, creí que moriría. Sonidos pequeños y animales, que ni siquiera reconocía, escaparon por mi garganta. Y por fin, empujó hasta lo más profundo, sujetando mis caderas en sus manos. Esta vez no hubo dolor, solo placer.

—Emerson. Eres tan perfecta —exclamó. Y comenzó a moverse a un ritmo parejo, lento y constante. Parecía cauteloso, como si le preocupara lastimarme si se dejaba llevar, si lo hacía a mayor velocidad.

Creí que moriría, el roce me estaba volviendo loca y una presión comenzó a crecer en mi interior, imparable. Seguí mis instintos. Moví mi cuerpo para recibir más de él, buscando el modo de que penetrara aún más profundamente y que calmara el dolor que palpitaba y aumentaba por segundos.

—Más —rogué.

—Emerson —se ahogó—. No sabes. Eres tan pequeña…

—No me quebraré —gruñí. Levanté la cabeza y mis dientes se hundieron en su hombro. Y fue como si hubiera movido algún interruptor invisible.

—¡Maldición! —gritó.

Y entonces se movió: sus manos grandes se metieron por debajo de mí y me levantaron, colocándome en un ángulo que lo cambió todo.

Se estrelló dentro de mí, golpeando ese punto mágico oculto que me hizo estallar en luces de mil colores.

Grité su nombre y caí sobre la cama, mientras él me hacía exactamente lo que le había pedido. Me tomaba. Me penetraba. Me amaba. Porque esto era más que sexo. Con asombro descubría que Shaw no solo estaba grabado en mi pintura. Ahora estaba impreso en *mí*. Indeleble. Bajo mi piel, en mi sangre. Era parte de mi alma.

Con sus brazos a mi alrededor, me deshice en un temblor infinito. Me atrajo hacia él y continuó moviéndose por unos instantes adicionales, se estremeció y luego se quedó inmóvil. Lo abracé con fuerza, con una mano en su cabello y la otra en su espalda.

El sonido de los respectivos jadeos llenaba el aire. No quería dejarlo ir, no quería enfrentar las preguntas que podía ver en sus ojos.

Movió la cabeza para plantar un beso abierto en mi cuello.

—Emerson —la pregunta estaba encerrada en el nombre.

Suspiré y aflojé mis brazos. Separó su torso del mío y estudió mi rostro por un momento, antes de abandonar la cama. Era como si un puño apretara mi pecho. Lo había hecho: había renunciado al control y estaba aterrada. Pinté una sonrisa en mi cara y rogué que no pareciera falsa. Me incorporé, encontré su camisa y me la puse. Junté las rodillas y sentí el dolor entre mis piernas.

Me observó con cautela, mientras se deshacía del condón. Mi cara ardió. Sacó varias toallas de papel del dispositivo y se sentó a mi lado.

—Permíteme.

Negué con la cabeza violentamente, mortificada.

–Yo lo puedo hacer –le arrebaté varias toallitas de la mano y me limpié, volteando hacia el otro lado de la cama. Al ver la sangre en el papel tuve consciencia de la magnitud de lo que había hecho. Hice un bollo con la evidencia, me levanté para dejarla en el bote de basura y en el camino busqué ropa interior limpia en mi gaveta.

–Emerson –repitió y el sonido de su voz hizo que girara a verlo. Increíblemente sexy y todavía desnudo. Ni un destello de pudor cruzó su rostro–. ¿Por qué? –sacudió la cabeza como si no supiera por dónde empezar, siquiera.

Decidí allanarle el camino e ir directamente al grano.

–Jamás dije que no era virgen.

–Pero dejaste que todos, incluido yo, creyéramos...

–No puedo controlar lo que la gente piensa –repuse. *Flojo, lo sé,* pero si fuera sincera, le estaría revelando demasiado y ya le había dado mucho de mí por esa noche.

–Vamos –su boca se torció en esa media sonrisa tan sexy–. ¿Y qué hay de Pepper y Georgia? Ellas lo saben, ¿verdad?

Desvié la mirada, porque no pude sostener la suya. Dejé que mis amigas supusieran que yo tenía experiencia, y tal vez hasta lo hubiera insinuado en más de una ocasión.

–Vaya. Ni a tus mejores amigas.

–¿Qué importancia tiene? –reaccioné furiosa.

–Ninguna, igual te hubiera deseado. Todavía te deseo –sus ojos brillaron con intensidad–. Pero me hubiera gustado saberlo antes de que pasara esto –hizo un gesto señalándonos a ambos esto–. Podría haberlo hecho mejor para...

–Estuviste bien –me eché a su lado en la cama y extendí mi mano sobre su tatuaje. ¿*Bien*? *¡Fue asombroso!*–. Bueno, mejor que bien. Fue… –me detuve, avergonzada bajo su mirada intensa–. Fue hermoso.

Bajó la cabeza y me dio un beso largo y tierno. Cuando lo vi por primera vez en Maisie's, jamás hubiera sospechado que sería capaz de tanta ternura. Que Chico Motoquero, tan súper hot, sería quien cambiaría todo. Quien me cambiaría a mí.

–No más secretos –musitó en mi oído, separando su boca de la mía–. Quiero conocer a la verdadera Emerson.

La verdadera Emerson. Una corriente de pánico me atravesó antes la sola idea. ¿Podría abrirme tanto con él? Asentí en silencio, decidida a intentarlo.

–Bien –se incorporó. Extendió un brazo para apagar la luz y admiré la forma de sus bíceps.

Volvió a acostarse a mi lado y me atrajo contra su cuerpo sólido. Su piel tersa, cálida, masculina, me envolvió. Recuperé la voz.

–¿Q-qué haces?

–Me quedo a pasar la noche.

Tragué, pensando en mis reglas. Dejar que un hombre se quedara a dormir estaba al tope de mis restricciones. Era una regla fundamental. Aunque, por otro lado, también lo era el sexo y acababa de arrojar la prohibición por la ventana. Suspiré y apoyé mi cabeza en su pecho.

Supongo que fue una noche para romper las reglas.

CAPÍTULO 16

Me despertaron unos golpes insistentes. Parpadeé y me senté en la cama, sujetando las sábanas contra mi pecho desnudo. Shaw ya estaba levantado y se estaba abrochando el jean. Inmóvil, lo observé admirada. Con el sol que se filtraba por la cortina metálica, no había forma de esconder la luminosidad de su cuerpo. En serio. Era criminalmente sensual. Todo en él destilaba fuerza y poder. Sentí que el calor trepaba por mi rostro al recordar ese cuerpo unido al mío y la facilidad con que me había levantado en sus brazos. Su cuerpo no era producto de horas en el gimnasio, sino el resultado de su vida. De hacer deportes, años en los Marines, horas de trabajo. Él era real. No era un muchacho. Era un hombre. Un hombre que me hacía sentir como una mujer, por primera vez en mi vida.

Los golpes continuaron y me pusieron en movimiento. Me levanté, me quité su camisa con prisa y se la lancé. Con una sonrisa gigante, me observó mientras corría en ropa interior hasta mi armario.

Me puse los pantalones para yoga y una suéter con el logo de Dartford, al tiempo que él se terminaba de cambiar. Un vistazo al reloj me reveló que eran las ocho y cuarenta y cinco de la mañana. No tenía idea de quién podía ser, pero la asistente universitaria no era tímida a la hora de utilizar la llave maestra. Si era Heather, no quería correr el riesgo de que nos encontrara a medio vestir.

Acomodé mi pelo, abrí la puerta y me encontré cara a cara con una chica que jamás había visto.

—¿Emerson? —preguntó, aferrada al tirante de su bolso.

—Eh, sí.

—Soy Melanie —se presentó, extendiendo la mano—, la prometida de Justin.

Sentí una ola de calor, seguida de una de frío. *¿Qué hace ella aquí?* Miré a Shaw por encima de mi hombro. Nos observaba, intrigado.

Ella siguió mi mirada y al verlo, sus mejillas se sonrojaron. *Saludable*. Esa fue la palabra que me vino a la mente. Esta chica era tierna y saludable. Y se casaría con Justin. *Aggh*. No tenía sentido, era un disparate.

—Hola, soy Shaw —dijo él, extendiéndole la mano.

—Melanie —se presentó ella y estrechó la mano extendida, y se relajó visiblemente ante su cortesía.

—El novio de Emerson —añadió él.

Volteé la cabeza como un látigo, y momentáneamente me olvidé de que la futura esposa de Justin se encontraba de pie, a mi puerta. Él me devolvió una mirada serena, como si no hubiera dicho nada impactante. ¿*Novio*? Nunca había tenido uno. Hubo chicos, por supuesto, pero nunca un *novio*. Que se definiera así, me emocionaba y me aterraba, simultáneamente.

—Encantada de conocerte, Shaw —dijo ella con tanta efusividad que atrajo mi atención nuevamente.

—¿Qué te trae por aquí? —le pregunté con toda la suavidad posible, aunque estaba molesta.

—Sé que esto es inesperado… —sus mejillas subieron de color, una vez más, y sonrió débilmente—. Esto es más incómodo que lo que imaginé… sé que probablemente ya recibiste esto —hurgó en su bolso y sacó dos sobres—, pero aquí traje las invitaciones para la boda y la cena de ensayo, que serán el fin de semana próximo.

—Lo sé —respondí con mis labios entumecidos—. Las recibí.

—Sí, claro. Me encantaría que estuvieras allí. Justin y tu mamá… bueno, me contaron todo sobre ti.

¿*Ah, sí*?

—¿Mi mamá te envió? ¿O Justin?

—Ninguno de los dos —respondió, y sus bonitos ojos celestes se agigantaron—. Pero saben que estoy aquí. Tu madre tiene el corazón destrozado, porque no vas a ir.

Contuve una risa despectiva. Para que mi madre tuviera el corazón destrozado, primero debía tener uno.

—¿Qué te contó?

–Ehhh, solo que ustedes se pelearon, no hace mucho.

¿Qué tal hace cinco años?

–Sé que no me incumbe, y no es mi intención fisgonear. Pero significaría tanto para ellos que fueras. Y, bueno, para mí. Soy hija única... y pensé que sería encantador tener una cuñada –sonrió otra vez, agitando las manos nerviosamente frente a sí.

Era genuina y modesta, y el impulso demente de decirle que huyera lo más lejos posible de mi hermanastro y mi madre se apoderó de mí. Quería advertirle que entraría a una familia que era un absoluto desastre. Incluido mi poco significativo padrastro. Los tres eran una familia surgida del infierno.

Fue un loco impulso, sin duda. Si lo hiciera, tendría que explicar por qué, y no pensaba hacer nada por el estilo. Y menos, delante Shaw.

Esa no fue la primera vez que consideré que mi hermanastro podía haber cambiado. La posibilidad, la *esperanza* surgió a partir de ese llamado telefónico. Malenie parecía una chica lista. Estaba segura de que no se zambulliría en el matrimonio sin saber con quién se casaba. Al menos lo conocía más que yo, en la actualidad. A estas alturas, no podía afirmar que yo lo conociera. Ya no. ¿Podía hoy juzgarlo como lo había hecho cinco años atrás?

–Quédatelas... en caso de que hayas perdido las otras –insistió, entregándome los sobres–. Puedes venir con Shaw, también –añadió sonriéndole con simpatía–. Será divertido. El menú es fabuloso. Papá usó sus contactos y consiguió que el chef de mayor reputación del país se haga cargo de los manjares.

–Suena fantástico –murmuré.

–El viernes es la cena de ensayo, en el Four Seasons, frente al Jardín Botánico. Tu madre no hubiera aceptado nada menos que eso. Puede que le haga sombra a la boda, incluso –retrocedió, pero vaciló antes de girar para marcharse, y me abrazó–. Espero que podamos ser amigas, Emerson.

Le di unas torpes palmadas. *Maldición.* ¿Por qué tenía que ser tan agradable?

–Bueno, espero verte pronto –se apartó con las mejillas arreboladas una vez más–. En la boda o... tal vez para Pascuas.

¿Pascuas?

¿Acaso creía que pasaba habitualmente mis vacaciones con mi mamá? Asentí para no explicarle que nada de eso ocurriría.

–Adiós –movió los dedos a modo de saludo y se perdió por el vestíbulo. Cerré la puerta tras ella.

–¿Qué fue todo eso? –preguntó Shaw, levantando una ceja.

–La familia –respondí, como si no tuviera importancia.

–Claro. Y la tuya, aparentemente, quiere que vayas a un casamiento.

–No iré –perpleja por la visita, necesitada hacer algo y busqué mis artículos de tocador en mi armario.

Me detuvo, sujetándome del brazo.

–¿Por qué tengo la impresión de que aquí hay algo y que estás evitando compartirlo?

—Es que no me llevo bien con mamá. Y aún peor con mi hermanastro —dije encogiéndome de hombros, al tiempo que descolgaba mi bata de baño de la percha.

—¿Por qué?

Una pregunta simple, pero cargada de mucho dolor. *¿Por qué?* Alcé la vista hacia Shaw, con un peso en el pecho. Por primera vez sentí la necesidad de descargarme, de soltar todo lo que mantuve guardado dentro de mí durante tantos años. Tal vez fuera por lo de anoche, porque ya sabía casi todo de mí. Él estaba más cerca que nadie de conocer a mi verdadero yo. ¿Podía contarle el resto?

Debe haber visto algo en mi rostro, porque se plantó frente a mí y con ambas manos frotó mis brazos con suavidad.

—Oye, tranquila. Puedes contármelo, Em. Quiero saber. Puedes decirme lo que quieras.

—Soy un desastre —asentí con un repentino nudo en la garganta, mientras las lágrimas se derramaban por mis mejillas.

—Shhh. Está bien —me calmó, secándome las lágrimas con la palma de sus manos—. No quise hacerte llorar.

No podía creer que estuviera llorando. No soy del tipo que llora en los brazos de un muchacho. No era así, débil.

—Tú no fuiste —sorbí ruidosamente y me sequé la nariz—. Es solo que ella es tan… —señalé la puerta—. Parecía agradable, ¿no crees?

—Sí —asintió con expresión preocupada.

—No puedo creer que se case con Justin —protesté con un suspiro lacrimógeno—. Es un imbécil —me detuve y solté el aire, sacudiendo la cabeza—. No. Siempre le echo la culpa a mi hermanastro, pero él no es el único que me convirtió en esto –concluí, señalándome.

–¿Y que es "esto"? –quiso saber. Sus dedos inmóviles en mis mejillas. Su roce era ligero como una pluma y me corazón dio un pequeño vuelco–. Resulta que a mí me gusta *esto*.

Solté una risa corta, amarga.

–*Esto* es una chica que coquetea, sale de juerga, y monta un gran espectáculo pero que es, básicamente, una gran farsante. Usé a los varones durante años. Me aproveché de ellos –*hasta ahora*. Él se quedó mirándome–. Veo que no me contradices –reí sin alegría.

–Supuse que tenías menos experiencia de la que hacías alarde. Aun antes de anoche, lo sabía. El asunto es: ¿por qué? ¿Por qué has estado haciendo eso?

Directo al plexo solar. Tocando todos esos puntos en carne viva. Lo había iniciado yo, sin embargo, y no iba a retroceder ahora.

–Lo hacía porque me sentía en control… y supongo que me sentía poderosa dominando y manipulando a los muchachos –respondí. Era tan poco lo que podía controlar. Mis padres, francamente, preferían no tenerme cerca. Yo era la última prioridad de mi madre. Siempre fue así. A los quince años me enteré de lo poco que me valoraba. Fue una dura lección. Todavía era una niña en ese entonces. Creía que las madres protegían a sus hijas. Pero no la mía. Desde ese momento mi mundo quedó fuera de eje. Con otro suspiro profundo, hundí mis ojos en los suyos. Una parte de mí se asombraba de confesarle todo eso, pero ¿y la otra parte?

Hubo solo alivio. Como si estuviera soltando la respiración contenida–. Pero no pude hacer eso contigo.

–Emerson –murmuró, sujetándome los brazos con dulzura–. ¿Qué te pasó?

–Cuando mamá estaba saliendo con Don, yo vivía con ella. Más tarde me mudé con papá. Después de que ella lo eligiera a Don por sobre mí –aspiré sonoramente una vez más, invadida por la amargura al recordar la mañana en que le conté que Justin había entrado en mi habitación la noche anterior, apestando de alcohol después de una salida con amigos. Supongo que debía estar agradecida de que estuviera tan borracho que no pudiera hacer mucho.

–¿Después de qué? ¿Qué pasó?

–Al principio, Justin me cayó bien. Siempre me prestaba atención. Tenía veinte y conducía un auto genial. Todas mis amigas opinaban que él era un bombón. Yo tenía quince años y era hija única. De pronto, tener un hermano mayor así era… genial –las facciones de Shaw se endurecieron y supe que había adivinado hacia dónde se dirigía el cuento, pero no hizo ningún comentario, solo asintió para que continuara–. Primero fueron cosas pequeñas. Siempre me estaba tocando, quitándome algún mechón del rostro. Luego comenzó a irrumpir en el baño cuando estaba yo, en mi dormitorio… como si fueran accidentes.

–Maldito cobarde.

–Le conté a mi madre que él me estaba hacía sentir incómoda y me respondió que no fuera tonta, que no exagerara. Y llegó la última noche del año. Me quedé a que dieran las doce y comenzara el nuevo año, y luego me fui a dormir. Horas más tarde, entró en mi dormitorio, borracho. Por suerte, creo. El alcohol lo entorpeció y pude empujarlo antes de que hiciera algo más. Quedó fuera de combate, en el suelo, junto a mi cama. De hecho, lo dejé ahí y dormí en el cuarto de huéspedes donde me encerré con llave. Mamá y Don habían salido.

—Merecería estar preso —masculló Shaw, y en sus ojos brilló un destello que nunca había visto antes—. ¿Qué hizo tu mamá cuando regresó?

—Nada —respondí, restándole importancia—. Me dijo que aunque hubiera sucedido, seguro que yo exageraba. Y entonces me comunicó que se casaría con Don y que debía aprender a entenderme con Justin.

—Oh, Emerson —acarició mi rostro con sus pulgares.

—Eso fue lo que más me dolió, ¿sabes? No tanto lo que hizo mi hermanastro. Él no era ni pariente. Pero ¿mamá? Su traición fue lo peor. Se supone que debía protegerme. ¿Qué hice para que ella…?

—No —me interrumpió—. No eres tú. Nena, hay algo averiado dentro de ella. Una madre debería dar la vida por sus hijos —dijo. Y se me llenaron los ojos de lágrimas—. Yo lo haría. Te protegería hasta la muerte.

Eché la cabeza hacia atrás con el corazón comprimido por sus palabras. No me había percatado de cuánto necesitaba oírlas, pero era evidente que sí. Necesitaba creer que alguien estaba dispuesto a luchar por mí. Que alguien podía amarme…

Sofoqué ese pensamiento antes de que se formara por completo. Nadie había hablado de *amor*. No él, con certeza. No me permitiría siquiera pensarlo. Shaw era un Marine. Estaba condicionado para servir y proteger. No debía leer nada más en sus palabras.

Me besó. Sus cálidos labios se movieron sobre los míos. Uní mi lengua a la suya, volcando todos mis sentimientos en la caricia, toda la confusión que la visita de Melanie me había provocado, todas las emociones que esta conversación con él habían despertado.

Sostuvo mi cabeza con su mano en mi nuca. Profundicé el beso, me apoyé con mayor presión, deleitándome en la sensación de mis pechos aplastados contra él. Pasé mis brazos por sus hombros, y los junté por detrás de su cuello. Caímos nuevamente en la cama, yo encima de él, con nuestras bocas unidas, ladeándolas para abarcar más, cada vez más ardientes, más excitados.

Se detuvo abruptamente, apartando el cabello de mi rostro con ambas manos.

–De ninguna manera puedes ir a esa boda –sus ojos recorrieron mis facciones con intensidad y decisión.

–No pensaba hacerlo.

–Bien –la preocupación marcaba las líneas de su cara, como si no estuviera del todo convencido–. No quiero que te acerques a tu hermanastro –el mechón rebelde volvió a caer sobre mi frente y lo apartó con su palma–. Tal vez no tenga ningún derecho a convertirme en el hombre de las cavernas y decirte qué hacer…

Me separé, apenas. Nadie jamás me decía lo que tenía que hacer. Había estado sola por mucho tiempo como para permitir que alguien me empezara a controlar. Una cosa era dormir con él, pero no podía ponerse a dictaminar qué debía hacer. Si eso sucedía, era que yo renunciaba por completo al control.

–Sé que sueno como un cretino controlador –continuó, indicando que había interpretado mi reacción correctamente.

De pronto lo recordé en el club, diciéndome que había bebido de más, antes de arrastrarme fuera de allí. Sacudí la cabeza, reticente a considerar algo así en ese momento y arruinar el vínculo que se estaba formando entre nosotros, más allá de lo tenue que fuera.

–Pero no es un problema, porque no planeaba ir.

–No es solo tu hermanastro, ¿sabes? –prosiguió, mientras su pulgar continuaba acariciando mi rostro–. También es tu madre. No merece una hija como tú, Em. Y temo que vuelva a lastimarte.

De acuerdo. Era autoritario y quería imponerse, y desafiaba a mi faceta feminista, pero también era tierno. Yo le importaba. Lo dejé entrar y reaccionó con interés. Había un dejo de… no sé… posesión en sus palabras, en su expresión. Como si parte de mí ahora le perteneciera, como si nos perteneciéramos el uno al otro. *Dios*. Y tal vez yo deseara eso. Él me tentaba en todos los niveles. Era más que atraerme para que yo me soltara y le permitiera que me proteja.

Solo que no era tan simple. Sacudí la cabeza en un gesto ínfimo como para inyectar sensatez en mí. Ella era mi madre. Nada cambiaría eso. Él no podía salvarme de quien era yo ni de todo lo que andaba mal en mi vida. Pero una parte de mí se derretía al darse cuenta de que era lo que él deseaba.

Llevé mi mano hacia su rostro y apoyé mi palma en su mejilla ejerciendo cierta presión. Me deleité en la tosquedad de su barba incipiente.

Súbitamente, se abrió la puerta y Georgia entró.

–Oh, perdón –masculló–. Debí enviar un mensaje para asegurarme de que estabas sola –se volteó, pero no antes de que yo viera su rostro devastado. Devastado no, mucho peor: manchones rosados, párpados hinchados y los ojos enrojecidos.

–¡Georgia! ¿Qué sucedió? –exclamé, quitándome de encima del cuerpo de Shaw y corriendo a su lado. Ella sacudió la cabeza, intentando alejarse; pero la sujeté por los brazos e hice que girara.

–No quiero interrumpir… –dijo, cubriéndose la cara con las manos.

–Georgia, dime qué pasa –insistí.

–Es Harris.

–¿Qué le sucedió? ¿Está bien?

–Sí, claro. Está estupendo –rio, un sonido horrible, sin humor–. Se terminó. Él me cortó. Cinco años… y se acabó. No hay nada más.

–¿Cómo? ¿Por qué?

–Aparentemente, soy aburrida. Dijo que quiere a su lado a alguien más... audaz. ¿Puedes creerlo? ¿Y adivina qué? Ya la había escogido. Me ha estado engañando con una chica de Economía.

–¡Maldito cretino! –estallé.

–Debo irme –dijo Shaw, rozándome el brazo. Depositó un leve beso sobre mis labios y le dirigió una mirada comprensiva a Georgia–. Hablamos más tarde, Em.

Asentí y lo vi salir de la habitación. Giré la cabeza y concentré mi atención en mi amiga.

–Tú y él... –sollozó ella en cuanto se cerró la puerta–. Todo indica que las cosas van bien.

–No hablemos de mí ahora –dije, pasándole una mano reconfortante por la espalda.

–Sí, hablemos de ti. Estoy tan contenta de que finalmente hayas encontrado a alguien –sonrió. Era obvio que estaba destrozada, pero decidida a desviar el foco hacia mí–. Supongo que ahora es mi turno de estar sola.

–Tal vez esté estresado, solamente –propuse, abrazándola con más fuerza–. Tal vez puedan resolver la cosa...

–Está saliendo con otra, Em.

–Sí. Bueno. Pero han estado mucho tiempo juntos. La pasará pésimo sin ti y recuperará la cordura. Quizás él...

–Emerson, aprecio lo que haces, pero se terminó. No viste su expresión. Se acabó.

Asentí con un nudo en la garganta. Por Georgia. Por el temblor de dolor que sentía en su voz. Odié que sufriera. No se lo merecía, pero de todos modos, sufría.

—Sé que esto es lo último que quieres escuchar… pero siempre supe que tú eras demasiado buena para él —observé su expresión con ansiedad—. ¿Muy pronto?

—Y ahora me avisas —rio débilmente.

—En este momento te resultará difícil, pero…

—¿Qué, me alegraré de que haya terminado? ¿Es para mejor?

—No. No iba a decirte eso —respondí, aunque era lo que pensaba. Aunque desde el primer momento supe que estaría mejor sin Harris. Pero no sería tan insensible. Acomodé un mechón de su cabello detrás de la oreja—. Iba a preguntarte cómo te sientes para ir a tomar un buen desayuno.

—¿Chocolate caliente con scones? —preguntó con una sonrisa temblorosa.

—¿Existe un desayuno mejor, acaso?

CAPÍTULO 17

−¿Una ardilla? ¿Bromeas? −sentada en la cama, abrazada a la bolsa de *Twizzlers*, Georgia se sacudía de risa. Según ella, esos dulces eran el complemento perfecto para la comida china que estábamos comiendo y, como ella estaba de duelo por una relación de cinco años, ¿quién era yo para contradecirla?

Pepper estaba acurrucada a su lado, mientras yo permanecía recostada en mi cama. En la televisión daban "La ley y el orden". Una elección más apropiada para la ocasión que las comedias románticas que daban en todos los demás canales.

−En serio. Era un hombre ardilla... enorme −para enfatizar, extendí los brazos−. ¡Y me golpeaba con su pene de roedor gigante! −me arrodillé en la cama, y sacudí mi pelvis para ilustrar−. Parecía más una revisión corporal.

—¿Un pene de ardilla? —exclamó Pepper, abriendo mucho los ojos—. ¿Y cómo era? Digo... ¿tamaño ardilla?

—No soy una experta en penes de ese tipo, pero este era más o menos así —separé las manos—. O sea que no, diría que no era tamaño ardilla.

Ahogada de risa, Georgia rodó sobre el colchón, sujetándose el vientre.

—Genial —celebró Pepper, mientras se llevaba un puñado de palomitas de maíz a la boca—. Las ardillas hembras deben haber huido a los gritos al verlo venir.

—Debí recurrir a toda *mi* fuerza interior para no salir despavorida.

—¡Para! No puedo respirar —Georgia reía a carcajadas, tomando bocanadas de aire.

—¿Y después de eso no quisiste quedarte? —me provocó Pepper—. ¿El famoso Club Kink no cumplió con tus expectativas?

—No todo fue tan disparatado —respondí, restándole importancia—. Hubo algunas cosas —busqué la palabra exacta, recordando los sonidos que llegaban de las habitaciones en la planta alta— ... interesantes para los espíritus más aventureros.

La sonrisa de Georgia desapareció. *Demonios.* Justo dije eso. Ella nos acababa de contar con más detalle las razones que Harris enumeró para terminar con ella: que era predecible, poco excitante y aburrida. *Cretino.* Y llegó a decirle que la vida sexual con ella era un desastre.

Pepper moduló en silencio: *Uhhh.* Me encogí de hombros, impotente, sintiéndome mal conmigo.

–Tal vez deba ir yo –anunció Georgia con tono sombrío, recostándose sobre la pared y cubriendo su frente con el brazo–. Así aprendo cómo no ser tan aburrida.

–¿Tú? ¿A un lugar como ese? –Pepper frunció la nariz.

–¿Lo ves? –exclamó ella, apuntándola con el dedo–. Tú también crees que soy aburrida.

–No. No es cierto –contradijo Pepper.

–Georgia, ¿por qué querrías ir? –intervine con suavidad–. No tienes que probar nada.

–Sí –coincidió Pepper–. ¿Quieres recuperar a Harris? Estás mucho mejor sin él.

Asentí. Con Pepper estuvimos haciendo todo lo posible durante el fin de semana para levantarle el ánimo. No escatimamos nada. Fue un auténtico festival de chicas: con entrega de comida en la habitación, películas y escapadas a tomar batidos en medio de la noche. Suzanne se sumó a varias de estas salidas, pero como tenía que presentar unos trabajos para la universidad, en la mayoría de los casos, fuimos nosotras tres solamente.

–*Uf.* Esta semana tendré que ir a correr todos los días –anunció Georgia, dejando los palillos chinos en una de las cajas desparramadas en el piso.

Mi teléfono vibró en el estante junto a mi cama. Me estiré a buscarlo con el pulso acelerado al imaginar quién podía ser. *Bueno, deseando que fuera él.*

No había tenido noticias de Shaw desde que se fue esa mañana, lo que podía significar dos cosas: que había obtenido lo que buscaba y había terminado conmigo o que quería darme tiempo con Georgia. De alguna manera, sabía que él no era uno de los que usaban a la gente. Y sin ningún lugar a dudas, era muy sincero. Si hubiera estado a la pesca de una aventura, me lo hubiera propuesto de frente.

Mis ojos fueron a la pantalla. Y comprobé que no me había equivocado. Sonreí como una idiota.

Shaw: te echo de menos

Con la sonrisa aún en mis labios, vi que él seguía escribiendo, antes incluso de que yo le respondiera que también lo extrañaba.

Shaw: ¿cómo está Georgia?
Yo: bien
Shaw: ¿lo suficiente como para dejarla sola? Mi cama es demasiado grande. Te necesita. Yo te necesito en ella.

—Guau, te has sonrojado. Creo que esta es la primera vez. ¿Qué te dice ese galán? —bromeó Pepper con su acento encantador.

—Ya basta —ordené, con mi rostro en llamas.

—Nunca pensé que mis ojos verían esto: estás enamorada —sonrió Georgia, casi con tristeza. Estaba feliz por mí, pero debe haber sido terrible para ella ver que algo crecía entre Shaw y yo, mientras su vida amorosa se convertía en escombros.

Sentí una punzada de culpa, aunque sabía que a ella no le agradaría que me sintiera así.

Mis dedos pasearon por el teclado.

Yo: esta noche no puedo
Shaw: comprendo, eres una buena amiga

Sonreí, feliz. Él me entendía. No intentaba hacerme sentir culpable por no estar disponible. Era generoso en ese aspecto... o no estaba tan ansioso por volver a verme. *Aggh*. Esto de las relaciones realmente me ponía patas para arriba.

Shaw: salgamos esta semana
Yo: ¿es una invitación?
Shaw: alrevesada, pero sí. Te estoy invitando. Ya es hora de que tengamos una cita de verdad
Yo: OK. Pero el jueves tengo un examen importante y tengo que estudiar

Teniendo en cuenta que no había estudiado nada en el fin de semana, tendría que recuperar el tiempo y en los próximos días, sumergirme en los libros.

Shaw: me estas matando, pero supongo que podré aguantarlo. Siempre y cuando, al fin te vea. ¿El jueves a la noche, entonces?
Yo: OK
Shaw: trae un bolso para la noche, sin el pijama. No lo necesitarás.

Dejé el teléfono en el estante, encogí las piernas y me sujeté las rodillas con los brazos. Ellas me observaron con una expresión peculiar en sus ojos.

–¿Qué?

–Ya no te molesta tanto que haya interferido, ¿verdad? –bromeó Pepper, con una sonrisa divertida.

–Como sea, no te vanaglories. No es mi novio –respondí, exasperada. No sabía qué era.

–Todavía no –Pepper alzó las cejas–. Pero en una semana estarás diciendo "te amo".

–¡Qué exagerada! –protesté, al tiempo que seleccionaba un bocado en las cajas de comida.

–Ya veremos.

Me recosté en la cama y le dediqué mi atención al policía que perseguía al malo en la pantalla. Le di un mordisco al pastelillo y me resistí a la idea de que ella pudiera estar en lo cierto. Aunque no era una locura; no cuando sentía lo que sentía.

Quedamos en encontrarnos a las siete en Mulvaney's. Reece era el dueño del lugar, pero además, hacían unas hamburguesas de primera. No sabíamos qué haríamos más tarde. Bueno. Yo tenía alguna idea de *qué* haríamos, y tal como Shaw había sugerido, preparé mi bolso.

Tenía la sensación que desde el viernes a la noche había pasado un siglo. Y en lo único en que podía pensar era en volver a estar con él. La sola idea ponía a danzar mis partes femeninas. No sabía qué éramos exactamente. ¿Más que amigos? ¿Más que una aventura del momento? Pero me alegraba de que fuera con él. También, de haber esperado todos esos años. No podía imaginar mi primera vez con nadie más.

A eso de las cuatro de la tarde, puse orden en mi puesto de trabajo. Quería darme un baño antes de ir a Mulvaney's. Había empezado un nuevo proyecto, aunque todavía no estaba muy segura hacia dónde iba. Hasta ahora era solo mucho azul sobre la tela.

—Emerson, quisiera hablar contigo sobre la exposición —dijo la profesora Martinelli a mis espaldas. Temí que me regañara por haberme ido temprano de la muestra—. Tu trabajo fue muy ponderado.

—Oh —enrojecí, encantada y avergonzada al mismo tiempo.

—Una amiga mía tiene una galería en Boston y está interesada en tu obra. En especial, en *Una mañana invernal*. De hecho, le gustaría exhibirla.

—¿Lo dice en serio? —exclamé, muerta de ansiedad.

—Le gustaría que te pongas en contacto con ella —dijo, entregándome una tarjeta de presentación.

—Gracias —acepté la tarjeta con dedos temblorosos—. Lo haré.

—Estoy orgullosa de ti —sonrió y me dio un apretón en mi hombro.

—Gracias —sus palabras fueron como un bálsamo cálido. No estaba habituada a los elogios. Tal vez había estado famélica de ellos.

–Continúa así. Llegarás lejos –dijo, y comenzó a alejarse.

–Profesora –avancé un paso. Ella se detuvo y me miró–. ¿Sabe algo de la pintura con aerógrafo? –las palabras escaparon de mi boca antes de siquiera saber que le preguntaría eso.

–¿Aerografía?

–Sí. Tengo interés en probar un medio diferente.

–Interesante –consideró, ladeando la cabeza–. Hagamos lo siguiente, prepara una lista de los materiales que necesitarás, y los encargo para ti, ¿sí? Me fascina ver hacia dónde irás con eso, Emerson. Nunca dejas de sorprenderme.

–Gracias, ¡gracias! –sonreí, orgullosa.

Se fue, terminé de acomodar y me marché. La nieve en la acera crujió bajo mis botas. No había nadie en mi habitación. Le envié un texto a Georgia para ver cómo estaba y luego me metí en el baño a darme una ducha, me lavé la cabeza, me exfolié y me depilé.

La respuesta de Georgia me estaba esperando cuando regresé. Se iba al cine con Suzanne. Suspiré, aliviada de que no se quedara sola. Parecía estar bien, pero tenía dificultad para dormir. Aun si no la oyera dar vueltas en la cama, las sombras bajo sus ojos eran evidencia suficiente.

A las cuatro y cuarenta y cinco estaba vestida y lista. Me senté en el borde la cama, ansiosa. Miré la hora. Solo había pasado un minuto desde la última vez que verifiqué. Parecía que faltaba una eternidad para las siete.

Se me ocurrió una idea. Busqué mis llaves, decidida a empezar la noche de inmediato.

* * *

A las cinco y media estaba dejando el auto frente a la casa de Shaw envuelta en el aroma delicioso de la carne, el queso y las papas que me llegaba del asiento del pasajero. Cuando a las cinco llegué a Mulvaney's, no había fila y solo debí esperar diez minutos a que prepararan mi pedido para llevar. Supuse que un tipo como Shaw podría consumir su peso en comida, así que encargué dos porciones adicionales de papas Tijuana y pepinillos fritos para acompañar las hamburguesas.

Vi la camioneta de Shaw y respiré aliviada. Solo después de retirar la comida, se me ocurrió que tal vez él no estuviera en su casa. Recogí todo y bajé del auto. Mis botas resonaron en los tablones de la galería. Golpeé la puerta y me sacudí la nieve. Dejé pasar un minuto completo antes de volver a golpear, para no parecer demasiado impaciente. Quizá no oyera la primera vez.

Pasó otro minuto y comencé a sentirme una tonta por venir sin anunciarme. Ya me debatía entre golpear por tercera vez o irme en silencio. Podía deshacerme de la comida y aparecer a las siete, como estaba planeado desde un principio.

Dios, ¿cuándo me había convertido en una de *esas* chicas? De esas que conjeturan y tratan de adivinar lo que el otro piensa cuando se trata de un muchacho. No era que él fuera *cualquier* muchacho. En absoluto. Desde el primer momento él fue diferente. *Yo* fui diferente.

Volteé para marcharme y en ese instante, la puerta se abrió.

—Emerson.

Giré, sosteniendo la bolsa de comida por abajo y casi me quemo, pero no me importó. No se comparaba con el calor que me abrasó al verlo de pie, aún húmedo por la ducha, con una toalla envuelta alrededor de su cintura.

—Hola —saludé entrecortadamente. Alcé la bolsa—. Cambio de planes.

Sus ojos se posaron en mí, luego en la comida y sus labios se curvaron en esa sonrisa sensual que ya comenzaba a amar.

—¿Comeremos acá?

—Espero que no te moleste.

—¿Bromeas? Una mujer hermosa se presenta a mi puerta con comida. Me enamoré.

Se me congeló la sonrisa. Una ola de calor encendió mi cuerpo y me debo haber puesto roja, del cuello para arriba. Era solo una expresión. Por supuesto que él lo decía en broma, pero todo dentro de mí se sacudió en una mezcla de miedo y esperanza. Y entonces supe que deseaba que sus palabras fueran de verdad.

—Ven, entra —hizo un gesto indicándome que pasara, sin percatarse de lo que sus palabras habían provocado en mí, o quizás elegía ignorarlo. Él no podía saber lo que me hacían. Cuánto deseaba que fueran una realidad.

Llevé la comida hasta la mesa y comencé a poner los envoltorios sobre ella con manos temblorosas. Sentí pudor.

Ya habíamos tenido sexo. La mayor intimidad. Entonces, ¿por qué me sentía tan vulnerable y expuesta, cuando estaba con él?

Porque te acabas de dar cuenta de que estás enamorada de él y de que eso le da todo el poder sobre ti. Aunque no lo sepa.

Lo sentí antes de que hablara. Su cuerpo irradiaba calor a mi lado.

—Hola —susurró sobre mi mejilla—. ¿Por qué estás temblando?

Mantuve la mirada fija en la mesa. Si miraba en su dirección, él lo sabría. Vería todo lo que yo sentía, reflejado en mis ojos. Era una lástima que huir a esta altura no fuera una opción. Había llegado hasta aquí. Debía mantenerme en este camino y rogar no estrellarme contra un muro.

Con movimientos lentos, me quité el pañuelo, luego el abrigo. Inspiré profundamente y lo enfrenté.

—Hola —susurré a mi vez.

—Te eché de menos —acarició mi mejilla con su dedo pulgar.

Me paré de puntillas y lo besé lenta y tiernamente, disfrutando de la firmeza de sus labios. Era el primer beso que le daba en total conocimiento de mi amor por él. Más allá de lo que sucediera, tendría esto.

Sus manos enmarcaron mi rostro. Profundicé el beso, lamí su lengua, mordisqueé su labio inferior, al tiempo que extendía la mano hacia su toalla. Tan fácil. Un gesto, y desapareció. Su cuerpo desnudo presionó contra el mío y quedó dolorosamente claro que yo tenía demasiada ropa encima.

Con un solo movimiento me alzó y sin pausa rodeé su cintura con mis piernas. Nuestros labios se entrelazaron y me llevó hasta su cama. Esa cama enorme en la que me desperté sola aquella noche. Pero esta vez no estaría sola.

Se detuvo en el borde y me ayudó a quitarme la ropa. Agitados, chocamos torpemente nuestras manos en el apuro. Y quedamos desnudos. La habitación estaba más iluminada que mi cuarto el fin de semana anterior, y me sonrojé bajo su mirada.

—No deberías usar ropa, jamás —sus ojos brillaron con admiración. Solté una risita nerviosa—. Al menos, no cuando estés conmigo —corrigió, apoyando sus manos en mis caderas—. Nadie más debe verte así. Provocarías un accidente.

—Detente —reí con más soltura y, sin poder evitarlo, paseé mi mirada por sus músculos firmes, su cuerpo sólido y esbelto. Posé mi mano sobre su corazón y sentí el latido parejo bajo mi palma—. Tú también causarías sensación.

Me hizo retroceder hasta la cama donde me recosté, su cuerpo sobre el mío y sus brazos extendidos para sostenerse sin aplastarme por completo.

Lancé una exclamación al sentirlo. Su erección empujando contra mi muslo. Instintivamente separé las piernas, ansiosa, desesperada, deseándolo, necesitando que calme el dolor que comenzaba. Me contoneé y me moví suavemente debajo de él, pero meneó la cabeza.

—Todavía no —dijo, sonriendo maliciosamente.

Suspiré cuando él bajó la cabeza y comenzó a besar mi cuello para continuar por mi hombro. Besos largos, lentos, de labios, dientes y lengua.

Miré hacia el frente, sin ver nada. Viendo todo. Mis dedos se hundieron en su cabeza y jalaron de sus suaves mechones.

Para cuando llegó a mis pechos, yo jadeaba. Pude haber llorado cuando rodeó mi pezón con su boca caliente y succionó, al tiempo que lamía la punta endurecida.

Gemí su nombre, y alcé mi cuerpo enardecido. Sus manos se extendieron sobre mis caderas, y sus besos fueron descendiendo hacia mi abdomen, hasta quedar entre mis piernas y aterrizar en mi misma esencia. Sopló en mi húmedo calor, enloqueciéndome. Con la lengua me acarició, me lamió, rodeó la pequeña protuberancia oculta antes de atraparla con firmeza entre sus labios.

No le llevó ni cinco segundos hacerme acabar en su boca, contra sus labios abiertos para mí.

Jadeando, eché mis brazos por encima de mi cabeza. Él se incorporó nuevamente sobre mí, con una sonrisa enorme.

—Espera un segundo —dijo. Se aproximó a una pequeña mesa de noche y buscó un condón.

Me arrodillé apresurada, y aparté el pelo de mi rostro cuando regresó a mi lado.

–¿Puedo ponértelo? –propuse con una sonrisa, y me entregó el pequeño envoltorio.

Con un suave empujón en su pecho, lo acosté sobre la cama. Él se acomodó plácidamente con los brazos debajo de la cabeza en una pose que se contradecía con el deseo que brillaba en sus ojos.

Recorrí con la mirada todo su cuerpo y me detuve en su erección. Mis labios se curvaron en una sonrisa cuando me instalé entre sus piernas. Con mi mano envolví su longitud endurecida, lentamente rocé el sedoso extremo con mi dedo pulgar. Apretó las mandíbulas y un músculo tembló en su mejilla.

Lo acaricié nuevamente con mi pulgar, deleitándome con la sensación de seda y acero. Su respiración se tornó jadeante. Sin apartar mis ojos de él, me incliné y lamí la punta. Contuve la respiración, casi esperando que me detuviera, como la última vez que había intentado eso. No se movió, sonreí abiertamente y lo lamí de nuevo, rodeando su extremo con mi lengua. Cerré mis labios sobre él, apenas unos dos centímetros y succioné, pasé la lengua, delineé su contorno, la parte inferior de su pene, la hendidura en la punta. Me regodeé al hacerlo, al tenerlo a merced de mi boca.

Deslicé mis dedos por su vara hasta sujetar sus testículos y, en ese instante, introduje en mi boca toda su extensión. Gruñó y empujó, casi golpeando el fondo de mi garganta. Lo retuve y chupé profundamente, mientras mi lengua lo lamía entero.

−Por favor −rogó, sujetándose en mi cabello−. Necesito estar dentro de ti.

Sonreí con su miembro aún en mi boca, adorando su sabor y sus gemidos.

−Oh, Emerson −sus dedos se hundieron en mi cabeza, sin jalar, sin intentar dirigirme. Solo masajeó, moviendo las caderas contra mi boca para que lo tomara aún más.

Los sonidos que escapaban de su garganta me enardecieron. El deseo endureció mis entrañas. Me eché hacia atrás, chupé solo la punta y cerré mi mano con firmeza en la base de su erección, lo mantuve cautivo de mis menesteres.

−Por favor, no juegues conmigo −quiso jalarme de los hombros, pero me resistí. Descendí sobre él nuevamente, hasta lo profundo, con mis dedos flexionados a su alrededor.

Volvió a gemir, desistió de separarme y me sujetó del pelo con ambas manos.

Satisfecha, lo solté. Rescaté el condón, y torpemente intenté abrir el envoltorio. Me lo quitó, se lo llevó a la boca y lo rasgó con los dientes.

Ambos respirábamos con dificultar, agitados. Me eché de espaldas, apoyándome sobre los codos, mirándolo hambrienta.

Él cubrió su pene rígido con el condón, y luego me sujetó por las caderas. Dio un tirón y me acercó a él.

−Espera −jadeé, y lo empujé de espaldas sobre la cama.

−Emerson −protestó con un gruñido. Aunque con su

voz gruesa igualaba mi deseo, por su expresión parecía que sufría.

–Quiero hacerlo –deseaba sentirlo debajo de mí, su gran cuerpo sujeto a mi capricho.

–Entonces, más vale que te apresures. No puedo esperar mucho más.

Tampoco yo. Me senté sobre él, con una pierna a cada uno de sus lados, lo busqué y rodeándolo con mi mano, lo guie dentro de mí. Descendí con lentitud, y lancé una exclamación al sentir que su magnitud se extendía al máximo. Sus dedos se cerraron sobre mis caderas.

La postura lo hacía llegar más adentro. Nunca me había sentido tan plena. Mis músculos se ciñeron sobre él, como un guante. El placer de tenerlo ahí dentro era casi doloroso.

–Emerson, qué delicia –exhaló, con los ojos cerrados. Alzó las caderas y empujó más profundamente–. Qué estrecha.

Mi respiración sonaba agitada y áspera, mientras mi cuerpo se ajustaba a su tamaño. Su rigidez palpitaba dentro de mí, enviando un mar de sensaciones hasta el último nervio en mi cuerpo. Apoyé una mano sobre su vientre plano. Músculos y tendones vibraron bajo mi palma, cuando me levanté y volví a sentarme sobre él.

Me sujetó el trasero con ambas manos y me guio, mostrándome cómo encontrar el ritmo en esa deliciosa fricción. Apoyada sobre su pecho duro, columpié mis caderas sobre él. Sus ojos centellaron de placer.

–Así –aumentó la presión de sus dedos en mis glúteos–. Más rápido –ordenó con voz ronca que casi me envía más allá del abismo.

Inclinada hacia adelante, me sujeté de la cabecera de la cama y me columpié. Lo que encontré me agradó y me estremecí cada vez que él presionaba el punto escondido. Nuestros cuerpos resonaban al unirse, mientras gemidos salvajes escapaban de mis labios, cada vez a mayor velocidad.

–Así, nena. Termina para mí –estimuló. Se incorporó, pasó sus brazos por detrás de mí y sus manos recorrieron cada hueco de mi columna vertebral. Su boca se posó en mi cuello y me agité cuando sus dientes atraparon mi pulso enloquecido.

Envolví sus hombros con mis brazos, abrazándolo con fuerza mientras mis caderas se movían desenfrenadas. Me deleité con la sensación de su cuerpo, su piel lisa, extendida sobre sus músculos. Lo llené de besos en los hombros, mordisqueando su carne firme, salada.

–Oh, Em, no puedo resistir más –me rodeó con un brazo y en un solo movimiento me tendió sobre la cama, sin salirse de mí, sin romper el contacto. Lancé un grito ante el impacto de la cama contra mi espalda y su cuerpo sobre el mío, hundiéndose profundamente. Se introdujo con fuerza y aumentó el ritmo–. Lo siento. Tengo que… no puedo…

Levanté la cabeza y le planté mi boca en la suya, para eliminar toda preocupación que pudiera albergar respecto a que tal vez fuera demasiado rudo conmigo.

Atrapó mi muslo y empujó mi pierna hacia mi cabeza. El ángulo lo hizo entrar más profundamente y grité en sus labios, completamente estremecida. Las palabras salían inconexas de mi boca, derramándose en la suya, abierta. *Más. Más rápido. Más fuerte.* La presión que se estaba acumulando dentro de mí, finalmente, estalló.

Empujó unas veces más. Y cada vez fue más profunda que la anterior, lo que me hacía arquear el cuerpo, aferrarme a sus bíceps, clavarle las uñas para marcar su carne. Cerré los ojos y pude ver fogonazos, relámpagos multicolores que encandilaban mis párpados, mientras me deshacía en mil astillas. Un placer abrasador me recorrió entera. Me derretí. Mis músculos se convirtieron en un líquido candente.

Luego, Shaw se desplomó sobre mí, gruñendo en el hueco de mi cuello. Lo abracé con fuerza y acaricié su piel bruñida.

Se movió para separarse, pero apreté mis piernas a su alrededor.

—No quiero que te vayas —susurré.

—Soy demasiado pesado.

—Es un buen peso.

Se apoyó en sus antebrazos, a cada lado de mi rostro y lo enmarcó con sus manos. Sus dedos jugaron con mi cabello y acariciaron mis mejillas.

Sonreí, saciada, repleta, preguntándome cómo demonios pude haber estado lejos de él todo ese tiempo. Desde que lo había visto aquella noche en Maisie's, podríamos haber estado haciendo esto.

–Estuvo mejor, incluso, que la vez anterior y no creí que eso fuera posible –declaré casi ronroneando.

–Ya sabes lo que dicen. Con la práctica se logra la excelencia.

–Entonces deberíamos practicar mucho –bromeé, tratando de ignorar lo permanente que sonaba eso. No pensaría hacia dónde se dirigía esto, si es que iba a algún lado. Esa línea de análisis me llevaría al pánico.

Lo mío no eran las relaciones afectivas. Seguro que lo arruinaría todo. Eliminé el pensamiento. *Acabas de afirmar que no te permitirás pensar en el futuro.*

Rodó a un lado, deslizándose de mí.

De inmediato me sentí abandonada, hueca por dentro. Me cubrí con el edredón, observando cómo se levantaba de la cama. Admiré su firme trasero, mientras se quitaba el condón y se deshacía de él en el bote de basura. Se volteó y se metió en la cama nuevamente, a mi lado. Su cálido cuerpo me envolvió y una vez más, sentí su efecto sobre mí. Mi suavidad se derritió en su firmeza. Sus brazos parecían lazos de músculos a mi alrededor.

Mis dedos acariciaron sus fuertes hombros y bíceps. Era hermoso. Me encantaría trasladar ese cuerpo a una tela, con sus sombras, cavidades, huecos y planos.

–¿Así que este es el placer supremo? –sonreí contra su pecho, apoyando la cabeza sobre su hombro–. Ahora lo entiendo.

–¿Tenías dudas, antes? ¿Cómo si fuera una leyenda urbana? –rio.

–Algo así. Quiero decir, había escuchado… –no terminé la frase, avergonzada. ¿Qué se suponía que debía hacer? ¿Compartir los cuentos de mis amigas a lo largo de los años?

–¿Qué escuchaste? –preguntó, mientras pasaba sus dedos por entre mi cabello.

–*Hmm*. Nada que me preparara para esto.

–Cuidado. Me estás inflando el ego.

–Como si no lo tuvieras hinchado ya.

Sus dedos abandonaron mi pelo, me hicieron cosquillas en la panza y di un brinco.

–Oye, me haces quedar como un arrogante… –se incorporó, apoyándose en el codo para verme, mientras continuaba haciéndome cosquillas y yo me contoneaba y chillaba.

–¡No! ¡Detente, detente! –reí, con lágrimas en los ojos.

Se frenó y continuó acariciándome tiernamente con sus manos rugosas.

–Y eso no sería cierto, porque la única chica con la quise estar desde mi regreso fuiste tú –añadió, mirándome con firmeza. Mi sonrisa se desvaneció y me quedé inmóvil ante su expresión seria–. Cuando volví, solo funcioné como en piloto automático. Mamá se había ido. Mi abuelo, también. Trabajaba. Comía. Salía. No tenía nada ni a nadie. Incluso consideré alistarme nuevamente.

Sentí que se me cerraba el pecho. El encuentro casual de aquella noche cruzó nuestros caminos. Podríamos no habernos conocido nunca. Pudo zarpar y yo podría seguir siendo la misma chica que hacía todo mecánicamente, yendo de una aventura en otra. La sola idea me hería el corazón.

–¿Qué pasó con tu prima Beth? –pregunté para hablar de algo normal, ya que me estaba desestabilizando de tanto especular con lo que pudo no haber sido.

La leve sonrisa que curvaba sus bien formados labios se esfumó. Se recostó en la cama y yo me apoyé en un codo para observarlo, porque tal vez había preguntado algo inapropiado.

–¿Shaw? –insistí.

–Beth no quiere saber nada conmigo –explicó, con el brazo apoyado en su frente y mirando el cielorraso–. Ni ella ni mi tía. Ni siquiera me invitaron a la boda.

–¿Cómo? ¿Por qué…?

–Les recuerdo a Adam –señaló.

–Eso es injusto.

–No las puedo culpar. Una perdió a su hermano y la otra, a su hijo.

–También era tu primo. Tu amigo. Y sufriste la pérdida.

–Sí, lo sé. Pero se suponía que yo debía protegerlo. Se alistó por mí.

–Eso no puede ser tu…

–Se alistó por mí… y murió, entonces, por mí.

–Ese razonamiento es… –repliqué y apoyé mi mano sobre su pecho, con firmeza, como si así pudiera convencerlo de lo *equivocado* que estaba–. Es un disparate.

–Beth lo intentó –se encogió de hombros como si no

fuera importante. Como si no estuviera hablando del rechazo de su familia. Como si no lo lastimara. Pero yo sabía lo doloroso, lo devastador que podía ser eso–. Siempre fue la señorita "arreglatodo". Cuando Adam y yo nos peleábamos de chicos, nos obligaba a hacer las paces. En un picnic de verano junto al lago, la noviecita de Adam intentó besarme. Él quiso darme un puñetazo, pero Beth lo puso en su lugar. No permitía nada de eso entre nosotros. En aquel entonces éramos una familia.

–Todavía lo son –susurré, aunque me daba cuenta de lo ridículas que eran esas palabras viniendo de mí. ¿Qué sabía yo de la vida en familia?

–Beth vino a verme al poco tiempo de mi regreso –su mano se crispó levemente en mi cabello–. Quería saber sobre Adam, qué había sucedido allá. Cómo había ocurrido. A las familias no les dan mucho detalle, pero ella se instaló en mi cocina y dijo que necesitaba enterarse de todo; saber cómo había muerto su hermano menor.

–¿Y entonces?

–Hice lo que me pedía –inspiró profundamente–. Le conté todo. Y ahora no puede mirarme a los ojos. Ahora ve eso… la imagen que le di de Adam muriendo. Yo soy eso para ella.

–No es justo –repetí. Mis ojos ardían cargados de lágrimas–. Hiciste lo que te pidió. Ella…

–Sí. Es cierto. Pensé que era lo correcto. Creí que merecía saber la verdad para que pudiera darle un cierre. Lo volvería a hacer aun sabiendo que la perdería –giró hacia mí y llevó su mano a mi mejilla–. Mírate. Te haces la ruda, pero eres una debilucha, Emerson.

–Sip, descubriste mi secreto –sonreí lánguidamente. Era una floja. Débil.

Shaw le dio a su prima lo que quería a pesar del costo. Era la última de su familia que quedaba aquí. Su madre se fue a rehacer su vida, sin él. Beth debió estar aquí para él. Como él lo estuvo para ella cuando le pidió detalles de la muerte de Adam. Shaw la necesitaba. Y por algún motivo, esto me enfadaba. Era como si la chica representara a mis padres y al rechazo al que me sometieron toda mi vida. Cuando se separaron, realmente no hubo lugar para mí en sus vidas.

Pero Shaw le dijo la verdad e intentó que ella le diera un cierre. Así era él. Actuaba de acuerdo a sus principios y hacía lo que consideraba correcto, fuera o no fácil para él. Insistió conmigo a pesar de que yo lo rechazaba. Otras chicas hubieran caído en sus brazos, encantadas, pero insistió conmigo.

Querría ser más como él. *Audaz y valiente.*

Querría vivir sin miedo.

Tenía miedo. Todo el tiempo. Ahora me daba cuenta. Siempre atemorizada. Mi afán desesperado por estar en control, de elegir chicos que podía llevar de las narices y manipular a mi antojo, sin dejar entrar a ninguno aunque quisieran más de mí; esa era mi manera de escapar. Y ya no quería huir ni esconderme. No si quería llegar a estar completa alguna vez. No si quería que Shaw y yo tuviéramos alguna posibilidad.

Rocé con mis dedos su mandíbula firme, deleitándome en su barba de un día. Pensé en todo lo que él había visto, todo lo que había superado. Las cosas espantosas que debió atravesar, y todavía estaba aquí, entero. Listo para abrazar la vida.

Y ya no tuve más miedo. Él me daba coraje.

Sabía qué debía hacer.

CAPÍTULO 18

Llegué un poco tarde a la cena de ensayo. Conseguir dónde estacionar un viernes a la noche era un infierno. Vacilé a la entrada del salón de baile, observando. Había, como mínimo, unas doscientas personas. Si esto era el simulacro, no podía imaginar a cuánta gente habrían invitado para la boda, que sería al día siguiente. Supongo que si tu padre es un senador, podrías esperar al menos a medio Congreso.

Divisé a mamá entre la multitud. Parecía tener veinte años menos en un vestido de cóctel azul eléctrico. Se movía sonriente entre las mesas y se detenía aquí y allá para saludar, festejar alguna broma, estrechar manos y besar mejillas. Estaba en su elemento.

Su rostro se iluminó al verme y se apresuró a saludarme.

–¡Mi niña querida! –exclamó, tomando mis manos en las suyas–. ¡Viniste! –dio un excelente espectáculo al besarme en ambas mejillas, al tiempo que echaba un vistazo alrededor para ver quién nos observaba–. ¿No podías haberte puesto algo con más color?

Resignada, miré mi vestido negro. Era elegante. Escote en V con los hombros fruncidos por finos listones. Mis botas en tonos tostados y negros combinaban perfectamente. A Pepper y a Georgia, al menos, les había gustado mucho. Me había probado varias cosas antes de decidir.

–¡Don! –llamó mi madre.

Mi padrastro se apartó del pequeño círculo de hombres con el que conversaba y se aproximó.

–Emerson –me dio un abrazo. Soporté el gesto forzado. Siempre parecía incómodo, poco espontáneo. Resultaba extraño que tuviéramos algún parentesco. Tenía una relación más amistosa con mi dentista.

–Don –repliqué.

–Me alegro de que hayas podido venir.

–Por supuesto que vendría –terció mamá, echando un nuevo vistazo alrededor, claramente desesperada de que alguien oyera y sospechara que fuéramos menos que una familia perfecta.

–Ven –dijo, y enlazó su brazo con el mío–. Circulemos.

La media hora siguiente transcurrió en un torbellino de presentaciones. Adherí una sonrisa a mi rostro, pero me sentía ansiosa, temiendo el momento en que me encontraría frente a frente con Melanie y Justin.

Parecía que mamá quería distraerme. Podía ver la duda en sus ojos cada vez que miraba en mi dirección. Como si yo fuera a hacer o decir algo cuando viera a Justin. Sospecho que no midió las consecuencias cuando me rogó que viniera.

Ocurrió lo inevitable: Melanie me vio. Pasó de brillante a radiante, mientras se apresuraba a través del salón para darme un abrazo.

−¡Emerson! ¡Viniste! Ojalá lo hubiera sabido, te habría puesto en la mesa principal...

−No hay problema. Aparte... −miré alrededor, a los invitados que paseaban por entre las mesas−, ¿hay alguien sentado, siquiera?

−Es cierto. Todos parecen estar pasándola bien.

−Por supuesto −acotó mama−. Y la comida es un manjar −como para subrayarlo, eligió un canapé de langosta de una de las bandejas que pasaban y lo comió de un bocado con un gruñido de satisfacción−. El champagne es superior. La orquesta es buenísima −y abarcó el lugar con un gesto−. Es el Four Seasons.

Contuve un resoplido. Nadie como mamá para felicitarse. Me sorprendía que no llevara un distintivo que dijera: "La mejor anfitriona del mundo".

−¿Has visto a Justin? Estará feliz de verte −se paró de puntillas y buscó en el salón−. ¡Oh! Allí está. ¡Justin! −le hizo señas para que se acercara.

Seguí su mirada. Mi hermanastro levantó la vista y, con una sonrisa de oreja a oreja, vino hacia nosotros. Con el estómago revuelto, lo evalué. Había cambiado en estos cinco años. Estaba un poco más gordo. Ya no más la figura delgada de los veinte. La línea de su mandíbula lucía menos definida y el rostro, algo hinchado. Sus ojos celestes me observaron.

–Emerson –me envolvió en sus brazos y se sintió… bien. Fraternal y natural–. Me alegro de que estés aquí. Gracias –me palmeó la espalda–. Muchas gracias por venir –dijo con voz más suave, solo para mis oídos.

–Gracias. Me alegro de haber venido –miré a mamá, a Justin y a Melanie, y lo decía en serio. Era algo bueno. Había superado mis miedos.

–Sabía que lo harías –comentó mamá, exultante.

–Ven. Quiero presentarte a mis padres –Melanie me llevó con ella. Justin vino detrás de nosotros, como un buen novio, sonriendo y sacudiendo la cabeza en un gesto indulgente.

Durante la siguiente hora me ofrecieron comida y bebida, y fui presentada a casi los doscientos invitados. O al menos así me sentí. Melanie no se separó un minuto.

–Estoy enfadada contigo, ¿sabes? –dijo haciendo un gesto de disgusto.

–¿Por qué? –me sorprendí.

–Porque no aceptaste antes. Deberías estar en mi boda, solo que ahora es demasiado tarde.

–Oh –sonreí halagada y al mismo tiempo aliviada. ¿Ir a la boda? No, gracias–. Está todo bien, de veras.

–No. Tendrías que ser una de mis damas de honor.

En serio, mi prima Pauline, a quien no soporto, hace de dama de honor. Y tú, no. No tiene sentido.

Sepulté mi espanto ante la idea de estar en el casamiento de Justin. Podía parecer que había cambiado y tal vez, realmente me cayera bien su prometida, pero sería demasiado… raro.

Me libré de mentir diciéndole que me habría encantado estar en su boda, porque alguien me empujó de atrás y choqué contra Melanie. Eso hizo que el contenido de su copa volcara sobre mi vestido.

–Oh. Lo lamento –exclamó, intentando secarme con una servilleta.

–Está bien. Es negro –la tranquilicé–. Voy a secarlo con una toalla.

–Te acompaño –me sujetó la mano y le dio un suave apretón.

–No hace falta.

En ese instante, su madre apareció a su lado.

–Querida, casi no has cambiado palabra con la señora Rothman.

–Aj –exclamó, dubitativa–. Solía cuidar a sus niños de vez en cuando.

–Anda. Estaré bien –le aseguré.

–¿Lo ves? Deja que circule así, con lo bonita que es, se le acercan los muchachos más lindos –me sonrió encantada y asintió. El movimiento no alteró ni un pelo de su impecable cabeza.

–Ok. Después te busco.

Nos separamos y crucé el salón en dirección al tocador. Había una fila esperando, así que seguí mi camino y atravesé el vestíbulo del hotel hacia el tocador del otro lado.

Tal como supuse, no había nadie. Me tomé mi tiempo, disfrutando del silencio, descansando del bullicio y de tanta gente. Mientras me lavaba las manos, observé mi imagen en el espejo. La chica allí reflejada no era la misma de hacía dos meses. Aquella nunca hubiera venido. Jamás hubiera enfrentado su pasado ni habría aceptado que las cosas podían ser diferentes. Que tal vez pudiera tener una relación con su madre. Que su hermanastro no era el demonio, tampoco, o al menos, ya no.

Tal vez esta chica puede enamorarse y tener una relación normal.

La imagen de Shaw llenó mi mente. Quizás yo podía tener una relación asombrosa con un chico asombroso.

Los labios de mi imagen se curvaron en una sonrisa lenta, tímida y esperanzada. Contenta, fui hacia la puerta, los tacones de mis botas repiqueteaban con paso alegre en las baldosas del corredor. Empujé la puerta, salí al corredor y me detuve abruptamente.

Justin esperaba allí, recostado contra la pared, con una mano relajada, metida en el bolsillo de sus pantalones.

–Justin.

–Hola, Em.

–Hola –repliqué, confundida. ¿Qué hacía ahí?–. ¿Me seguiste?

–Quería un momento a solas contigo para agradecerte que hayas venido. Era lo último que esperaba después de que te llamé.

–Bueno –asentí–. Tenías razón.

–Ajá –levantó una ceja–, ¿sobre qué?

–Que tal vez era hora de seguir adelante e intentar ser una familia.

–Me hace feliz que lo digas –sonrió. Se apartó de la pared y avanzó hacia mí–. Lo único que quería era que fuéramos amigos. Lo fuimos, en un momento, ¿verdad?

–Sí –retrocedí hasta que no pude ir más atrás–. Antes de aquella noche.

–Sobre aquella noche... –apoyó una palma contra la pared, cerca de mi cabeza–, me equivoqué. Fue una estupidez de mi parte.

Esto era lo más cerca que estuvo de admitir lo que había hecho. Lo más cercano a una disculpa.

–Gracias por decir eso –murmuré.

–Estaba borracho y tú eras demasiado joven. Debí esperar. No estabas lista –inclinó la cabeza y aplastó mis labios con los suyos, y me metió la lengua en la boca.

Pasmada, lo empujé, quitándomelo de encima. Pestañeó, desconcertado. Mi palma estalló contra su cara.

–¿Pero qué diablos...? –exclamó llevándose la mano a la mejilla.

–¿Qué haces? –grité, indignada–. ¡Creí que habías cambiado! Pensé que eras diferente, pero aquí estás. El mismo gusano de siempre. Solo que ya no soy una niña. Así que mantente alejando de mí —dije, clavándole el dedo índice en el pecho.

—Ahora entiendo —atrapó mi dedo. Su mirada era dura—. Viniste a desquitarte, ¿no? —sonrió con desprecio—. Difundiste esas mentiras sobre mí en aquel entonces y ahora tú…

—No eran mentiras —le recordé, liberando mi dedo—. Sabes bien qué fue lo que pasó.

—Lo que pasó fue que no me podías dejar en paz —dijo desagradablemente.

—¿*Yo*?

Todo en mí se rebeló y deseé golpearlo. Recordarle que yo solo tenía quince años. Que si no hubiera estado tan borracho y yo no hubiera logrado escapar de la habitación… esa noche hubiera terminado de un modo muy diferente.

—Sí. Te me viniste encima desde el momento en que nuestros padres se juntaron.

¿Así lo veía él? Yo lo admiraba como hermano mayor. Y él lo había arruinado todo aquella noche. Negué con la cabeza. No estaba dispuesta a discutir con él lo que realmente había ocurrido.

—Como sea. No vine a revolver el pasado —respondí. Había ido porque creí que lo estaba enterrando. *Qué estúpida*. Ahora lo veía—. Sigues siendo un reverendo cretino —quise pasar a su lado, pero me sujetó por el hombro y me empujó con fuerza contra la pared. Me mordí el labio queriendo sofocar mi grito.

—Y tú sigues siendo una calientamachos —me recorrió con la mirada de arriba abajo, deteniéndose en mi escote.

Antes consideré que el vestido era elegante. Pero el modo en que me miraba me hacía sentir sucia.

Metió el dedo por el borde del escote y rozó la parte superior de mis senos.

–O tal vez ya no seas tan provocadora. Apuesto a que en la actualidad directamente te abres de piernas –sacudió la cabeza e hizo un chasquido con la boca–. Una pena, tenía la fantasía de terminar con tu virginidad.

–Vete al infierno –aparté su mano de una palmada.

–Dejaste de ser una chiquilla –rio, evaluándome entera.

–Así es. Ya no me asustas. Y no puedes hacerme esto –repuse. *No otra vez*–. Tal vez entre allí y le cuente todo a Melanie…

–Mantente lejos de ella –su sonrisa desagradable desapareció–. Una palabra y verás realmente hasta qué punto puedo ser un cretino –amenazó. Apretó mi hombro y resistí el gesto de dolor. Me estaba lastimando, pero no estaba dispuesta a revelárselo.

–¿Qué pasa? ¿Tienes miedo de que me crea?

Debajo de su máscara iracunda, pude ver destellos de ansiedad. Sí. Estaba preocupado. Tal vez había sucedido algo antes. Tal vez Melanie ya tenía dudas sobre él, pero la había persuadido.

–Maldita perra, no te metas conmigo…

–¿Justin?

Giré la cabeza por encima de él hacia la suave voz para ver quién era… aunque ya sabía a quién vería.

Melanie titubeó allí, en su hermoso vestido amarillo.

El brillo rosado que había iluminado sus mejillas toda la noche había desaparecido. Estaba pálida como una sábana.

–¿Justin, qué haces? –sus lúcidos ojos azules iban de él a mí y de vuelta a él.

–Nada, cariño –fue hacia ella y envolvió los puños apretados entre sus manos–. Estábamos conversando…

–La llamaste… le dijiste algo horrible…

No me sorprendió que no pudiera repetirlo. Probablemente nunca había dicho esa palabra y era evidente que no podía imaginarse por qué su futuro esposo la había usado. Desvió su mirada hacia mí.

–¿Emerson? –la pregunta implícita, suspendida pesadamente en mi nombre.

Impotente, me encogí de hombros. ¿Qué podía decirle? ¿Debía abrir la boca y advertirle sobre quién era ese hombre?

–Lo siento, Melanie.

Me observó con sus ojos enormes y fue como si mirara dentro de mi alma, buscando la verdad.

–Emerson –rugió Justin, un sonido bajo y profundo. Amenazante. Melanie le clavó la mirada. También ella había notado el tono.

A la mierda con esto. Ella había escuchado lo suficiente. Lo podía ver en su rostro, en su postura rígida. No era estúpida.

–No te merece –le dije.

Que hiciera con eso lo que quisiera. No necesitaba agregar nada más. Me obligué a caminar. Temblando, pasé a su lado y me marché por el corredor.

Regresé al salón de baile antes de que considerara qué diablos hacía ahí todavía. Ya no tenía motivos para quedarme. Salvo por mi mamá, tal vez. La busqué con la mirada. *Estuvo casi humana, hoy. Como una madre de verdad.* Fui hacia ella, sintiéndome obligada a despedirme, al menos.

—Emerson —su rostro se iluminó al verme.

—Oye, mamá... debo irme.

—¿Cómo? —frunció el entrecejo—. Es temprano, ni siquiera han servido el postre.

Miré por encima de mi hombro, casi temiendo que Justin apareciera en cualquier momento para continuar despedazándome. Afortunadamente, no lo vi. Lo más probable es que estuviera intentando persuadir a Melanie.

—Lo lamento —dije, volteando hacia ella—. Tengo un tema importante mañana temprano.

—Pero la boda...

—Estaré allí —mentí. Era más sencillo. Ya se me ocurriría una excusa para explicar mi ausencia más tarde. Pareció satisfecha—. Y, mamá —me columpié sobre mis talones—. Tal vez podríamos ir a almorzar la semana que viene.

No respondió y no supe qué pensaba, y no lo habría de saber porque en ese instante una voz detrás de mí borró todo pensamiento de mi mente.

—Emerson.

Giré como un trompo para enfrentarme a la figura alta de Shaw. Con el corazón latiendo enloquecido, di un paso hacia él.

–¿Qué haces acá? ¿Cómo sup…? –me detuve y meneé la cabeza, sin molestarme en terminar la pregunta.

–No respondías mis textos –dijo. *¿Me escribió?* No había mirado mi teléfono desde que estacioné mi auto y lo guardé en mi bolso. Ahora deseé haberlo hecho. Le habría contestado algo. Cualquier cosa con tal de mantenerlo lejos de aquí–. Recordé que hoy era la cena preliminar… –continuó, moviendo el brazo para abarcar la escena–. Se me ocurrió que podías estar aquí.

Claro. Melanie había mencionado la cena de ensayo en el Four Seasons. Sabía dónde encontrarme.

Dio un paso adelante, su pecho rozó el mío y todo dentro de mí se estremeció. Ante su solidez, su proximidad, el tono ronco de su voz.

–Pero ¿qué haces *tú*, aquí? –quiso saber, levantando una mano para apartar un mechón de mi rostro–. Creí que habíamos quedado en que…

–No quedamos en nada –interrumpí en tono leve, aunque hubo un cierto dejo defensivo en mi voz–. No pensaba venir, pero cambié de opinión. Puedo hacerlo, ¿sabes?

Apretó las mandíbulas, clara señal de su desagrado.

–¿Emerson? –mamá apareció a mi lado.

Su pregunta estaba cargada de curiosidad al estudiar a Shaw de pies a cabeza. Estaba vestido más formal que nunca, con pantalones y una camisa con botones, y supe que había hecho el esfuerzo por mí. Pero aun así, estaba diferente a todos. Más viril. Fuerte. Rudo. Un hombre que se ganaba la vida con las manos y no con una planilla de cálculos. Algo se derritió dentro de mí. Creo que lo hubiera besado ahí mismo si no fuera que estábamos en medio del ensayo de la boda de mi hermanastro, casi en el centro del evento. Me volteé hacia mi madre con una sonrisa rutilante.

—Mamá, él es… —no seguí hablando. ¿Realmente quería presentarle a mi novio y ser sometida a un interrogatorio sobre el tema? ¿Acaso lo era? Aparte de haberse presentado a Melanie como mi novio, no habíamos hablado sobre eso. No lo había planteado.

—Shaw —completó él, extendiendo la mano. Solo yo lo conocía lo suficiente como para saber que había tensión en su sonrisa. Ella no le simpatizaba. No, sabiendo lo que sabía. No podía caerle bien.

Mamá miró la mano por unos instantes como si no pudiera decidir si tocarla o no. Luego miró al hombre que se la ofrecía y su labio superior pareció retraerse sobre los dientes.

—Encantada de conocerlo —sus dedos apenas lo rozaron, como si temiera un contagio.

—Un placer, señora.

—No me había percatado que Emerson había confirmado su presencia con alguien más —dijo, con un dejo acusatorio.

Contuve una respuesta airada. Yo ni siquiera había confirmado. Recién la noche anterior tomé la decisión de venir, hacía menos de veinticuatro horas, cuando yacía desnuda en la cama, con el hombre que estaba ahora de pie frente a mí. *Qué daría por estar en este instante con él, de vuelta en su cama, en lugar de estar aquí, en este horrible evento.*

–¿Estudias en Dartford? –le preguntó mi madre, mientras recogía una copa de vino de una bandeja que pasaba por allí.

–No, señora.

–Oh –volvió a evaluarlo–. ¿En alguna de las otras universidades de la zona? ¿O ya te graduaste? –sonrió, levemente, como si esa fuera la única respuesta posible; y cualquier otra fuera inaceptable.

–No voy a la universidad.

Su rostro parecía el de una muñeca inexpresiva. Solo en sus ojos pude notar que no entendía nada. Sus labios artificialmente rellenos lograron articular las palabras.

–¿Es que… nunca fuiste? –me miró, como si necesitara que le confirmara ese absurdo–. ¿Qué haces?

Ese era el momento en el que si él anunciaba que vivía de rentas, todo se tornaría perfecto en su visión.

–Desde que dejé los Marines, estoy trabajando como mecánico.

–¿Un mecánico? –repitió. *Oh Dios.* Juro que su cuerpo se estremeció como si él hubiera confesado que era un asesino serial. Los ojos casi se le salen de las órbitas. Estaba tan horrorizada que sentí un loco deseo de reír–. ¿Es en serio, Emerson? –su rostro increíblemente inmóvil pareció a punto de rasgarse. Su mirada revoloteó por la sala como esperando que, de pronto, apareciera una cámara oculta y le dijeran que todo era una broma. O tal vez estuviera solo preocupada de que alguien señalara a Shaw y lo identificara como el ejecutivo esforzado, de clase media, que era realmente.

Meneé la cabeza y lo tomé de la mano.

–Ven. Vámonos –le dije a Shaw. No tenía nada más que hacer allí. Las palabras horribles de Justin todavía resonaban en mis oídos. Pero ya no tenía que seguir preguntándomelo: él no había cambiado, nada había cambiado. Aquí no tenía familia.

Sin embargo, no llegué a dar un paso. Se me cortó la respiración al oír una voz detrás de mí.

–Acá estás, maldita perra.

CAPÍTULO 19

Me quedé petrificada. Todo en mí se marchitó al oír su voz, demasiado fresca aún en mi mente.

Levanté la vista, el rostro de mamá estaba frente a mí, y si yo no hubiera reconocido la voz, igual hubiera sabido que él estaba detrás con solo interpretar el lenguaje corporal de ella; y por sus ojos, lo único que revelaba algún tipo de emoción en esa cara de plástico. Primero, su mirada irradió espanto y luego, temor.

Le eché un vistazo a Shaw; mortificada de que fuera testigo de esto.

Aunque ya había compartido mi pasado con él, que lo viera en directo y lo *viviera* a la par mía era distinto. Quería hacerme un bollo y tornarme invisible. Estar en cualquier otro lugar que no fuera ese.

Él parecía confundido. También había escuchado las palabras agresivas, tan claramente como los que estaban cerca de nosotros, pero aún no se percataba de que estaban dirigidas a mí. Varias personas a nuestro alrededor dejaron de hablar. Y se quedaron mirando.

Corre. Vete. Escapa. Sentí el impulso. Solo quería desaparecer antes de que esto pasara de malo a infernalmente terrible. Di un paso al costado y jalé de Shaw para que me siguiera, con la esperanza de evitar a Justin por completo. Tal vez fuera una locura o ilusorio, pero creí que podría abandonar el lugar sin una confrontación. Sin tener que ver a mi hermanastro una vez más.

–¿Me oíste, Emerson?

Me dio un escalofrío. Ya no quedaban dudas de a quién se dirigía.

A mi lado, Shaw se puso rígido. Sus dedos se cerraron sobre los míos y supe que no había forma de romper el contacto. No me soltaría.

La voz de Justin continuó arrojando puñaladas que yo no podía esquivar.

–¿Adónde crees que vas? Te estoy hablando a ti, maldita perra.

Sí, me hablaba a mí. Porque vine. Porque pensé que tal vez las cosas podían ser diferentes. Que podía ser una chica normal cuya familia no era un absoluto desastre.

Shaw giró lentamente, sin soltarme. Miré a un punto más alto que Justin, pues no quería ver ese rostro detestable.

–¿Cómo la llamaste? –preguntó Shaw.

Nunca lo había oído hablar con ese tono. Había perdido la paciencia frente a mí, pero su voz jamás sonó así: baja y escalofriante con una amenaza subyacente.

Justin no le respondió. No se escuchaban conversaciones a nuestro alrededor. La orquesta siguió tocando, sin enterarse.

—Vayámonos —le pedí, posando mi mano libre sobre su brazo.

—Ah, ¿ahora te quieres ir? —la cara de Justin se contorsionó—. ¿Después de hablarle mal de mí a Melanie y de convencerla de que cancelara la boda? Claro, ahora estás feliz de marcharte.

—Oh, Emerson —exclamó mamá—. ¡Tú no hiciste eso!

—Por supuesto que sí —confirmó él—. Debí imaginar que venía para algo así.

—No vine para... —intenté negar.

—Viniste para hacer exactamente eso —concluyó, y se me acercó hecho una furia. Ni siquiera miró a Shaw. Era como si no pudiera ver nada más que a mí. Pero este le plantó una mano firme sobre el pecho y lo empujó hacia atrás, impidiéndole llegar más cerca—. ¿Quién demonios eres tú? —le preguntó, cuando levantó la vista y por fin lo vio.

—Soy el tipo que te matará si vuelves a decirle una sola palabra más o das otro paso hacia ella.

Justin le sostuvo la mirada por un instante, todavía inclinado hacia adelante, empujando contra su mano. Se midieron con los ojos.

—Como sea. Vete y llévatela —dijo Justin, y retrocedió.

Shaw rodeó a mi hermanastro y me forzó a seguirlo. Y lo dejamos atrás.

—Emerson.

Era mi madre. No debí vacilar, no debí voltearme. Pero lo hice. Ella era el único motivo por el que había venido. Tenía que saber. Siempre sería mi madre.

Estaba de pie junto a Justin, observándome con ojos muertos y sentí una punzada en mi pecho. *Aún hoy* se ponía de su lado.

—Eres una gran desilusión –dijo.

Necesité respirar profundamente, espantada de que sus palabras aún tuviera la capacidad de causarme tanto dolor. Giré, lista para irme, pero Shaw no me siguió. Di un paso y me percaté de que permanecía frente a mamá y Justin.

—¿*Ella* es una decepción? –demandó. Su cuerpo estaba rígido y percibí su furia.

—Ignoro quién eres –respondió mamá, levantando la barbilla–, pero este no es asunto tuyo. No fuiste invitado a esta fiesta. Vete antes de que llame a Seguridad.

La amenaza no lo conmovió.

—Usted es la desilusión… el fracaso como madre.

Me apresuré a ponerme a su lado y sujeté su brazo con ambas manos, observando las caras ávidas que no perdían detalle de nuestro pequeño drama. Fue una sensación desagradable, como un animal herido rodeado de buitres.

—Shaw, ¿qué haces? –siseé, muerta de pánico.

Sus ojos rabiosos relampaguearon sobre mí y volvieron a mi madre.

–Usted no se merece una hija como ella.

–Tienes razón, no la merezco –replicó mamá. Alzó el mentón y levantó la voz un octavo para que pudieran oírla con claridad–. Mi hija es una joven muy perturbada. Solo me ha causado pesares –echó un vistazo a su alrededor, dirigiéndose tanto a los mirones como a Shaw.

Su brazo se tensó bajo mis manos.

–Para empezar, Emerson es extraordinaria, inteligente y cariñosa… pero puedo ver como alguien puede estar "perturbada" con una madre como usted. Oh, y ese saco de mierda que está a su lado que…

–¡Shaw! –exclamé presa de la ansiedad. El temor por lo que estaba por decir provocaba escozor en el fondo de mi garganta.

–¡No! –se volteó indignado hacia mí y me sujetó por los hombros–. Sé lo que este tipo te hizo –bajó la voz hasta que solo yo pude oírlo–. *Todos* deberían saber exactamente quién es él.

Negué con la cabeza. *¡No, no, no!* Nadie debía enterarse. Nunca se lo había dicho a nadie más que a mamá y a Shaw. Ni a mis mejores amigas, ni a mi padre. La gente que llenaba este salón no debía saberlo. El mundo no tenía que saberlo.

De pronto, Shaw fue apartado. Justin lo sujetaba de un hombro, al tiempo que les hacía señas a dos empleados del hotel en uniforme.

–Acompañen a esta basura hasta la puerta –les indicó.

Algo estalló dentro de mí. Vi rojo. Shaw no era ninguna

basura. Era bueno y noble; lo opuesto a mi hermanastro. Me fui encima de Justin y de un golpe aparté la mano que sujetaba a Shaw.

–¿Cómo te atreves? ¡No lo toques! ¡Nunca! Tú eres... –la furia y la indignación me consumían–. *Tú* intentaste violarme –giré hacia mi madre–. Y tú no hiciste *nada* cuando te lo dije. ¡Nada! –la voz se me quebró sobre este último tramo.

En algún momento, la banda había dejado de tocar. Sentí náuseas cuando mis palabras resonaron en el salón, y pensé que iba a vomitar. Quedaron flotando en el aire, discordantes y terribles. El sonido pareció vibrar una eternidad, como un eco que sangraba en mi alma.

Jamás las había pronunciado antes. No *esas* palabras. Ni a mamá cuando se lo conté, ni a Shaw, ni siquiera a mí misma. Pero eso era lo que había ocurrido, aunque hubiera usado otras palabras. Que me había *molestado*. O que se había *extralimitado*. Eufemismos más tolerables.

Trató de violarme.

Sentí todas las miradas sobre mí, exponiéndome, desmembrándome.

–Maldita puta mentirosa –acusó Justin, apuntándome con el dedo. Fue como si me golpeara.

Y no se habló más después de eso. Shaw pasó de estar inmóvil a convertirse en un borrón que avanzó sobre él. Flexionó su brazo y lo golpeó, hueso contra hueso.

–¡Shaw, no! –grité. No me hizo caso y le volvió a pegar, liberándose de los hombres del hotel que intentaban separarlo–. ¡Para! ¡Para! –exclamé, mientras me cubría las orejas, como si así pudiera dejar de oír el espantoso sonido de los nudillos de Shaw al hacer contacto con el rostro de Justin.

Mi hermanastro cayó y mamá chilló. La gente se abrió, dándoles espacio. Shaw se irguió por encima de Justin con las piernas separadas a cada lado de su cuerpo tendido. Se inclinó y lo sujetó, obligándolo a ponerse nuevamente de pie para seguir peleando, pero ya era suficiente para mí. Los insultos de Justin, la mirada acusadora de mamá. Me sentí como si tuviera quince años otra vez.

No pude más. Temblaba y me sentía horriblemente mal. Todas esas miradas sobre mí, me observaban como si fuera algo sucio. Y no me quedaría un segundo más para ver cómo él convertía a mi hermanastro en una pulpa sangrienta. Esa sería la cereza para coronar una noche de porquería.

Giré y escapé de la sala de baile, apenas deteniéndome a recoger mi abrigo. Corrí hacia mi auto, mientras con los dedos temblorosos me abrochaba el abrigo. Mis tacones golpeaban la acera.

–¡Emerson!

Un rápido vistazo me reveló que Shaw corría detrás de mí. Sacudí la cabeza y continué a la carrera. No me importaba lo poco digna que me veía.

–¡Emerson!

Casi me ahogo al darme cuenta de que no podría escapar.

Él me sujetó del brazo y me obligó a girar. Mi garganta quemaba de la emoción contenida.

—¿Cómo te atreves? —susurré furiosa y, de un tirón, me solté—. ¡No debiste venir! ¡No quería anunciarle a un mundo de desconocidos lo que me han hecho! —porque siempre fueron *ellos*. No solo Justin, mamá también. Su traición fue probablemente lo peor. Aún lo era—. ¡Y no necesitaba que lo golpearas e hicieras una escena. ¿Qué lograste? No tendrías que haber estado aquí. Lo podía manejar sola. ¡No te necesitaba! ¡No te necesito!

—Pero yo te necesito a ti, maldición —rugió y sus ojos brillaron oscuros, cuestionando, buceando en lo profundo y amenazando con arrastrarme con él, si yo lo permitía. Meneé la cabeza y di un paso atrás, como si la distancia pudiera protegerme. Se adelantó—. Y quiero que *tú* me necesites —enmarcó mi rostro con ambas manos, me atrajo hacia él, apoyó su frente en la mía y masculló contra mis labios—. No podía permitir que te hablara así. Tú podrás soportar que te maltraten, pero yo no…

—¡No sigas! ¡No se trata de ti! —resistí el impulso de envolver mis brazos detrás de su nuca—. ¿Para qué demonios viniste?

—¿Crees por un segundo que una vez que supe que estabas aquí me quedaría esperando, sin hacer nada, mientras compartes el mismo espacio con el desgraciado que intentó violarte?

—¡Deja de decir eso! —resoplé. Pude meter el brazo entre ambos y lo empujé.

–Es la verdad, Em –señaló con un brillo suave en su mirada.

–¿Crees que no lo sé? –repuse. Las lágrimas contenidas se deslizaron ardientes por mi rostro–. ¡Lo acabo de anunciar frente a todo el mundo! –levanté la cara y aspiré aire, señalando al hotel–. ¡Ahora lo saben unas doscientas personas, gracias a ti!

–¿A mí?

–¡Sí, a ti! Yo no habría dicho nada si tú no hubieras aparecido. Si no me hubiera enfurecido tanto cuando Justin te insultó –expliqué. Ni siquiera habría venido si no fuera por Shaw. Si no se me hubiera ocurrido dejar de huir, de esconderme. Saber que podía enfrentar el pasado y ser valiente como él.

Metió una mano en un bolsillo y recién entonces me percaté de que estaba sin abrigo. Debía estar congelándose, pero ni tiritaba. Solo me observaba con expresión estoica.

–¿Es eso? ¿Estás furiosa conmigo porque te forcé a que enfrentaras aquello de lo que siempre huiste?

–¡Sí! ¡N-no! –miré al cielo invernal como si allí pudiera encontrar algo, alguna verdad o una respuesta. Pero en esas nubes oscuras no había nada.

Él estaba en lo cierto. Me sacudió y me quitó de la cápsula donde me había encerrado voluntariamente. Cuando lo conocí, las viejas heridas se reabrieron y los miedos regresaron. No debía haber venido hoy. Haberlo dejado entrar había sido un error.

Bajé la vista y volví a posar mis ojos en él.

Esperó en silencio, con la mirada cargada... como analizándome. Al menos así me sentía, expuesta y en carne viva. Como si pudiera verme y lo que veía era algo quebrado, que necesitaba ser reparado.

–No puedes arreglarme. Esta no es tu pelea –murmuré.

–Tu pelea es mi pelea. Lo que lastima a mi novia, me...

–No –retrocedí varios pasos, sacudiendo la cabeza–. No soy tu novia.

Sus ojos parecieron perder brillo.

–Tienes miedo –dijo quedamente.

–¿Miedo? ¿De qué? –me burlé.

–De todo lo verdadero. Y lo que tenemos es *verdadero*. Me amas y eso te asusta.

–No te amo –mentí.

–Me amas –apresó mi rostro con sus manos y me atrajo hacia él–. Lo sabes y yo también. Puedo verlo en tus ojos... en el modo en que me miras –inspiró profundamente–. Me miras como yo te miro a ti.

–No –negué tajante. No era posible que yo fuera tan transparente. El amor era doloroso. Era estar fuera de control. Como el desastre de esta noche.

Me besó con fuerza. Forcejeé un momento antes de entregarme y besarlo a mi vez. Imposible resistirme. Tenía ese efecto sobre mí. Convertía mi mente en papilla y encendía mis partes femeninas en un cosquilleo delicioso. Su boca se suavizó, entonces, y se tornó seductora y tierna. Con la lengua dibujó el contorno de mis labios y me sacudí la cabeza mentalmente. Recuperé el control y lo aparté.

Mi aliento escapó agitado de mis pulmones y flotó concentrado en el aire helado frente a mí. Antes de meter las manos en mis bolsillos, lo observé durante varios segundos.

–Te deseo –dijo con voz ronca–. Tú y yo. Juntos –tomó una bocanada de aire y su pecho amplio se expandió–. Pero no puedo perseguirte por siempre.

Asentí. Comprendía. Era un ultimátum justo, pero ultimátum al fin. Después de lo de esta noche, no podía ni contemplarlo. Era demasiado.

Sin mirar atrás, me alejé.

CAPÍTULO 20

Los dos días siguientes pasaron en una nebulosa. Georgia y Pepper me observaban preocupadas. Ignoré sus preguntas. El sábado dormí casi todo el día y el domingo estuve viendo cualquier cosa en televisión. Verifiqué mi teléfono pero, de todos modos, no importaba. No me llamó.

La noche fatídica se repetía una y otra vez en mi mente, y cada vez me hundía más profundamente en mi cama, aferrada con más fuerza a mis rodillas. Lo había dejado. Y él se había cansado de buscarme. Elegí la seguridad y sentirme en control.

¿Por qué me sentía tan devastada, entonces?

El domingo por la noche mis amigas irrumpieron en mi habitación, encendieron la luz, portando lo que parecía y olía como tal: una bolsa de *nachos*.

–Tienes que comer –sentenció Georgia.

–¿Qué es esto? –protesté, incorporándome lentamente–. ¿Un allanamiento?

–Llámalo como quieras –Georgia comenzó a descargar la bolsa–. Te traje tus favoritos. Y guacamole.

–Fabuloso –murmuré–. Carbohidratos.

–Por ti, me doy el gusto. En especial si te hace hablar.

–Sobornos –sonreí, y noté que no era tan doloroso–. No hacía falta que hicieran esto, chicas.

–Por supuesto que sí –replicó ella.

Mortificada, me quedé observándola. Su novio de cinco años acababa de romper con ella. Su primer y único amor. No podía ni imaginar cómo se sentía.

–Eres una gran amiga, Georgia. Nosotras deberíamos estar mimándote a ti.

–Suficiente duelo –desestimó con un ademán–. Basta de lágrimas para mí.

Distribuimos los nachos y los pequeños contenedores con salsas, y nos acomodamos en nuestros respectivos puestos: yo, en mi cama; Georgia y Pepper, en la otra. La mía era un revoltijo de cojines y ropa desordenada.

–Ahora. La cena de ensayo –Pepper no perdió tiempo–. ¿Cómo estuvo?

–*Uf*. No pudo haber estado peor. Y el punto máximo debe haber sido la paliza que le dio Shaw a mi hermanastro.

–¿Cómo? ¿Por qué? –Georgia metió un nacho en su boca, mientras buscaba otro.

Miré a mis amigas y suspiré.

Ya era hora. Tal vez la hora había sido hacía rato, pero de alguna manera haberme expuesto ante un salón repleto de invitados facilitaba este momento. Las amaba y merecían saber la verdad. Esperaron solemnemente, como si supieran que estaba tomando una decisión.

Abrí la boca y les conté todo. Escucharon en silencio, mientras les hablaba de mamá y de Justin. Y luego les conté de la cena. Con los ojos enormes, siguieron el relato que les describía. Incluida la llegada de Shaw.

–Vaya –murmuró Georgia, apoyando los nachos en la mesa de noche.

–¿Por qué nunca nos dijiste nada? –preguntó Pepper, azorada.

–No quería que me vieran bajo una luz diferente.

–¿Diferente cómo? –Georgia se sentó a mi lado en la cama, ignorando la pila de ropa–. ¿Creías que te íbamos a dejar de querer?

–No, claro que no –dije, sintiéndome como una tonta. No podía explicar por qué me lo había guardado. Todo estaba cargado de mucha vergüenza. No solo lo que hizo mi hermanastro, sino el rechazo de mi madre. Se suponía que debía protegerme. Eso es lo más básico que una madre hace por sus hijos. Incluso la mamá de Pepper –que era un desastre con sus adicciones– había hecho todo lo posible para proteger a su hija. Y Georgia tenía padres excepcionales y cariñosos. Pero yo no.

–No quería que pensaran que había algo mal en mí o que me tuvieran lástima.

–No hay nada malo en ti. Si tu familia es un desastre, no es tu culpa.

–Exacto. Eso no se refleja en ti, créeme. Puedo dar cátedra sobre familias que apestan –afirmó Pepper, y hundió un nacho en la salsa picante–. No te tengo lástima. En este instante querría sacudirte por guardarte todo para ti misma durante tanto tiempo.

–Se lo conté a Shaw.

–Bueno, algo es algo –concedió.

–Sí, y luego se presentó, lo molió a golpes a Justin...

–Aleluya –aprobó Pepper.

–Porque te ama –terció Georgia–. Lo sabes, ¿no? Sé que nunca sentiste esto por un tipo, que tus sentimientos te asustan... amar a alguien puede ser aterrador.

Miré a ambas. Sus palabras resonaron en mi mente: *Amar a alguien puede ser aterrador.* Algo dentro de mí se soltó y abrió, quedando libre a la verdad de esa afirmación. Lo amaba. Pero ¿qué podía hacer con él? ¿Ser normal? ¿Recibir su amor y darle amor?

–En mi opinión, ese tipo está enamorado de ti desde que te arrancó de aquel bar.

Hice mi comida a un lado, encogí las piernas contra mi pecho y me columpié por un instante. Esta conversación no me estaba haciendo sentir ni un poco mejor.

–Te hizo feliz. No te he visto así con ningún otro. Nunca –me recordó Georgia–. Hizo surgir algo de ti. Estabas... real. No eras Emerson la... –se sonrojó avergonzada cuando le clavé los ojos.

302

—¿Emerson la calientamachos? —completé la frase.

Asintió arrepentida. Pero no podía culparla, yo había creado esa imagen. Escondí mi verdadero ser, de todos. Porque solo la verdadera Emerson podía ser lastimada. No la falsa. A ella nada ni nadie la podía herir.

Solo Shaw... Él había llegado a la verdadera yo.

—Lo único que se interpone entre ti y la felicidad eres tú —añadió Pepper, quedamente—. Hazme caso. Yo casi pierdo a Reece. No dejes ir a Shaw.

Destrabé los brazos y las piernas, y busqué mi teléfono en el estante. Pasé un dedo por la pantalla pensando en él, preguntándome qué estaría haciendo, si estaría pensando en mí.

—¿Le enviarás un texto? —quiso saber Pepper, esperanzada.

—Yo... sí —inspiré hondo y escribí, borrando y empezando de nuevo, varias veces, antes de decidirme por:

Ya no hace falta que me persigas

Dejé el teléfono y me encogí de hombros, como si no fuera algo importante. Como si no acabara de arrancarme el corazón y dejarlo en el suelo sin saber si él lo recogería.

Las tres permanecimos sentadas, esperando una respuesta. Al cabo de tensos minutos, busqué el control remoto y forcé una sonrisa.

—Veamos que hay en la TV —propuse. Sentí que mis amigas me observaban, pero fingí un gran interés en recorrer los canales—. Oh, miren, están dando *Teen Wolf*.

***

Después de comer, Pepper se fue a lo de Reece. No pude engancharme con la serie de la tele como lo hago siempre. Tenía un examen sobre arte medieval el miércoles siguiente, pero tampoco hubiera podido concentrarme en eso. Leería sobre los contrafuertes de Notre Dame más tarde.

—Me voy al taller a adelantar trabajos —le anuncié a Georgia, mientras me ponía las botas por encima de mis *leggins*.

—Pero este es tu episodio favorito —recalcó, señalando la pantalla donde un chico híper sexy corría en el bosque a la velocidad de un misil.

—Eh —fue todo lo que pude decir al mirar la escena casi con melancolía. Ninguno de esos chicos bonitos se podía comparar con Shaw. Él era lo máximo, y era de verdad.

Me puse un suéter grueso, tejido, arriba de mi camiseta masculina. Me incliné y le deposité un beso en la coronilla.

—No vendré muy tarde.

—Está bien. Siempre dices eso —rio—, y después pierdes la noción del tiempo. Ni oyes el teléfono cuando estás allá.

Listo. Enganché mi monedero y mis llaves a mi muñeca.

—Sé lo que haces, Em. Te quieres distraer y olvidarte de que Shaw todavía no respondió tu mensaje.

—Me conoces bien —dije, con una sonrisa forzada.

—Em, espera. Al menos envíale un texto avisándole dónde estarás. Por si acaso…

—No creo que sea necesario.

—¡Dame el gusto!

—Adiós —saludé moviendo los dedos. Me puse un abrigo voluminoso, salí del cuarto y fui hacia el elevador. Cuando bajaba, abroché los botones. Al salir, choqué con el aire helado. No había salido de la residencia desde el viernes y me olvidé que era invierno. Me envolví dos veces en mi echarpe, cubriéndome el mentón con el suave tejido.

Toqué nerviosamente mi teléfono en el bolsillo. La voz de Georgia resonaba en mi cabeza. Mascullando, lo extraje y escribí.

Voy al taller a pintar.

—Listo. ¿Satisfecha, Georgia? —resoplé, y guardé el teléfono.

Caminé por el conocido sendero, jugueteando con la llave que colgaba de mi monedero, mientras mis pies comían la distancia.

Me crucé con unos pocos estudiantes que iban de regreso a las residencias. Otros, se desviaron más allá del centro de estudiantes, camino a la biblioteca.

El edificio del taller se erguía más adelante, con sus ventanales que brillaban como la superficie silenciosa de un lago en una noche sin viento. La profesora Martinelli solo permitía el acceso después de hora a unos pocos alumnos. Me emocionaba ser uno de ellos.

Llegué a la puerta e introduje la llave en la cerradura. O al menos, lo intenté. Con torpeza la giré a uno y otro lado hasta que entró. Era un edificio antiguo y la pesada puerta de roble crujió cuando la abrí. La llave se atascó en la vieja cerradura de bronce y debí forcejear para recuperarla.

Alguien me empujó de atrás. Me golpeé el hombro con el filo de la puerta, tropecé y caí, con un grito de sorpresa y dolor. No tuve tiempo de poner las manos. Caí con todo el cuerpo. Ni mi cara logró escapar, me raspé la mejilla contra la superficie de cemento.

Gemí, demasiado aturdida para moverme. Oí un portazo y, segundos después, alguien me levantaba. Todavía no estaba lista para pararme. Las manos que me sujetaban me mantuvieron en pie.

—Hola, *hermanita* —sentí un aliento rancio y caliente en mi rostro.

—¿Qué haces aquí, Justin? —pregunté asustada, llevándome una mano a la mejilla lastimada. En la oscuridad, era imposible discernir sus facciones. Solo pude ver el brillo en sus ojos y el movimiento de sus labios. El interruptor estaba junto a la puerta, pero no podía alcanzarlo con su mano sujetando mi brazo.

—Vine a visitarte. Quería encontrarte sola. Estuviste atrincherada en tu residencia todo el fin de semana, pero si hay algo que tengo es tiempo libre. Ya sabes… ahora que se canceló mi boda.

—Estás borracho —observé.

Fue rememorar la desagradable escena de otro tiempo. Él, borracho en la oscuridad, y yo aturdida, desprevenida y siendo amedrentada por él.

–Estoy bebiendo desde el viernes a la noche –rio, arrastrando las palabras–. Desde que arruinaste mi vida.

–Para lograr eso no necesitabas mi ayuda.

–Melanie no quiere ni hablarme.

–Bien por ella –repliqué. Tal vez no debí hacerlo, pero no pude contenerme.

Me apretó los brazos, provocándome dolor. Tendría las marcas al día siguiente.

–Te alegras por eso, ¿verdad? Viniste con tu amigo y vomitaste una sarta de mentiras.

–No son mentiras.

–¿Ah, sí? ¿Soy un violador?

–Trataste de violarme –en cuanto lo dije, me sentí libre. El miedo que siempre que me había perseguido se evaporó. Se desvaneció como el humo en el aire.

–Traté –rio–. Casi no hay diferencia, ¿verdad? Entre intentarlo o ser un violador. Digo, Melanie ahora me ve como una especie de pervertido –hizo una pausa, su aliento apestoso llegó a mi cara–. Y si no hay diferencia –bajó el volumen de su voz hasta un susurro áspero–, mejor lo hago y así me convierto en lo que cree que soy.

No tenía que ser un genio para adivinar a qué se refería. En lo único que podía pensar en ese instante antes de moverme fue que me encontraba en una pesadilla conocida, una vez más.

Lo golpeé con la cabeza. Lo había visto infinidad de veces en las películas. Esperaba que funcionara.

Y funcionó. Fue doloroso. Me tambaleé, mareada por la fuerza del impacto de mi cabeza contra su cara. Era demasiado baja y no alcancé a golpearle la nariz, pero logré darle en la barbilla y la boca.

Me soltó. Corrí, perseguida por sus insultos. Él bloqueaba la salida del edificio y yo estaba demasiado preocupada como para aproximarme demasiado. Si me sujetaba una vez más, estaría perdida. Era demasiado corpulento. Dos veces mi tamaño. No podía dejar que me atrapara. Debía esconderme, esperar a que se alejara de la salida y aprovechar entonces para escapar.

Conocía bien esa sala. Aun en la oscuridad. Corrí sin hacer ruido y me oculté tras una tela grande. Mi corazón palpitaba enloquecido, respiré agitada y presté atención.

Oí su desagradable risa.

—¿Dónde aprendiste eso? —tropezó con el borde de una mesa, sacudiendo los materiales que estaban encima—. Bueno, estoy ansioso por ver qué otros trucos sabes.

Su voz se acercaba. Caminaba por el centro de la sala. Agazapada, comencé a rodear el perímetro de la habitación, manteniendo la imagen de la puerta en mi mente.

—Si no fuera por ti, ahora estaría en Martinica, casado con Melanie —dijo. Continué moviéndome mientras me hablaba—. ¿Y el puesto que tenía reservado para trabajar en la campaña de su padre? Eso también se esfumó. Estás en deuda conmigo, Emerson.

Consideré razonar con él. Inventar una falsa disculpa, pero desistí. Él no estaba en ánimo de perdonar. Estaba borracho y no tenía nada que perder... había perdido todo.

—¿Por qué no sales, así concretamos esto de una vez? Vamos.

Casi había llegado a la puerta. Estaba a menos de un metro.

Mi teléfono comenzó a llamar. El ringtone sonó alto y agudo en el vasto espacio del taller. Desesperada, lo busqué para apagarlo.

Sus pasos resonaron en el cemento. Mis dedos temblorosos dejaron caer el aparato y corrí hacia la puerta, escurriéndome entre dos atriles. Justin simplemente los apartó de un empujón y cayeron como si fueran palillos de dientes.

Me atrapó con sus manos. Me quedé sin aire cuando me empujó sobre una mesa. Sentí algo húmedo en mi espalda y supe que estaba encima del trabajo recién pintado de alguien.

Fue una pelea demencial. Sus manos rudas se ocuparon de mi ropa. Luché, arañé y golpeé. Sujetó con los dedos el elástico de mis *leggins*. Moví los brazos para todos lados sobre la mesa, volcando materiales hasta que mis manos rozaron algo conocido. No había semana que no blandiera uno. Sin pensarlo, lo encerré en mi puño. Con la punta hacia abajo, le clavé el pincel en el pecho.

Gritó. Yo no sabía cuán herido estaba ni cuánto daño le había hecho, pero él aulló y se apartó. Agitada, bajé de la mesa. Retrocedí de espaldas en la oscuridad, casi sin poder sostenerme.

La luz inundó mi mundo. Me cubrí los ojos con el brazo para protegerme del repentino fogonazo. Oí mi nombre.

Unos brazos me rodearon y grité, atacándolos.

–¡Em! ¡Emerson! Soy yo.

Sacudí la cabeza para apartar mi cabello y vi el rostro de Shaw, como si no lo conociera.

–¿Shaw? –iba a preguntarle cómo supo dónde encontrarme, cuando recordé que le había enviado un texto. Con un gemido ahogado, me aplasté contra él y lo abracé con fuerza.

Me abrazó a su vez, cálido y firme, con la mano abierta en mi espalda.

–¡Emerson! –se apartó para estudiarme, de pies a cabeza–. ¿Estás herida?

Hice un gesto de dolor cuando rozó con sus dedos la piel lastimada de mi mejilla.

–Estoy bien.

–¿Él te...?

–No –negué con la cabeza y el movimiento me mareó.

Justin gimió detrás de nosotros. Volteé y observé mi obra: el pincel ensartado en la parte superior de su pecho, justo arriba de la V de su suéter, debajo de la clavícula. No era una herida mortal.

–¡Me apuñalaste! –gritó.

–Tienes suerte de estar vivo –gruñó Shaw, al tiempo que extraía su teléfono. Me aparté unos pasos y a la distancia lo oí hablar con la operadora del 911, mientras observaba a mi hermanastro con una peculiar curiosidad.

–No puedes lastimarme. Ya no. Nunca más –murmuré, mirándolo desde arriba. Y me di cuenta de que se lo había permitido. A él y a mamá, todos esos años. Les permití impedirme que viviera mi vida y buscara la felicidad.

Justin jadeó, tenía el rostro sudoroso y fruncido de dolor.

–Dios, Emerson, ¡me duele! Llama a la ambulancia, ¡por favor! ¡Lo siento! ¡Te lo ruego!

Shaw vino hasta mi lado y me pasó el brazo por los hombros. Habló suavemente, como si yo fuera algo frágil que podía hacerse añicos.

–La ambulancia está en camino. La policía, también. Estoy seguro de que querrán hablar contigo. Y probablemente querrán llevarte al hospital.

Asentí.

–¿Y qué hay de mí? –se quejó Justin.

–Sí, también a ti, gusano –su voz perdió la suavidad–. Después de que te arresten, por supuesto.

Justin apoyó la cabeza en el suelo, y con su mano cerca del pincel gimoteó:

–No, por favor. Me estoy muriendo. ¿No es suficiente castigo?

–Es una herida superficial, cobarde –le respondió Shaw con dureza, se inclinó sobre él y le dio un golpecito en el pincel. Justin aulló–. Habría que hundirlo más adentro –desvió la vista hacia mí y sus ojos brillaron suaves–. Ella es más buena que yo. Porque eso es lo que yo habría hecho. Si te hubiera visto atacándola, no estarías vivo.

Los ojos de mi hermanastro se abrieron enormes y sacudió la cabeza, lloriqueando una vez más, pero esta vez dudé que fuera de dolor. Era de miedo.

–No es menos de lo que te mereces –continuó Shaw–, y te juro que si vuelves a acercarte a ella, te mataré.

–Perdón –dijo, y desvió la mirada hacia mí–. Lo lamento, Emerson. No te molestaré más. No me volverás a ver. Lo prometo.

Shaw se puso de pie y reclamó mi mano, sus dedos cálidos se entrelazaron con los míos y me dieron un suave apretón.

–¿Estás bien?

Se había terminado; todo aquello que comenzó años atrás y que me convirtió en una criatura que transitaba la vida en un estado de animación suspendida. Existía, pero no vivía. Estaba escondida dentro de mí y desde allí observaba el mundo, sin salir a él.

Shaw lo supo. Lo vio en mí.

–Quiero ir a casa –murmuré. Me recosté contra su pecho, feliz de apoyarme en él y dejarlo que me abrazara. Por el tiempo que él quisiera. Por fin, estaba lista para salir.

CAPÍTULO 21

Me dieron de alta en el hospital después de las dos de la mañana. Antes debieron examinarme. Tomaron fotografías y catalogaron las heridas, que eran mínimas. El mismo oficial de policía que permaneció conmigo durante la noche y tomó mi declaración inicial nos acompañó hasta su auto, en el estacionamiento del hospital.

Me deslicé en el asiento trasero del patrullero. Shaw se sentó a mi lado y me rodeó con sus fuertes brazos. Solté la respiración, sin saber que la había reteniendo. No bien salimos del estacionamiento, apoyé mi cabeza en su hombro.

Shaw se quedó conmigo en el hospital, sosteniendo mi mano como si nunca fuera a soltarme, y solo me dejó durante la examinación médica porque lo obligaron a salir. Llamó a Georgia y a Pepper, y me apoyó cuando insistí en que no hacía falta que vinieran. Hablé brevemente con cada una y les aseguré que estaba bien. A Pepper se le quebró la voz, y supe que estaba al borde de las lágrimas por lo que había ocurrido. Afortunadamente, no podía verme en ese momento, porque hubiéramos terminado las dos llorando como bebés.

—Gracias, Shaw —murmuré en el auto—. Por todo.

—Ni lo menciones. Yo...

—¿Qué? —insté en tono bajo, consciente del policía sentado en el asiento delantero.

—Debí estar ahí antes. Estaba trabajando en el cobertizo y dejé mi teléfono en la casa. Vine en cuanto vi tu mensaje.

Con una sonrisa cansada, jugueteé con sus dedos apoyados en mi pierna. Típico de él, echarse la culpa por no rescatarme.

—Estuviste cuando te necesité —bostecé y me acurruqué contar él.

—Hoy no —murmuró en un tono profundo y serio—. Te salvaste tú misma.

—Es cierto, lo hice, ¿verdad? —sonreí, al tiempo que se me cerraban los ojos.

El olor a café y a huevos fritos me sacó del sueño. Mi estómago gruñó. Parpadeé y me froté los ojos. Los nachos de ayer eran una memoria lejana. Tenía puesta una de las camisetas de Shaw, ni siquiera recordaba haberme cambiado. Era evidente que la noche anterior me había agotado.

Sentada en la cama, observé la casa de Shaw. Él se movía en su cocina con solo los pantalones de su pijama peligrosamente bajos alrededor de sus caderas angostas. Seguí las esbeltas líneas de sus músculos que se flexionaban y estiraban mientras se ocupaba del desayuno. Su cabello oscuro era una maraña alborotada.

Todo en él era fuerza y vitalidad. Y mío, era todo mío. Una sonrisa lenta curvó mis labios.

Se movía con agilidad de un lado a otro, volcando el tocino y los huevos en los platos. Giró unos botones, apagando la cocina. Cuando el pan saltó de la tostadora, atajó las rebanadas calientes y las agregó a los platos. Con uno en cada mano, vino hacia la cama.

Sus ojos se iluminaron al verme sentada.

–Estás despierta.

–¿Cómo podía dormir con esos aromas en el aire?

–Una gran verdad –asintió con una sonrisa gigante. Hizo equilibrio con la comida y se sentó en la cama. Me pasó un plato.

–Esto parece un *déjà vu* –comenté, mientras mordía un trozo de tocino y estiraba la camiseta a modo de ilustración–. Supongo que fuiste tú quien me cambió la ropa –esta vez, al menos, no me sentí tan avergonzada.

–Te quedaste dormida en el auto.

–Ignoraba que vendríamos a tu casa.

–Quería tenerte conmigo –afirmó, sus ojos me observaban con cautela, como si esperara que saliera disparada ante sus palabras–. ¿Y puedes culparme? ¿Después de anoche?

De pronto lo imaginé mirándome mientras dormía. Acomodé un mechón detrás de mi oreja y mis dedos se trabaron en el pelo áspero. Debía estar hecha un desastre. Aún me ardía la mejilla. Sentía el cuerpo dolorido y pringoso.

—Necesito bañarme —masculló, mientras me pasaba una mano por el pelo cubierto de pintura, y con la otra me llevaba un trozo de pan a la boca—. ¿Está mal que quiera terminar esto primero? Está realmente bueno —concluí, señalando mi plato repleto de comida.

—No, come. Después podrás bañarte. Te ayudaré —añadió, moviendo significativamente las cejas.

—¿Me ayudarás? —sonreí, por el modo perverso con que me miraba—. Qué tierno. Muy considerado de tu parte.

—Es que soy pura ternura. Y me gustas. Mucho —recorrió con su pulgar el contorno de mi mejilla. El brillo pícaro de sus ojos se desvaneció, y quedó algo que hizo que mi pecho diera un vuelco—. Mejor, acostúmbrate.

Se me borró la sonrisa y el ambiente se puso tenso e incómodo. Bajó la mano. Humedecí mis labios. Era necesario hablar.

—Lamento haberte dejado plantado en la cena de ensayo…

—No —interrumpió—. Yo lo lamento. No tenía ningún derecho a aparecer como lo hice. No querías que fuera. Debí respetar eso.

—Tal vez —dije, hundiendo el tenedor en el huevo—. Sin embargo, tenías razón, ¿sabes? En todo lo que me dijiste.

Tenía miedo, siempre lo tuve. De acercarme demasiado a alguien. En especial, a ti. Dios. *Tú...* –levanté la vista y añadí con la voz ronca–. Tú me aterrabas –noté que una emoción parecida a la angustia cruzó su rostro. Se inclinó como si fuera a abrazarme, pero se detuvo. Sus manos se abrieron y cerraron en puños apretados–. Y te tenía miedo porque me importabas –continué–. Sabía que podía enamorarme de ti y eso me espantaba. De veras, todavía me espanta.

Y ahora sabía que siempre lo haría. Como dijo Georgia, amar a alguien puede ser aterrador. Es inherente. Siempre. Pero lo quería a él. Y quería el amor. Aún si no tenía el control, lo quería.

Parte de la agonía desapareció de su rostro, pero no del todo. Desvió la mirada hacia sus puños cerrados.

–A veces presiono demasiado. Debí haber aprendido con Adam. Fue idea mía, lo convencí de que se alistara conmigo. Tomé la decisión por la vida de ambos, elegí por los dos. No quiero hacer eso contigo.

–Tú no lo obligaste a hacer nada que él no quisiera –envolví sus manos apretadas con la mía y le di un suave apretón–. Y créeme, nadie decide por mí, tampoco. Soy obstinada.

–Te presioné y me puse dominante, solo porque creía saber qué era bueno para ti –suspiró profundamente. Se pasó una mano por el pelo, y lo volvió a alborotar en todas las direcciones–. Y luego me fui encima de tu hermanastro en medio de esa fiesta, porque lo quería destrozar. Se trataba de mi furia, en ese momento. No me importó lo que tú querías –sacudió la cabeza. Estaba tan arrepentido que hubiera querido abrazarlo y consolarlo–. Simplemente, perdí el control. No me importaba si lo que hacía te incomodaba...

Lo besé con fuerza, hundiendo mis dedos en esa cabellera que había estado deseando tocar. Ladeé la boca y abrí mis labios, empujando mi lengua dentro de la suya. Sus manos se cerraron detrás de mí y me atrajo a él con un sonido ahogado.

–Solo ámame –susurré en su boca. Y él se quedó inmóvil contra mí, jadeando. Su pecho amplio subía y bajaba con la respiración entrecortada. Me aparté, sujeté su rostro entre mis manos y dejé que el sentido de mis palabras quedara suspendido entre los dos. Esperé, con el corazón en la boca, perdida en sus ojos castaños que me miraban.

No dijo nada. No hizo nada.

El tiempo quedó en suspenso, y empecé a pensar que tal vez no me había oído.

–Di algo –susurré.

–Otra vez –dijo titubeante–. Dilo otra vez. Así sé que es verdad y no un sueño.

–Ámame, por favor –inspiré profundamente y meneé la cabeza con violencia. No había llegado hasta acá para decir solo la mitad–. Como te amo yo, Shaw. Porque te amo –lo besé–. Realmente te *amo* –otro beso–. Te amo –lo besé varias veces más, separando cada beso con otro "te amo".

Entonces se movió. Apartó la comida sin ninguna consideración, que fue a parar al suelo, y me tendió en la cama, con sus brazos a mis lados. Sus labios cubrieron los míos, besándome hasta dejarme sin aliento. Lo besé a mi vez, decidiendo que el aire era un artículo sobrevaluado. ¿Quién lo necesitaba cuando estaba esto?

—Te amo —susurré en su boca, y las lágrimas se acumularon en la comisura de mis ojos. Apartó el cabello de mi cara para tener una vista más despejada. Nuestras narices se tocaban de tan cerca que estábamos. Sus dedos recorrieron mi rostro, secando mis lágrimas en cuanto se derramaban.

—No llores, nena. Te amo. Te amo, Emerson.

Pronunció las palabras lentamente, como saboreándolas. O quizá solo quería que yo las absorbiera. Tal vez quería que las asimilara para que las sintiera, las entendiera clara y completamente, tanto como sentía sus manos en mi rostro, sus labios sobre los míos...

Para que yo creyera en ellas. Creyera en él.

Y las sentí. Creía en ellas. Creía en él.

Creía en *nosotros.*

CAPÍTULO 22

Tres meses más tarde...

Me columpié inquieta sobre mis tacones, frente a *Una mañana invernal* en la sala repleta de gente. Las voces se mezclaban con el sonido del cristal de las copas y las risas. Había sido invitada a exhibir dos de mis obras en la elegante galería de Boston y me había instalado delante de mi pintura favorita: la que más me recordaba a Shaw, naturalmente.

Sonriente, intercambié amabilidades con dos señoras que ponderaban el cuadro, y respondí a sus consultas.

Cuando siguieron su camino, miré a una cierta distancia, donde mi padre conversaba con la dueña de la galería. Cuando lo invité, no pensé que vendría. Más impactante que su presencia allí, fue que parecía impresionado, orgulloso de mí incluso. Pero aunque me produjo una sensación agradable en el pecho y me hizo sentir más liviana, no me hacía falta. Estaba feliz de que estuviera, pero no necesitaba su aprobación. Había encontrado mi propio sentido de cuánto valía, sin él. Y sin mi madre.

–Hola, belleza.

Apenas sobresaltada, sonreí cuando Shaw se paró a mi lado y pasó su brazo por mi cintura.

–Hola, tú –respondí, recostándome contra él, deleitándome en su cuerpo sólido. Mis ojos se elevaron a él y supe que mi corazón brillaba en ellos, porque lo sentía allí.

Desde la noche que me desperté en su casa, después del ataque de Justin, no contuve nada. Lo amaba y no hacía ningún esfuerzo por ocultarlo. Mi amor se reflejaba en todas mis palabras y actos. Éramos tan malos como Pepper y Reece. Inseparables, salvo cuando debíamos ir a clase o a trabajar. Corrección: tan *buenos*, como Pepper y Reece.

De acuerdo, la mayor parte del tiempo que pasábamos juntos la ocupábamos en quitarnos la ropa el uno al otro. En su casa o en mi residencia. Más en su casa, sin embargo. Todo nos era insuficiente. Pero también pasábamos mucho tiempo en su cobertizo: trabajando, creando. Había empezado a aprender a pintar con aerógrafo. Shaw me traía piezas de metal para que practicara. Era enriquecedor trabajar codo a codo con él... avanzar juntos hacia un objetivo en común. Él esperaba poder abrir su local en el otoño. Ya había encontrado un lugar, y yo esperaba estar lista para ocuparme de sus motos cuando inaugurara. Según él, ya estaba lista y era mejor que los profesionales, pero yo quería practicar más. Quería ser una verdadera ventaja para su negocio. *Nuestro* negocio. Él insistía en que estábamos juntos en este proyecto, o tanto como yo quisiera estarlo. Y por supuesto que quería.

Pegó su boca a mi oreja y el movimiento de sus labios sobre mi piel envió una corriente de excitación por mis brazos.

–Si no dejas de mirarme así, tendré que buscar el armario de la limpieza y subirte ese vestidito negro…

–¡Hola, chicos! Perdón por la demora. Imposible estacionar.

Con las mejillas al rojo vivo y el aliento entrecortado, levanté la vista y allí estaban Suzanne, Pepper y Reece, que se aproximaban.

Abracé a las chicas, mientras Reece y Shaw se estrechaban las manos.

–Gracias por venir, amigos.

Pepper y Suzanne retrocedieron para admirar mi trabajo.

–No pensábamos perdernos esto. Es tan emocionante –Pepper me dio un suave apretón en las manos, en estado de excitación.

–Es fabuloso, Emerson. ¡Eres buena *de verdad*! –exclamó Suzanne, sacudiendo la cabeza.

–Gracias –miré alrededor–. ¿Dónde está Georgia?

Pepper y Suzanne se miraron.

–¿Supiste algo de ella?

–No.

–Desde esta mañana que no tenemos noticias y no responde a nuestros textos.

–Oh, espero que esté todo bien –dije.

–Tenía planeado venir.

–Tal vez esta con… –Suzanne dejó la frase sin terminar y movió las cejas sugestivamente.

–Oye, es una chica grande. No nos preocupemos por ella.

Reece se aproximó en ese momento.

–Un brindis –propuso Pepper. Y cada uno buscó su copa y la levantó.

–Por Emerson –brindó Shaw–. Tan talentosa y brillante, como hermosa. Por dentro y por fuera.

Mis amigos aprobaron al unísono y sentí que el calor trepaba por mis mejillas. Shaw se inclinó y me plantó un beso largo en los labios.

–Y yo la amo.

Las copas chocaron y brindamos. Miré a Shaw y a mis amigos y solté el aire poco a poco, emocionada, mientras en mi interior aleteaban mariposas mareadas. La vida era buena.

–¿Feliz? –preguntó Shaw, tomándome de la mano y entrelazando sus dedos con los míos.

–Más de lo que creí posible –sonreí. Mi pecho estallaba de emoción.

Me besó y murmuró contra mis labios:

–Acostúmbrate. Esto es solo el comienzo.

SOBRE LA AUTORA

Sophie Jordan creció en una granja en Texas, Estados Unidos, imaginando historias de dragones, guerreros y princesas. Fue profesora de lengua inglesa y es autora de novelas románticas con temas históricos y paranormales, estas últimas bajo el seudónimo de Sharie Kohler. Actualmente vive con su familia en la ciudad de Houston.

V&R ha publicado, con gran éxito en toda Latinoamérica, la saga Firelight, que comprende cuatro novelas (*Firelight - Chica de fuego, Vanish - Chica de niebla y Hidden - Chica de luz*) y una *nouvelle* (*Breathless - Chica de agua*)

Para saber más sobre la autora, visita:
www.sophiejordan.net

PRÓXIMAMENTE

WILD

¿Qué sucede cuando una chica buena
se vuelve *salvaje*?
Conoce la historia de Georgia,
en el último libro
de *Intimidades universitarias*.